Elena Reitinger

PERLSCHNUREFFEKT

AF191858

Drei Frauen, die eines gemeinsam haben: sie lieben sich leidenschaftlich. Wie Erde, Mond und Sonne stehen sie in innigem Verhältnis zueinander, beeinflussen sich gegenseitig und müssen am Ende doch erst sich selbst finden.

Ama stammt aus schwierigen Familienverhältnissen. Nie akzeptiert von ihren Eltern, hat sie sich intensiv ausgelebt und sich den Ruf einer leicht zu habenden Liebhaberin eingehandelt. Als sie die erfolgreiche Miranda trifft, sieht sie es als die Gelegenheit, sich zu bessern und sich ihrer neuen Aufgabe der fleißigen Verlobten zu fügen. Doch dann tritt Teri In Amas Leben und sie verliebt sich Hals über Kopf. Ama versucht, diese Liebe zu verdrängen, nicht wieder in alte Muster zurückzufallen. Doch schnell stellt sich heraus, dass sie ihre Fassade nicht länger aufrechterhalten kann. Als sie auf Yale trifft, muss sie ihr ganzes Leben und alle ihre Beziehungen hinterfragen und bis zurück in ihre Heimat reisen, um sich selbst zu finden.

Tierra trauert immer noch um ihre erste Liebe, die bei einem Segelunfall ums Leben gekommen ist. Ohne ihr je ihre Liebe gestanden zu haben, muss sie mit dem Verlust leben. Darum hat Teri begonnen, ganz im Hier und Jetzt zu sein und jede Sekunde auszukosten. Sie eröffnet eine erfolgreiche Bäckerei und perfektioniert ihr Handwerk. Als sie die Saisonarbeiterin Ama trifft, vergisst sie zum ersten Mal ihre Trauer. Nachdem Ama ganz plötzlich verschwindet, kehrt die Verlustangst zurück. Teri begleitet Yale auf ihrem Trip in eine abgelegene Gegend in Südfrankreich. Nachdem klar wird, dass sie ohne keine der beiden Frauen mehr leben kann, entscheidet sie sich für eine Reise nach Portugal, um alleine ihre Wunden zu heilen und endlich unabhängig zu werden.

Yale ist privilegiert. Nach ihrem Studium strebt sie nach Einfachheit und bereist mit ihren Freundinnen die Welt. Doch sie sehnt sich nach Stabilität und einem zu Hause. Als ein Erdbeben das Haus ihrer Großtante beschädigt, sieht sie es als Anlass, ihre Beziehung hinter sich zu lassen und beim Wiederaufbau zu helfen. Kurz darauf wird ihr ein Vermögen vermacht. Yale weiß nicht, wie sie damit umgehen soll. Denn durch ihre starke Empathie nimmt sie die Bedürfnisse anderer viel stärker wahr, als ihre eigenen. Spontan bricht sie mit Tierra nach Frankreich auf, um mit Freunden zu feiern. Dann stößt Ama zu ihnen und zum ersten Mal muss Yale herausfinden, was sie wirklich will - ungeachtet ihrer Umgebung.

ELENA REITINGER

PERLSCHNUR

ROMAN

EFFEKT

FSC
www.fsc.org
MIX
Papier aus ver-
antwortungsvollen
Quellen
Paper from
responsible sources
FSC® C105338

Impressum

Bibliografische Information der Deutschen Nationalbibliothek: Die
Deutsche Nationalbibliothek verzeichnet diese Publikation in der
Deutschen Nationalbibliografie; detaillierte bibliografische Daten sind im
Internet über http://dnb.dnb.de abrufbar.

Lektorat: Ann-Christin Kunze
Covergestaltung: Elena Reitinger

Verlag: BoD · Books on Demand GmbH, In de Tarpen 42, 22848
Norderstedt

Druck: Libri Plureos GmbH, Friedensallee 273, 22763 Hamburg

ISBN: 978-3-7597-2259-1

Inhalt

Teri

Zum ersten Mal sah ich Ama zwischen den Zitronenbäumen. Wie sie sich im Morgengrauen hinauf streckte und einen der Äste zu sich hinunterzog. Der Boden lag voller Nebel. Sie stand mitten darin. Es musste in der vergangenen Nacht geregnet haben. Doch ich kann mich nicht daran erinnern. Ich kann mich an keine Nacht vor diesem Morgen erinnern.
Im Hintergrund konnte man einen Streifen goldenes Meer erkennen, auf dessen Oberfläche die Sonne erste Linien malte. Das goldene Licht fing sich in den Tropfen auf den Blättern der Bäume, auf den mit Regenwasser gefüllten Eimern, an den Kanten der Dachrinnen. Ich kann mich an den bernsteinfarbenen, leuchtenden Goldton gut erinnern, weil er sich so intensiv von den dunklen Silhouetten der Zitronenbäume abhob. Sie zog den Ast vor ihre Nase und hielt anschließend eine Zitrone zwischen ihren Fingern. Sie roch daran, drehte sie und betrachtete sie wie verliebt. Dann entließ sie sie wieder in die Baumkrone hinauf. Es regneten feine Tröpfchen aus den Ästen. Ihr weiter, ausgefranster Hut beschützte ihr Gesicht. Das Wasser rieselte in den Nebel um ihre Knöchel. Das war die vollkommenste Szenerie, der ich je beiwohnte. Ich kann mich nicht mehr daran erinnern, was ich danach tat. Ob ich gerade kam oder ging. Denn alle anderen Minuten dieses Tages waren völlig bedeutungslos geworden.

Ama

Zum ersten Mal sah ich sie müde und glücklich. Als Teri aus der Fahrerkabine ihres Transporters stieg, wurden meine Arme ganz weich und die Kiste voller Oliven beängstigend schwer. Die Sonne schob sich langsam über das Dach der Halle, in der ich in dem Moment, in dem ich sie sah, die Oliven absetzen musste, um sie nicht auf dem Boden zu verteilen. Hinter dem

Turm aus Holzkisten konnte ich nicht anders, als sie zu beobachten. Ich schämte mich etwas dafür. Auf die Art, auf die man sich schämt, wenn man den Blick nicht von einem Liebespaar lösen kann, das einen intimen Moment in der Öffentlichkeit genießt. Sie lehnte am Auto, die hellen Wangen in die orange Farbe des Sonnenaufgangs getunkt. Beinahe schwebend schritt sie die steinernen Treppen hinauf. Oben auf der Veranda machte sie Halt und überblickte die Gegend. Ihre weißen Haare strahlten wie ein Schleier. Obwohl sie eine mit Staub befleckte Latzhose trug, umgab sie Magie, etwas Heiliges, eine Energie, die nicht in meine Welt passen konnte.

Kapitel 1

Der Geschmack von Zitronen

September, Sorrent, Italien

Ama

Ich bin spät dran. Und das an meinem ersten Tag. Doch die Anreise hat sich verzögert. Der Flug war verspätet und ich musste den letzten Zug von Rom nach Neapel nehmen. Die Sonne geht erst in ein paar Stunden auf und der Koffer ist schwer. Ich hatte keine Möglichkeit, um diese Uhrzeit das gemietete Auto abzuholen, also habe ich ein Taxi von Neapel nach Sorrent genommen. Doch der Fahrer hat sich geweigert, den steinigen Pfad zur Zitronenplantage hinaufzufahren. Ich hatte ihm versichert, der Weg sei in Ordnung. Doch sein Auto, mit dem er seinen Lebensunterhalt bestreitet, sei ihm wichtiger als die wenigen Euros Zuschlag, erklärte er mit überzeugender Gestik. Nachdem er meinen Koffer unten am Hügel aus dem Kofferraum gehievt hatte, fuhr er davon. Die Rücklichter sind schon bald hinter den Zitronenbäumen verschwunden. Also muss ich mein Gepäck durch die Dunkelheit ziehen. Die Stimmung hier ist immer besonders wundersam. Zwischen den Schatten der voll behangenen Zitronenbäume zirpen Grillen. Die Silhouetten heben sich mit jedem Meter stärker vom Hintergrund ab, der von blau zu schwarz verläuft. Die Steine, die ich nicht sehen kann, klemmen sich immer wieder zwischen die Räder des Koffers. Meine Handflächen sind heiß vom Umklammern des Griffes. Doch schließlich schaffe ich es bis hinauf zum Tor. Zwanzig Minuten zu spät, in einem verschwitzten, staubigen Hemd und mit zerzausten Locken erreiche ich meinen Arbeitsplatz für die nächsten Wochen. Zum Glück kann man in der Dämmerung des Morgens nicht erkennen, wie abgehetzt ich bin.

Ich habe bereits vor wenigen Jahren hier gearbeitet. Es waren zwei Monate, die ich auf dieser Plantage mit Zitronenpflücken verbracht habe. Während ich studierte, verdiente ich mir in den Ferien hier etwas Geld dazu, um die an der Küste gelegene Gegend Italiens besser kennenlernen zu können. In diesem Jahr ist meine Anstellung auf der Plantage von größerer Wichtigkeit. Ich habe vor, hier dauerhaft Fuß zu fassen. Zwei Monate habe ich Zeit, um eine Wohnung zu finden. Dieses Limit habe ich mir mit meiner Verlobten gesetzt. Am frühen Morgen steht die Arbeit in der Plantage an, eine schöne Wohnung suchen und Bewerbungsgespräche führen wird meine Tage ausfüllen. Dann wird Miranda nachkommen. Ihr Studium sollte zu diesem Zeitpunkt beendet sein. Eine Stelle in einer hochrangigen Kanzlei in Neapel hat sie bereits in Aussicht. Wir führen eine Beziehung wie im Film. Während unseres Studiums in Rom sind wir uns begegnet. Ich widmete mich meinem Master in Sustainable Coastal and Ocean Engineering während sie, fünf Jahre jünger als ich, gerade ihren Abschluss in Rechtswissenschaften absolvierte. Miranda ist unfassbar klug, schön und bodenständig. Seit ich sie kenne, ist sie zielgerichtet. Sie, die begehrte Schönheit aus gutem Haus, hat mir damals vor zwei Jahren ganz deutlich gemacht, dass sie mir näher kommen will. Wir hatten einen sich überschneidenden Freundeskreis und konnten sofort gut miteinander über die Themen unserer eigentlich sehr verschiedenen Studiengebiete sprechen. Aufgrund meiner ausschweifenden Nächte hatte ich den Ruf des Wildfangs, der nicht einfach in einer Beziehung zu halten sei. Miranda hat klare Grenzen gesetzt und ich habe von ihr gelernt, wie erwachsene Liebe funktioniert. Doch das Wichtigste: Meine Mutter bestellt ihr Grüße, wenn wir eines unserer seltenen Telefonate führen. Mit ihrer Gefasstheit hat sie meine Wildheit gezähmt. Es fühlte sich an, wie in einer amerikanischen Highschool-Romanze. Ich kann rundum zufrieden sein. Trotzdem will ich nicht leugnen, dass ein gewisser Druck auf mir lastet, meiner Verlobten nachzueifern, es "zu schaffen", so wie sie. Es ist meine Aufgabe, einen Job zu finden, uns in den kommenden Wochen eine gute Basis hier zu schaffen, während sie ihre letzten Prüfungen ablegt. Theoretisch sollte das jedoch stressfreier sein als ihr Lernplan.

In der Zwischenzeit lebe ich in einer Unterkunft für Plantagenarbeiter, die von weiter her anreisen. Ich trage meinen Koffer über die Steintreppen zur Veranda hinauf. Niemand scheint da zu sein. Durch das warm beleuchtete Gemäuer rufe ich *Hallo*. In den Ecken spannen sich Spinnweben wie Zuckerwatte. Um die Lampen schwirren kleine Motten. Ein Mann kommt um die Ecke. Er scheint freundlich zu sein oder nicht allzu zornig über mein verspätetes Auftauchen. Er schüttelt mir die Hand. "Guten Morgen, ich bin Ama." sage ich. Nach einer kurzen Begrüßung erklärt er mir, ich solle den Koffer einfach auf der Terrasse stehen lassen. Um sechs Uhr wird jemand kommen, der mich zum Haus bringt. Dann zeigt er mir kurzum den Weg zum Pausenraum und den Toiletten. Nachdem ich mit dicken Handschuhen gegen die Stacheln und einem Strohhut gegen die Sonne ausgestattet wurde, bekomme ich auch schon die erste Arbeitsanweisung. Kisten mit frischen Oliven müssen zum Tor geschleppt werden. Bereit zur Abholung für den Markt. Danach kommen die Zitronen dran. Die optisch minderwertigen müssen nach vorne, denn diese werden an den hiesigen Bäcker geliefert. Ich denke an frisch gebackenen

Zitronenkuchen, bevor ich kurz vor vier Uhr morgens an die Arbeit gehe.

Teri

Ich säubere meine Hände vom Mehlstaub. Wenn ich sie auf meine Schürze schnalzen lasse, entstehen trockene Nebelschwaden. Sie legen sich auf die Oberflächen und machen den großen Raum ganz weich. Während ich die Arbeitskleidung ablege, sehe ich mich noch einmal prüfend in der Backstube um. Mein Lehrling werkelt an der Rührmaschine, aus dem Backofen glimmt es feuerrot. Die Brotlaibe ruhen geduldig auf der hohen Anrichte, die von zwei meiner Mitarbeiter gesäubert wird. Ich ziehe die Jacke über. Draußen ist die Luft zu dieser frühen Stunde noch sehr kühl. Die Sonne nähert sich nur ganz gemächlich dem Horizont, als ich die Backstube durch die Hintertür verlasse. Ich setze mich ans Lenkrad und manövriere den kleinen Lieferwagen aus dem Hof und dann auf die Straße. Die Stadt hat zu dieser Uhrzeit noch ein Restflimmern. Einsame Seelen tragen leuchtende Armbänder, auf den Balkonen glimmen Zigaretten auf, Lichterketten werden nach und nach gelöscht – oder auch nicht, wenn man sie im Rausch der Nacht vergessen hat. Aus manchen Zimmern und Bars dringt rhythmisches Trommeln. Die Luft schmeckt nach Salz und Haut. Meine Haut schmeckt nach Mehl.
Bevor ich mich auf einer langen Geraden landeinwärts bewege, schlängele ich mich durch die engen Gassen der Stadt. Nach einigen Minuten rolle ich einen staubigen Pfad hinauf. Links und rechts der Auffahrt schlafen die Zitronenbäume. Ich lasse sie an mir vorüber streifen wie alte Bekannte, die man wieder in seinem Leben empfangen möchte. Oben am Hügel stelle ich vor einem massiven

Gebäude mit hellen Steinwänden meinen wackeligen Lieferwagen ab. Ich laufe die Treppe hinauf auf die Terrasse. Mein Blick bleibt kurz am Horizont hängen, den man von dort durch die Bäume hindurch erkennen kann. Dann zwinge ich mich weiterzugehen, durch die Holztür in die Räume hinein. In der großen Halle drängen sich Kisten voller Zitronen, Oliven und Orangen dicht aneinander. Sie sind nach Art, Größe, Farbe und Qualität geordnet. Maschinenrauschen ist aus den hinteren Bereichen zu hören. Und der Geruch. Der Geruch ist wohl kaum zu beschreiben. Die Fülle von bitteren Zitrusnoten bringt einen fast um den Atem. Stumpfe Frische tritt durch die abgebrochenen Äste und Blätter der Zitronen aus. Man liebt es und kann doch nicht lange in dieser Atmosphäre überleben. "Guten Morgen!", rufe ich, als ich eine Kiste von einem der vorderen Stapel hieve. Ich höre kräftige Schritte, dann taucht der Bauer auf. "Guten Morgen, Tierra! Warte, ich helfe mit." Der ältere stämmige Mann packt sogleich mit an und wir tragen zwei Kisten optisch minderwertiger Zitronen zurück über die Terrasse, die steinernen Treppen hinunter – denselben Weg, den ich gekommen bin. Zusammen laden wir sie in den Wagen. Immer wieder schlurfen wir die Treppen hinauf und mit Zitronen bepackt wieder hinunter, bis wir die letzte Kiste in den Transporter stellen. "Eine neue Saisonarbeiterin ist heute Morgen angereist. Würdest du sie mit hinunternehmen?" fragt er mich. "Na klar. Ist das ihr Koffer?" Ich nicke in Richtung des staubigen, in der Halle stehenden Trolley. "Ja." "Okay, wir müssen uns aber beeilen, heute ist viel zu tun." "Gut, ich lade den Koffer ein. Ama ist hinten bei den Bäumen. Du kannst sie ja schon mal rufen." Nachdem ich alle Kisten auf Sicherheit überprüft habe, schließe ich die Ladefläche und mache mich in der Morgendämmerung auf den Weg, um sie abzuholen.

Ama

Nun sitze ich neben ihr in ihrem rostigen Wagen. Die Sonne glüht durch die Windschutzscheibe und das Lenkrad ist voll von weißem Staub. Trockene Partikel gleiten durch die Luft. Der Innenraum wirkt wolkenhaft. Doch das ist nicht der Grund, warum ich kaum atmen kann, warum ich unter Strom stehe. Es ist *sie*, und das Gefühl von Scham kriecht immer noch in meinem Nacken umher. Von Nahem sieht sie noch viel märchenhafter aus als vorhin auf der Plantage. Das leuchtende Haar, das ihre Wangen leicht berührt, und die feinen Sommersprossen auf ihrer Nase lassen sie elfenhaft erscheinen. Noch während der Gedanke vorüber streift, versuche ich ihn mit aller Kraft, die mir nach diesem Morgen noch geblieben ist, sorgfältig zu unterdrücken. Ich sehe mein Gesicht im Rückspiegel und versuche nervös, einige verschwitzte Haarsträhnen unter meinem Sonnenhut zurecht zu ziehen. "Ich bin übrigens Teri." sagt sie unvermittelt, den Blick auf den holprigen Weg gerichtet. Ihre Augen glänzen im Licht des anbrechenden Tages. Ihr weiches Lächeln endet da, wo ihre geröteten Wangen beginnen. Ihre Haut ist hell, fast so hell wie das schneeweiße Haar. Kurz sieht Teri von der Straße auf, direkt zu mir herüber. Nur für den Bruchteil einer Sekunde trifft mich ihr fragender Blick. Ich bemerke, dass ich ihren Versuch, uns einander vorzustellen, nicht erwidert habe. Ich muss seltsam wirken. "Ich … ich bin Ama." räuspere ich mich. Ich fühle mich lächerlich und rutsche auf meinem Sitz hin und her und stütze meinen Arm ins Fenster. Teri schmunzelt, dabei werden ihre Augen schmal. Ich weiß, dass sie meine Unsicherheit bemerkt hat und lege den Arm sogleich zurück auf mein Bein. "Okay Ama, wir sind da." Wir biegen unten am Hügel auf den Parkplatz der Unterkunft und steigen aus. Ich ziehe mein Gepäck von der Ladefläche und

Teri geht voran. Sie holt den Schlüssel aus ihrer Tasche, schließt auf und wir betreten das Haus. Es ist dunkel, denn alle Fensterläden sind noch geschlossen. "Ich glaube, du bist noch eine Weile alleine hier. In ein paar Tagen wirst du vielleicht Gesellschaft bekommen." sagt sie und hängt den Schlüssel an den Haken im Flur. Als ich den Koffer über die Eingangspforte trage, komme ich ihr dabei näher, als ich im Moment ertragen kann. Rieche ich unangenehm? Sie macht Platz und verschwindet in der Küche. Dort wird es hell. Ich versuche festzustellen, ob ich schwitze. Teri öffnet die Fensterläden, als hätte sie es schon tausend Mal gemacht, geht dann zum Kühlschrank und sieht hinein. "Du hast noch kein Essen hier. Ich kann dir mittags etwas vorbeibringen." Wieder verpasse ich den Moment, in dem ich ihr eine Antwort schulde. Stattdessen stehe ich nichtssagend in der Tür zwischen Flur und Küche und betrachte sie. "Nur wenn du willst, natürlich." Ich kneife die Augen zu, lege meine kalten Hände über die Lider, um meine ganze Konzentration zu bündeln. "Es tut mir leid. Ich glaube, ich bin etwas erschöpft. Ja, sehr gerne. Ich bin hungrig." Ohne nur einen weiteren Gedanken zu verschwenden, nehme ich das Angebot an.

Teri

Mir ist so heiß, ich kann kaum atmen. Ich versuche, mich auf das Fahren zu konzentrieren, doch nun sitzt *sie* neben mir und macht mich nervös. Der Wagen ruckelt den Weg hinunter und macht dabei klappernde Geräusche. Die Sonne fällt durch das staubige Fenster. Ich wage, sie aus dem Augenwinkel zu beobachten. Dabei sehe ich, wie unter ihrer Hutkrempe die dunklen Locken im Wind tanzen. Sie streift sie langsam zur Seite und lehnt ihren schlanken Arm ganz natürlich ins offene

Fenster. Das weiße Hemd weht im kühlen Wind. Sie ist müde von der Anreise und den frühmorgendlichen Arbeitsstunden. Ihre Augen wirken schwer und ihr Blick sensibel. Ich will ihre Ruhe nicht stören, doch ich habe das Verlangen, mit ihr zu sprechen, sie kennenzulernen. Ich stelle mich vor, zu schnell, zu leise und zu nervös, denn mir fällt kein Thema für Smalltalk ein. Sie antwortet nicht sofort, sondern sieht mich zuerst für eine Sekunde lang an. Ihre Augen sind schwarz wie die Nacht und die Sonne verleiht ihnen ein goldenes Schimmern. "Ich bin Ama." Ama. Der Wagen rumpelt über den steinigen Weg und ich fixiere wieder unser Ziel. Die wenigen Meter, die wir noch zum Gästehaus haben, fühlen sich wie Meilen an. Ich weiß nicht, was ich ihr erwidern soll. Etwas an ihr raubt mir die Worte. Endlich sind wir da und ich kann den Wagen verlassen, um einen langen Atemzug zu nehmen, meine Anspannung zu beruhigen und zu versuchen, wie ein normaler Mensch zu wirken. Ich schließe das Haus auf, während Ama ihren Koffer über die Auffahrt rollt. Drinnen ist es viel kälter als draußen, denn alle Fensterläden sind noch fest verschlossen. Ein Temperaturschock. Weil Ama so spät in der Saison kommt und weniger Arbeitskräfte als sonst hier sind, hat sie das Haus jetzt für sich. Ich halte ihr die schwere Tür auf und der Flur ist fast zu schmal für sie, mich und den Koffer. Sie kommt so nah, dass ich ihr süßes Parfum riechen und die magnetische Wärme ihres Körpers spüren kann. Heimlich genieße ich den Moment. Bevor ich mich verliere, flüchte ich in die Küche. Dort öffne ich das große Fenster, um etwas zu tun, hinter dem ich meine Nervosität verbergen kann. Ich strecke meine Nase in den Luftzug und sortiere im Schnelllauf meine Gedanken. Da ist eine wunderschöne Frau mit einer ungewöhnlichen Ausstrahlung direkt hinter mir. Ich will sie kennenlernen. Ich muss etwas dafür tun, dass es auch so kommt. Es soll schließlich nicht unser letztes Treffen sein. Daher werfe ich einen Blick in den Kühlschrank, wohl wissend, dass er noch leer ist.

Ama

Meine Tage in Sorrent verstreichen so gut wie geplant. Regelmäßig mache ich mich am frühen Nachmittag auf den Weg nach Neapel. Ich habe eine Liste von Vermietern, Maklern und Arbeitsstellen, die ich abarbeite. Auf einer zweiten Liste sind alle Kriterien für eine geeignete Wohnung vermerkt. Einige von mir (sauber, zentral, hohe Decken), die meisten von Miranda (mindestens achtzig Quadratmeter, hell, Balkon oder Garten, offene Küche, automatische Fensteröffner, Arbeitszimmer mit Platz für Schreibtisch). Ich fahre mit dem Auto und gerate dabei regelmäßig in den Stau. Dafür genieße ich weite Strecken des Weges, die direkt am Meer liegen. Das Meer hat mich schon immer magisch angezogen. Ich liebe die Bewegung der Wellen und das Rauschen der Flut. Meine Mutter stammt aus Portugal, daher liegt es mir vielleicht in den Genen. Doch aufgewachsen bin ich in Helsinki, woher mein Vater kommt. Ich habe die Entscheidung über den Wohnsitz nie so recht verstanden. Schnee statt Sonne. Dunkelheit am Tag. Den letzten Termin in Neapel habe ich meistens gegen neunzehn Uhr beendet. Dann wähle ich ein Café oder Restaurant aus, um eine Kleinigkeit zu essen und Miranda per Anruf über sämtliche Angebote detailliert zu informieren. Sie notiert sich alles und schickt mir manchmal noch weitere Wohnungsanzeigen, die sie gefunden hat. Es muss perfekt sein. Wie mein Tag war, hat sie erst zweimal gefragt. Ich bin ihr ein wenig böse deswegen, doch er verläuft ohnehin immer ähnlich und würde sie wahrscheinlich nur langweilen. Wenn ich nach Hause komme, ist es bereits einundzwanzig Uhr. Meine Gedanken sind bei meinem neuen Leben, das bald beginnt. Ich liege wach oder sitze stundenlang am Fenster, starre in die Sterne, die man in der nächtlichen Dunkelheit hier viel besser sehen kann als in Rom. Und manchmal, wenn ich nicht schaffe, es zu verhindern, verirrt Teri sich in meine Fantasie. Ich dränge ihr Gesicht aus meinem Verstand und ersetze es durch Mirandas. Ich ersetze es durch alles, was kommt. Miranda in der Kanzlei, unsere große moderne Wohnung in Neapel, den erfolgreichen Job, den ich noch nicht gefunden habe, an Feiertage in Helsinki, die wir wie eine echte Familie verbringen können. Diese perfekten Schuhe fühlen sich zu groß an. Doch tun sie das nicht immer? Ich schlafe, so gut es geht. Dann wache ich um drei Uhr morgens in meinem Bett auf, das sich im größten Zimmer des Gästehauses befindet. Zwei Wochen sind bereits vergangen und noch immer wohne ich alleine hier. Nach einer großen Tasse Kaffee und einem Stück Zitronenkuchen mache ich mich bereit für den Tag. Mein Arbeitsweg verläuft den steilen Hügel hinauf. Ich könnte den Mietwagen nehmen, doch in den letzten Jahren in Rom habe ich die rauen, anstrengenden Wege in der Natur vermisst. Ich bin fit und schaffe den Pfad nach oben zu den Zitronenfeldern mittlerweile in wenigen Minuten. Die Arbeit beginnt mit dem Putzen und Vorbereiten der Maschinen und Geräte. Ich schlichte Kisten und Eimer und staple und sortiere die am Vortag geernteten Früchte nach Qualität und Größe, damit die Abholung morgens um sechs Uhr reibungslos verläuft. Von sechs bis neun Uhr helfe ich beim Ernten und Bewässern. Der Job ist unglaublich anstrengend und zehrt an meinen körperlichen Reserven. Doch ich genieße die tägliche Sonne auf meiner Haut, den Duft der Zitrusfrüchte und den ersten

Schluck frisches Wasser nach getaner Arbeit. Obwohl die Handgriffe einfach sind, bin ich am Ende des Tages erfüllt. Alles verläuft nach Plan. Fast alles.

Teri

Verstaubt und mit getrocknetem Teig unter den Nägeln, komme ich nach Hause. In der Wohnung ist es bereits warm vom Morgenlicht, der alte Boden knarrt und mein Kanarienvogel singt müde. Das Licht fällt durch das beschlagene Fenster und färbt den Raum orange. Ich halte inne und beobachte die Lichtstrahlen, wie sie in perfektem Kontrast zu dem giftgrünen Federkleid des Vogels stehen. Die Töpferscheibe in der Ecke des Zimmers sieht in diesem Licht aus wie eine antike Skulptur. Darüber habe ich Regale angebracht. Auf ihnen stehen eine Reihe einfacher Vasen, die dort an der Luft trocknen. Ich trete an das Regal heran und inspiziere genau die verschiedenen Stadien ihrer Trocknung. Manche sind noch dunkel, andere schon hell und ausgehärtet. Ich rolle sie achtsam in meiner Hand und denke darüber nach, wie ich sie abends bemalen werde. Jetzt fülle ich Wasser in die Gießkanne, um meine unzähligen Pflanzen zu gießen. Dann bin ich dran. Ich nehme eine kühle Dusche und wasche mein Gesicht und die Hände. Ich kämme mein Haar heute besonders sorgfältig und schlüpfe in eines meiner Lieblingskleider. Mir ist bewusst, dass ich mir Mühe gebe für die neue Plantagenarbeiterin. Der Gedanke an sie lässt meine Wangen erröten und eine jugendliche Aufregung überkommt mich. Nachdem ich meine Haut gepudert habe, steige ich an diesem Vormittag gleich wieder ins Auto und fahre los.

Es ist das dritte Mal, dass wir uns treffen. Ich drücke die Klingel und im Haus ertönen Schritte. Zum ersten Mal habe ich ihr mittags Zitronenkuchen vorbeigebracht und ihren Kühlschrank mit dem Nötigsten gefüllt. Wir unterhielten uns an der Sonne darüber, woher sie kommt und über ihr Studium. Sie will in Neapel an Wellen forschen. Das passt zu ihr. Mit ihrer Anziehung kann sie ganze Ozeane in Bewegung setzen. Ama öffnet die Tür. Sofort steigt Aufregung in mir auf. Sie trägt wie immer ein weites weißes Hemd und eine blaue Leinenhose. An ihrem Hals glänzt ein sichelförmiger Anhänger und in ihrem Gesicht ein strahlendes Lächeln. Wir begrüßen uns mit einem höflichen Nicken und gehen durch das kühle Haus. Es ist heller, wenn alle Fenster geöffnet sind. Dann wirken die Zimmer belebt. Ich lasse Ama vorangehen und halte mich hinter ihr. Die Luft in ihrer Nähe ist immer so dünn und raubt mir den Atem. Im Garten setzen wir uns an den Pool. Sie hat die kobaltblauen Gläser mit den gravierten Ornamenten aus dem Schrank geholt und Zitronenwasser vorbereitet. Wir machen es uns auf den Liegen gemütlich und sie schenkt mir ein. "Es ist so warm heute." sagt sie und lehnt sich mit ihrem Wasser in der Hand zurück. Die kühle Farbe des Gefäßes passt zu ihr. "Wie warm ist es in Helsinki?" frage ich sie. "Um die elf Grad." Ama lehnt ihr Gesicht in die Sonne. "Daran ist mein Körper gewöhnt, aber gemacht bin ich hierfür." Ihre Wangen gleiten abwechselnd zur Sonne. Amas Haut leuchtet so golden wie ihre Augen am ersten Tag. Dann trinkt sie. "Ich habe den Stadtplan dabei." Auf dem niedrigen Glastisch zwischen uns falte ich die Broschüre auf. Mit dem

Stift, den ich immer in der Tasche habe, setze ich an. Ama beugt sich ebenfalls darüber, unsere Köpfe berühren sich beinah. "Hier ist der Hafen." Ich markiere die Stelle und lasse den Stift über das Papier gleiten. "Dort drüben ist das *Museum Georges Vallet* und du kannst von dort aus auf Neapel blicken. Und gleich da," ich ziehe eine Linie die Straße hinauf "kannst du Zitronenkuchen kaufen." "Von dir persönlich gemacht?" fragt sie, während ich kleine Kreuze setze. "Höchstpersönlich." Ama schmunzelt zufrieden und nickt. "Das *Correale di Terranova Museum* ist dort - eine Privatsammlung. Sie haben ein Gemälde von Artemisia Gentileschi ausgestellt." Dann zeichne ich noch die Strände ein. Meinen Lieblingsstrand versehe ich mit einem kleinen Stern. "Du kennst dich mit Kunst aus?" Wir heben unsere Köpfe und setzen uns aufrecht hin. "Nein, ich bin kein Profi." "Malst du?" Ich muss lachen. "Nein, das ist nicht gerade meine Stärke." Ich führe mein Wasserglas an die Lippen. "Aber ich arbeite mit Keramik." "Töpfern also!" "Ja. Und Brot backen." Ama lehnt sich erneut selbstbewusst vor. "Aha! Was stellst du her?" Ihr Blick ist direkt auf mich gerichtet und ich glaube, etwas Gefühlvolles in ihm erkennen zu können. "Mit Vorliebe Vasen und kleine Schüsseln." "Und wo kann ich sie kaufen? Ich möchte eine haben. Für die Zitronen." Wir richten unsere Aufmerksamkeit zurück auf den Stadtplan. "Hier." Weit vorgebeugt, mache ein Kreuz. "Da ist eine kleine Kunstwerkstatt. Ich verkaufe sie dort." Als ich meinen Nacken hebe, tut sie dasselbe und wir sind uns plötzlich näher als je zuvor. Ich spüre jetzt, wie sich die Luft in ihrer Nähe verändert und habe die Möglichkeit, das Phänomen zu erforschen. Um sie herum wirkt zuerst alles kühl und sauber. Wie die reinste Luft, die man je geatmet hat. Doch kommt man ihr näher, taucht man plötzlich in ein Vakuum ein. Es ist wie eine hautnahe, atemraubende Anziehung, die sie umgibt und einen schwerelos macht. Wie ihr dunkler Blick, wenn er mich trifft. Beinahe streife ich ihre Nasenspitze und als hätte ich mich verbrannt, richte ich mich zurück auf die Liege. Ama bleibt noch einige Millisekunden länger nach vorne gebeugt und trinkt dann schnell von ihrem Wasser. Sie sieht mich an, ich versuche, mir nichts anmerken zu lassen und binde meine Haare nach hinten.

Ama

Unser letztes Treffen haben wir in diesem kleinen Café verbracht, dessen Namen ich vergessen habe. An ihr Gesicht kann ich mich dafür umso genauer erinnern. Auch an ihre Lippen, die den Kuchen gekostet haben. An ihr herzliches Lachen während unserer ausschweifenden Unterhaltung über meine Zeit in Rom. Ich erzähle vor allem von der Zeit vor Miranda. Als wäre es nichts Schambehaftetes, erzähle ich von Nächten in Clubs und einigen Liebschaften. Teri ist amüsiert und zeigt nicht den geringsten Hauch von Unbehagen. Im Gegenteil. Sie fragt viel und nur darum erzähle ich mehr. An der Stelle, an der Miranda ins Spiel kommt, unterbreche ich die Geschichte, denn ich möchte Teri näher kommen und ich will sie nicht vergraulen. Heute haben wir uns verabredet, damit sie mir Sorrent anhand einer Stadtkarte erklären kann. Ich bin vorfreudig, mit ihr ihre Lieblingsorte zu besuchen. Und nun will sie schon gehen. Aber ich bin beinah süchtig nach ihrer Anwesenheit. Ich fühle mich so sehr wie ich selbst. Es liegt ein wenig an der Gegend, aber viel mehr liegt es an ihr. Ich habe das Bedürfnis, mich mitzuteilen, Teri Dinge zu erzählen, scheinen sie auch noch so belanglos. So kenne ich mich nicht. "Wenn du dich etwas mit Kunst auskennst, kannst du mir sagen, was das in meinem Wohnzimmer darstellt, bevor du gehst?" bitte ich sie, um hinauszuzögern, dass sie abfährt. Ihre Anwesenheit erdet mich auf sanfte Art und Weise. In den kurzen Momenten, in denen wir uns nah sind, erhitzen sich meine Wangen. Ich genieße nicht nur ihren femininen Anblick. Wenn sie redet, bin ich achtsam und interessiert. "Ich kann es versuchen." Unsere Wassergläser sind geleert und ich führe sie hinein. Am liebsten würde ich langsamer werden, um den Abstand zwischen uns zu verringern. Gleich um die Ecke ist das Wohnzimmer. Eine braune Ledercouch steht im Raum und ein altmodischer Fernseher hängt an der Wand. Doch die Mauer gegenüber ist interessant. Von oben bis unten ist sie mit dunkelblau gemusterten Fliesen besetzt. An den Rändern schwingen Zitronen ins Bild. Teri begutachtet die Seltsamkeit des Hauses ganz genau. Sie geht hin und her, wendet ihren Blick nicht ab und verweilt. Ihr langes, beiges Kleid bewegt sich im Luftzug. "Das hier ist ein historisches Gebäude." erklärt Teri und betrachtet die Wand ganz genau. "Es sind spanische Fliesen. Sie wurden vor einigen Jahren bei Renovierungsarbeiten wiederentdeckt." Ihre Hände streichen über die blauen geometrischen Muster auf weißem Grund. Sie berührt sie, als wären sie zerbrechlich. Wie sich ihre Hände wohl anfühlen? Der Wind in Teris Worten nimmt mich mit. Ich trete ebenfalls näher. Ihre Hingabe, mir die Arbeit zu erklären, saugt mich in ihren Bann. Wie sie sich bewegt, so konzentriert, lässt mich ihr Fokuspunkt sein wollen. "Es sind glasierte Keramikfliesen und an einigen Stellen wurde das Bild von Kunststudenten ausgebessert und wieder vervollständigt." Ihre Worte sind wie Treibsand. Ich sehe die Risse in dem Motiv nun auch. Ihr Finger gleitet an einem von ihnen entlang. Solange, bis der Riss sich auflöst und uns klar wird, dass wir uns nah stehen. So nah wie am ersten Tag im Flur. Näher, als wir uns stehen dürften. Und wieder beginnt mein Herz schneller zu schlagen und wieder bin ich wie gefesselt. Ich hoffe insgeheim, sie ist es auch. Dann sehe ich zum ersten Mal direkt in ihre Augen. Türkisgrün und in perfektem Kontrast zum Pfirsichton ihrer Lippen. Ich glaube, ich muss sie berühren.

Teri

Der Versuch, mich auf den historischen Hintergrund des Kunstwerks zu konzentrieren, wird mir nicht gelingen. Ich weiß es. Matte Azulejos im antiken Stil schmücken die Wand. Nachträglich wurden die mediterranen Zitronen aus Acrylfarbe hinzugefügt, die die Fliesen jetzt rahmen. Sie passen zu den Wassergläsern im Schrank und zu ihr. Doch das sage ich nicht. Meine Sätze sind kurz. Ich versuche, mich auf die Risse der Fliesen zu fokussieren, doch Ama ist zu nah. Und ich will sie trotzdem noch näher. Ich rieche ihr Parfum und ihre Haut. Ich habe das Gefühl, je detaillierter ich erzähle, desto näher kommt sie. Ich will es nicht mehr aufhalten, auch, wenn ich in ihrer Atmosphäre ersticken könnte. Als der Riss, auf dem sich mein Finger bewegt, endet, versiegen auch meine Worte. Nur mein Atem bleibt in dem schmalen Raum zwischen uns zurück. Als ich meinen Kopf in ihre Richtung drehe, ist es schon zu spät. Ihr Blick trifft mich und wir sind magnetisch. *Küsst du mich?* Höre ich mich flüstern – oder denke ich es bloß? Ihre Hand liegt in meinem Nacken, warm und fordernd und unsere Lippen sinken aufeinander. Ich glaube, ich ziehe sie an mich. Oder sie mich an sich. Ein perfekter Kuss. Ihre Lippen sind so weich und ihr Körper viel stärker als geahnt. Ihre Locken streifen meine Stirn. Sofort setzt ein Schwindel ein, doch sie hält mich fest und ich fühle die spanischen Fliesen an meinem Rücken. Eiskalt. Eine perfekte Berührung, die alle Ozeane in Bewegung setzt. Die Wassergläser vibrieren.

Ama

Sie riecht nach Meer und schmeckt nach Zitronen. Ihre Wangen sind heiß und ihr Mund bewegt sich mit unterdrückter Gierigkeit. Die Art, wie ihre Hände mich an ihren Körper ziehen, verrät sie. Ich spüre jede Fingerspitze unter meinem Hemd. Ich wünschte, ihre Lippen würden es auch zugeben. Meine Knie sind so weich. Auch ihr Körper ist nachgiebig, denn sie sucht nach Halt an mir. Ich schiebe sie an die Wand. Die Kälte umspült meine Unterarme. Die Fliesen rahmen uns perfekt ein, als würden wir zu dieser Kunst gehören. Teris Zurückhaltung fällt. Ihre Lippen öffnen sich weiter, ich spüre sie in meiner Brust und in meinem Bauch und will sie dennoch immer näher. Ich wünschte, wir könnten uns an die Wand malen und ewig so verweilen. Die spanischen Fliesen vibrieren.

"Ich habe gehört, es gab ein Erdbeben?" erkundigt Miranda sich aufgeregt aus dem Telefon und behält dennoch ihre Sachlichkeit bei. Der Drink in meiner Hand zittert. Ich leere ihn mit einem Schluck und stelle das Glas auf die Bar. "Alles ist okay, es ist niemandem etwas passiert." Nachdem der Satz meine Kehle verlassen hat, habe ich das Gefühl, zu lügen. Mit einer Geste bestelle ich einen zweiten Drink. Am Bildschirm in der Ecke spricht eine Reporterin von Rissen in Wänden und Topfpflanzen, die auf die Straße gefallen sind. Miranda ist noch im Büro. Sie arbeitet auch während ihrer Prüfungen. Ich bin auf Lautsprecher. Das sorgt dafür, dass ihre ohnehin geschäftige Stimme eine technische Note bekommt. "Ich hoffe, du warst nicht mehr in der Plantage. Etwas hätte auf dich stürzen können in dem alten Gebäude." malt sie sich aus und spricht eher mit sich selbst als mit mir, während sie E-Mails schreibt. *Die ganze Erde ist auf mich gestürzt.* Denke ich. Ich will es herausschreien. Und ich fühle mich unter ihr begraben. "Denkst du, es ist sicher dort? Ist es der richtige Ort für uns?" Miranda spricht klar und deutlich. "Denkst du das etwa nicht?" Es ist das erste Mal, dass sie nur den leisesten Zweifel an ihrem Plan äußert und mir wird kalt. Nach einer zu langen Sekunde Stille sagt sie: "Unsinn." Dann wird ihr Ton wieder gefasst. "Was denkst du über die Wohnung heute?" "Sie gefällt mir. Das Bad ist vielleicht etwas klein, aber …" "Ja, sie ist unvorteilhaft geschnitten. Ich schicke dir gleich noch eine Anzeige. Sie kam heute rein und sieht auf den ersten Blick echt gut aus." Ich hätte sagen sollen, sie wäre makellos. Ich würde sie so gerne zufrieden stimmen. "Vielleicht kannst du einen Termin vereinbaren? Die Nummer ist in der Mail." Ich höre das rasante Tippen ihrer Tastatur. Ich bestelle ein weiteres Glas.

Teri

In meiner Wohnung ist alles beim Alten. Keine der Vasen ist zu Bruch gegangen, alle Blumentöpfe ruhen gelassen an ihren Plätzen. Der Kanarienvogel scharrt auf der Stange. Nur ich habe die Haftung verloren. Die Schlüssel lasse ich mit einem metallischen Rascheln in die Schale neben der Tür fallen, ich ziehe meine Schuhe aus und sinke auf den Boden. Alle Viere strecke ich weit von mir und versuche, tief einzuatmen. Ich versuche, mich zu fassen, mich zu kontrollieren. Doch meine Haut hat sich gemerkt, wo ihre Hände waren. Ihren Duft rieche ich immer noch. Gänsehaut überkommt mich beim Gedanken an diesen innigen Kuss. Ich setze mich rastlos hin, tigere hinüber zur Töpferscheibe und nehme mir die erste getrocknete Schüssel vor. Zuerst betrachte ich die Form, in diesem Fall hat sie eine kreisrunde Öffnung, nach unten kaum schmaler werdend, aber für eine Schale eher tief. Ich wähle die Farben ganz nach Gefühl. Intuitiv greife ich zu Schwarz und mische eine kleine Menge Mahagonibraun in die Textur. Ich male den gesamten Innenraum aus. Es soll kaum mehr Licht reflektiert werden, wenn man hineinsieht. Unten am Boden setze ich einen einzigen weißen Punkt wie eine Lichtquelle. Den Rand umfasse ich mit einer zarten orangefarbenen Linie. Es erinnert mich an Amas dunkle, goldglänzende Augen. Das Bewusstsein darüber lässt mein Herz einen Schlag aussetzen. Ich stehe auf und gehe ans Telefon. Ich wähle und das Freizeichen ertönt in der Leitung meines besten Freundes. "Bastiano, bist du zu Hause?" "Ja, was ist los?" "Hast du Lust, etwas trinken zu gehen?"

Eine halbe Stunde später sitzen wir in einer ruhigen Bar. Bastiano ist nicht groß, aber breit gebaut. Ich wirke wie eine Feder neben ihm. "Hast du das Erdbeben auch gespürt? Es war verrückt." sagt er, während er an seinem Drink nippt. "Es war erschütternd." sage ich. Er hält inne, sein Glas an den Lippen. "Erschütternd? Ein Erdbeben? Machst du einen dummen Wortwitz?" Bastianos Lachen schallt tief. Ich schüttle mir die Gedanken aus dem Kopf und lasse mich in die weiche Bank sinken. "Bastiano, erinnerst du dich an Inéz?" Mit einer langsamen Bewegung setzt er das Glas ab, behält es aber in der Hand. "Inéz? Du meinst die Inéz mit dem Tauchunfall?" Ich nicke. "Ich habe ewig nicht mehr an sie gedacht." Sein Blick schweift ab, gleitet durch die Bar. Seine Augen verfolgen Menschen, die sich von einer Ecke in die andere bewegen. "Das war eine schlimme Sache." Er scheint die Gedanken heute ebenfalls nicht an unserem Tisch zu haben, und dann fragt er doch: "Was ist mit Inéz?" Meine Kehle ist wie zugeschnürt, so wie immer, wenn es um sie geht. Also versuche ich, sie mit einem großen Schluck von meinem alkoholischen Getränk zu öffnen. Ich habe nie mit jemandem über meine Gefühle zu ihr gesprochen. Auch nicht mit Bastiano. "Ach nichts, ich musste neulich nur an sie denken." Ich lüge. Sie taucht häufiger in meinen Gedanken und Träumen auf. Genauso wie unsere gemeinsame Schulzeit. Sie war in meiner Klasse und überstrahlte alles, was ich bisher kannte. Sie war wild, ungezähmt und frech. Inéz war völlig zügellos in den Nächten, in denen wir uns aus dem Haus schlichen, um geheime Partys am Strand zu besuchen. Mein Herz war voll von ihr. Einige Jahre später hatte ich während der Ferien meinen ersten Job und sie machte sich auf, die Welt zu entdecken. Sie war mutig. Doch sie kehrte nicht wieder zurück. Und ich habe sie geliebt. Ich habe geplant, es ihr endlich zu sagen, sobald sie nach dem Sommer wiederkommt. Ich habe fantasiert, wie es sein könnte, wie sie reagieren würde. Ich dachte, es hätte Zeit.

Nach ihrem Tod wollte ich keine Zeit mehr verschwenden. Die Partys waren verrückt und die Frauen waren viele. In jeder von ihnen habe ich versucht, einen Teil von Inéz zu finden. Wie ein Archäologe habe ich versucht, Charakterzüge, die den ihren ähnlich waren, in den Frauen aufzuspüren, die ich traf. Die Beziehungen waren kurz, geheim und endeten schleichend, weil sie doch meine Sehnsucht nicht stillen konnten.

Und nach den Frauen kam mein Fleiß. Ich habe entdeckt, wie beruhigend es auf mich wirkt, etwas zu erschaffen. Erfolg zu haben. Nach meiner Ausbildung hielt ich auch schon bald den Titel des Bäckermeisters in den Händen. Nach einigen Jahren übernahm ich schließlich den drittgrößten Bäckereibetrieb der Stadt. Ich würde lügen, wenn ich sage, meine Leidenschaft fürs Töpfern unterstütze das Abbezahlen von Rechnungen. In Wirklichkeit füllt es die Lücken des Tages, in denen ich sonst nichts tun würde. Seit einigen Monaten merke ich, wie sehr mir das Atmen fehlt.

Ich habe alles überstürzt auf der Suche nach einer Liebe, die so ist wie die Liebe zu Inéz. In Ama sehe ich nichts von Inéz. Ich habe mich nicht einmal nach ihr umgesehen. Trotzdem habe ich alles gefunden.

Ama

Ich möchte ausgehen. Schreibe ich und drücke auf *Senden*. Dann werfe ich mich zurück auf meinen Rücken, starre an die Wände des Zimmers. Es ist Ende September und der Vollmond fällt durch mein Fenster. Alles wirkt kobaltblau. Noch im Moment, in dem ich die Nachricht verschicke, frage ich mich, ob ich in alte Muster verfalle. Doch ich kann nicht anders. Seit dem Erdbeben habe ich Teri nicht mehr gesehen, dennoch denke ich die ganze Zeit an sie. Ich denke daran, wie sie kleine Dinge ganz genau ansieht, so wie den Riss in den Fliesen oder die Skizzen der Häuser auf der Stadtkarte. Ich stelle sie mir vor, wie sie ihre Hände über weichen Ton gleiten lässt. Ganz fokussiert und gefesselt. Ich bekomme kein Auge zu. Je tiefer mich der Gedanke an Teri einnimmt, umso heftiger versuche ich, mich von ihm zu lösen. Am Ende schaffe ich es doch nicht. Ich schaue auf das Telefon und bin einerseits erleichtert, dass sie nicht antwortet, andererseits quält mich ein Verlangen nach ihr. Ich war seit Monaten nicht mehr tanzen, denn Miranda mag es nicht, mich so zwanglos und ungehemmt zu sehen. Vor allen Dingen mag sie die vermeintlichen Blicke nicht, die mir zugeworfen werden. Doch als Wiedergutmachung führt sie mich regelmäßig zum Dinner aus. Ich liebe es, mit ihr zu essen und zu genießen. Neue Restaurants, Küchen und Gerichte auszuprobieren, erfüllt mich mit Leidenschaft und Glück. Sie weiß das und liebt es, wenn mein Genuss nur vor ihren Augen stattfindet. Aber heute ist nicht die Nacht für Sittlichkeit. Mein Telefon vibriert. Teri schickt mir ihren Standort und das Emoji der Tänzerin im roten Kleid. Ein Stromschlag durchfährt mich und ich springe aus dem Bett. Sofort schlüpfe ich in meine Hose und ziehe ein dunkelblaues Leinenhemd über, weil ich finde, dass es perfekt zur Farbe des Mondes passt. Ich fühle mich schuldig. Trotzdem fahre ich los.

Teri trägt ein knöchellanges, weinrotes Leinenkleid. Ihre Schultern sind nackt, denn ihre silbrig schimmernden Haare sind wild nach oben gebunden. Ich sitze hinter meinem Lenkrad, während ich sie dabei beobachte, wie sie unter der Laterne vor dem versteckten Club steht und an einem Drink nippt. Ich nehme einen tiefen Atemzug, aber die Luft ist noch zu warm, um mich von innen zu kühlen. Nachdem ich mehrmals im Rückspiegel meine Locken auf Gepflegtheit geprüft habe, verlasse ich den Wagen. Ich gehe auf Teri zu. Sie wirft mir ihren weichen Blick entgegen, als sie mich in der Dunkelheit erkennt. Ihr Mund öffnet sich zu einem Lächeln. Ich bemerke, wie sie sich unschlüssig bewegt, nicht weiß, wie wir uns gleich begrüßen werden. Ich tue einen Schritt auf den Bordstein. Sie weicht erst zurück und wippend wieder heran. "Hey." sage ich und umarme sie. Die Berührung fühlt sich ganz natürlich an. Elektrisierend, nah und vertraut. Teri fühlt sich gut an. So gut, dass die Umarmung etwas zu lange dauert. Das Schlagen meines Herzens nimmt mir die Konzentration. Etwas Rationales zu sagen, fällt mir schwer. "Hey. Wie geht es dir? Wollen wir hineingehen?" Ich nicke stumm und staunend über ihre Gelassenheit. Sie nimmt meine Hand. Ich lasse mich von ihr durch die Dunkelheit führen. Neonröhren blinken in allen Farben und LEDs glitzern in der Decke. Hier sind nur Frauen. Wir bestellen an der Bar.

Teri

Als kurz vor dreiundzwanzig Uhr mein Telefon vibriert, sehe ich gerade zufällig auf die Anzeige meines Telefons. Amas Name erscheint im Chatverlauf und mein Herz bleibt kurz stehen. Ich bin schon leicht betrunken, die Luft ist warm und im Club ist es stickig. Bastiano ist heute schon früh in der

Menschenmenge der Stadt verschwunden. Dann komme ich immer hierhin, wo meistens nur die Frauen sind. Ich bin mir unsicher über den Wortlaut meiner Antwort, also sende ich Ama meinen Standort. Durch die Feiernden hindurch bahne ich mir meinen Weg zur Toilette und sichere mir einen der kleinen Spiegel über dem Waschbecken. Ich zupfe mein Kleid zurecht, richte meine Haare und tupfe Balsam auf meine Lippen. Ich konnte die vergangenen Tage an nichts anderes denken als an sie. Auch in diesem Moment werden meine Knie ganz weich und ich drücke mein leeres Glas an mein Gesicht. Eine Frau wäscht sich neben mir die Hände. Sie trägt ein weites Tanktop über ihrem muskulösen Oberkörper. Ich kann den Ansatz ihrer Brust erkennen. Sie merkt meine Blicke, scheint sich aber nicht daran gestört zu fühlen. Stattdessen sieht sie mich durch den Spiegel an. Mit dem Papier aus dem Spender trocknet sie sich die Hände. Ihre Haut glänzt, ihre Zähne sind weiß und gerade und sie zwinkert mir zu, bevor sie sich zu mir dreht und ihre Hände selbstsicher in die Hosentaschen steckt. "Hey, Lust zu tanzen?" Ihr Lächeln läuft spitz zu und sie wippt langsam hin und her. Ich fühle mich von ihr angezogen. Wie immer, denke ich, ist mein Verlangen nie wirklich nur bei einer Frau. Im Laufe meiner wilderen Jahre hat sich herausgestellt, dass auch meine Gefühle sich nicht immer nur auf eine Person beschränken. Ich habe es akzeptiert, denn die Empfindungen sind nie dieselben und selten zu vergleichen. Ich lehne den Tanz jedoch ab, denn ich will mich heute Nacht nur auf Ama fokussieren. Verfolgt vom Blick der Frau, verschwinde ich aus der Toilette. An der Bar bestelle ich noch einen Drink und warte draußen auf Amas Wagen. Als sie nach kurzem Warten von der anderen Straßenseite auf mich zukommt, wird mir heiß. Es ist Vollmond und die Nacht ist blau. Ama passt zur Atmosphäre, fast so, als wäre sie in ihr Element eingetaucht. Mir fällt auf, dass ich nicht weiß, wie sie zu unserem Kuss steht, wie sie fühlt, was sie vom heutigen Abend erwartet. Vielleicht möchte sie schlicht und einfach die Stadt bei Nacht kennenlernen. Doch wie natürlich gleiten ihre Arme um mich, ziehen mich an sich. Wie angegossen liegt ihr Kinn auf meiner Schulter, ihr Atem warm an meinem Hals. Ich nehme sie an der Hand und führe sie hinein.

Ama

Ich weiß nicht, wie viele Stunden ich schon tanze. Ich kann nicht einschätzen, wie spät es ist oder den wievielten Drink ich hatte. Eins ist klar: Ich bin zurück in einem alten Muster, das Miranda nicht gutheißen würde. Torkelnd, betrunken und gut gelaunt in einer Frauenbar. Doch der Gedanke verblasst in Ausgelassenheit. Schon vor Stunden ist die ganze Anspannung der letzten Wochen und Monate endlich aus meinem Körper gewichen. Die Schwerelosigkeit beim Tanzen macht auch meine Gedanken leichter. Ich sehe mich um und merke, dass ich Teri aus den Augen verloren habe. Die Tanzfläche ist voll und eine Frau mit langem schwarzen Zopf tanzt mich an. Ihre Haut ist pfirsichbraun und ihre Lippen sind rot. Ihr Top ist kurz und der Rock sitzt hoch. Sie kommt immer näher, nimmt meine Hände, legt sie geschickt an ihre Hüften und meine Wangen glühen vor Hitze. Ich kann mich nicht auf einen Ausweg konzentrieren und wende ungeschickt meinen Blick von ihr ab. Meine Augen suchen Teri, doch alles ist verschwommen. Dann lösen sich ihre Hände von meiner Taille und ich spüre ihre Fingerspitzen an meinem Kinn. "Du tanzt gut." sagt sie und ist dabei durch die laute Musik nur schwer zu verstehen. Ich antworte nicht, denn ich bin damit beschäftigt, ihren Blicken zu entkommen. Wie ein Pfeil trifft mich eine Berührung direkt im Rücken. Es ist Teri. Ich drehe mich ruckartig um. Sie ist ganz nah und drängt sich zwischen mich und die Frau. Wie erstarrt beobachte ich, was passiert. Das ist der Moment, indem ich den Abend verdorben habe. Ich bin zu weit gegangen und mache mich innerlich für die Konsequenzen bereit. Teris linker Arm schlingt sich um meine Taille und der andere um die Frau. Noch ehe ich reagieren kann, sind ihre Lippen an meinem Hals und die der Fremden an ihrem. Dann beobachte ich, wie sie sich küssen. Langsam und ausgiebig, bis sie sich schließlich ganz mir widmen. Teri küsst mich selbstbewusst und jede Aufregung fließt aus meinem Körper. Mir ist schwindelig und ich kann mich nicht daran erinnern, wann ich das letzte Mal so viel Lust empfunden habe.

Teri

Ama tanzt ausdauernd. Ich sitze auf der Couch, wo ich meine Beine ausruhen kann. Sie ist so ausgelassen, wie ich sie mir nicht hätte vorstellen können. Obwohl sie nie verklemmt wirkt, hat sie immer eine gewisse Kühle an sich. Sie trägt eine kontrollierte Ruhe mit sich herum, als würde sie fortlaufend über die richtigen nächsten Schritte nachdenken. Das verleiht ihr die Eigenschaft, sich bei ihr sicher zu fühlen. Heute fällt der Schleier zum ersten Mal und ich liebe es, sie so zu sehen. Ohne jene Ketten, die sie zu umspannen scheinen. Das Licht steht ihr. Sie ist die Schönste unter all den Frauen. Und eine scheint sich besonders für Ama zu interessieren. Die Unbekannte sieht aus wie eine moderne Flamencotänzerin. Doch ihre Bewegungen sind härter und flüssig. Ama scheint sie erst gar nicht zu bemerken, doch die Frau greift ihre Hände und führt sie um ihren Körper. Die beiden sind sich nah, doch sie küssen sich nicht. Ich nutze die Möglichkeit, um meine Gedanken zu beobachten. Sie passen nicht richtig zusammen. Ihr Stil und die Arten, wie sie sich bewegen, harmonieren nicht. Trotzdem verspüre ich das Verlangen, zu sehen, wie sie sich näher kommen. Nicht, weil ich sie an diesem Abend loswerden will. Ich will sehen, wie sie höchstmögliches Glück verspürt. Und gerade war sie knapp davor, ich konnte es sehen. Doch dann wird Ama nervös. Ich bemerke, wie sie versucht, sich umzusehen. Doch wonach? Ich glaube, nach mir. Ich stelle meinen leeren Drink hin und dränge mich zu ihnen auf die Tanzfläche. Als ich Ama berühre, erstarrt sie wie ertappt. Ich lege meinen Arm um ihre Taille und ihre Sicherheit kehrt zurück. Als ich erst die Unbekannte küsse und dann sie, sind wir uns plötzlich völlig verfallen. Alles ist okay.

Ama

Diese Nacht ist verrückt und ich fühle mich frei. Es gibt keinen strengen Verhaltenskodex, dem ich Folge leisten muss. Ganz anders als in Rom. In Rom werfen wir nach dreiundzwanzig Uhr keine Pläne mehr um. Wir trinken maximal drei Gläser Wein. Laute, enge Clubs sind zum Feiern ausgeschlossen. Wir beschränken uns auf bekannte Bars und feine Restaurants nahe den üblichen Straßen und auf unseren konventionellen Freundeskreis. In Rom achte ich darauf, dass mein Hemd knitterfrei sitzt, damit ich zu Mirandas perfektem Auftreten passe. Wir küssen uns nie in der Öffentlichkeit und halten selten Händchen. In Rom hakt Miranda maximal diskret ihren Arm unter meinen, nachdem ihr drittes Glas Wein geleert ist. In Sorrent lässt der sinkende Vollmond die Umgebung in einen weichen blauen Schleier fallen. Teri und ich spazieren durch die leeren Straßen, die nur spärlich beleuchtet sind. Teri ist tief in meinen Arm gesunken und hält meine Hand, während sie uns zu ihrem Haus lenkt. Sie sperrt auf und wir gehen leise die knarrenden Treppen hinauf zu ihrer Wohnung. Der Weg vom Club bis hierher war ein Stück, doch vollständig nüchtern sind wir noch nicht. Vor der Wohnungstür sieht sie mich an. Mein Hemd ist voller Falten vom ausgiebigen Tanzen. Ihre Augen sind trotzdem zufrieden mit mir, müde und beschwingt. Wir küssen uns, während sie den Schlüssel dreht und wir in den Flur torkeln. Es ist völlig dunkel. Teri führt uns zielstrebig ins Schlafzimmer. Ich öffne ihr Kleid, sie mein Hemd und wir sinken beinah nackt in ihre weichen Kissen. Ich unter ihr, sie dicht an mich gepresst. Ihre Haut ist so weich wie die Oberfläche von Wasser und ihr Duft berauschend. Sie legt ihren warmen Mund auf die Stelle hinter meinem Ohr. Dann küsst sie mich, als wäre sie in der Lage, alles von mir zu lieben. Ich bin ihr völlig verfallen.

Teri

Da bin ich nun. In ihrer Atmosphäre. Dünne Luft und ein magnetisches Vibrieren, das mich anzieht wie nichts jemals zuvor. Ich will jede Stelle von ihr küssen und das leise *Ja* hören, das sie flüstert, wenn ich die Stelle ganz oben an ihrem Hals küsse. Ich will sie schmecken und fühlen und jede Sekunde auskosten. Ihr Atemrhythmus ist heiß und ausgelassen. Sie bewegt sich in tiefen Zügen und ihre Finger verbrennen meine Haut. Ich sehe sie an und spüre, wie sie meinen Körper mit großer Leichtigkeit unter sich dreht. Ich falle in die Polster. Sie ist über mir und ihre Hand nimmt zwischen meinen Beinen Platz. Sie muss das Pochen spüren, das sie damit verursacht, und ich möchte alles. Doch etwas hindert mich. Sie legt die Lippen erst auf meine Wange und küsst dann liebevoll meine Stirn. Der Kuss unterbricht die feurige Stimmung für einen kurzen Moment, als unsere Blicke sich treffen. Sie scheinen so tief wie der Nachthimmel. Dann falle ich in ihre Augen, die in der Dunkelheit nur die Lichter von draußen reflektieren. Und da rauscht der eine Gedanke durch mich hindurch wie ein Messer. *Das ist sie.* Ich starre sie an, beobachte ihre lustvollen Gesichtszüge und nehme ihren Schwindel wahr. Sie ist nicht klar und auch ich bin betrunken. So will ich das nicht. Nicht mit ihr. Ich will sie nicht vergessen. Während ich sie küsse, begleite ich ihre Hand zurück nach oben. *"Hey, wir sind betrunken."* flüstere ich in ihr Ohr. Sie legt sich an meine Seite, ganz dicht an mich. Sie schiebt ihre Finger zwischen meine und wir schlafen ein.

Ama

Ich schlafe noch lange nicht. Mein Hunger nach ihr fühlt sich grenzenlos an. Ich hätte ihr alles gegeben, was sie in dieser Nacht begehrt hätte. Ich bin froh, dass sie es nicht gewollt hat. Der Alkohol hätte die Empfindungen und Erinnerungen abgestumpft. Doch als ob ich sie je vergessen könnte. Die Luft, die vibriert hat. Hektisch wie Papiergirlanden im Wind.

Teri schläft noch nicht lange und ich habe schon Sehnsucht nach ihren Augen. Ich muss sie im Licht des Vollmonds, der draußen sinkt, ansehen und kann kein Auge zu tun. Ihre sanftmütigen Blicke gehen durch mich hindurch wie eine Flut. Ich habe das Gefühl, sie sieht mich ganz und gar und lehnt nichts von mir ab. Was ich fühle, ist alles andere als Erwachsenenliebe. Diese Liebe fühlt sich stürmisch an, wie ein rauer Seewind, der durch mein Leben fegt und alle Strukturen umreißt. Sie liegt neben mir gekauert und umklammert meine Hand mit einer Festigkeit, die ich nicht von ihr erwartet hätte. Ich versuche, mir jede Nuance ihrer Haut einzuprägen. Jede Linie, jede Sommersprosse.

Das ist ihre Welt - sandrot und warm. Da singt ein Vogel im anderen Zimmer, ich könnte es schwören. Es ist Sonntag, wir haben lange geschlafen. Sie liegt von mir abgewandt. Ihr definierter Rücken bewegt sich sachte auf und ab im Rhythmus ihres Atems. Mein Verlangen nach ihr überwältigt mich nach wie vor. Also strecke ich mich, wringe meine Lust aus. Auf dem Boden liegt meine zerknitterte Hose, in der mein Telefon steckt. Ich schleiche hinüber und werfe einen Blick darauf. Der Akku ist leer, bestimmt hat Miranda schon versucht, mich zu erreichen. Ich öffne die Schlafzimmertür ganz leise und schleiche hinaus. Der andere Raum wirkt wie ein Atelier. In der Ecke ist ihre Töpferscheibe und überall sind Vasen und Schüsseln verteilt, die sie wohl selbst gemacht hat. Vor dem Fenster singt ein Kanarienvogel in seinem Käfig. Er ist giftgrün und hebt sich von der roten Atmosphäre des Raumes ab. Was für eine seltsame Idylle. Ich fühle mich so glücklich. In der Küche finde ich Kaffee und ich fange an, ihn zuzubereiten.

Teri

Ich wache auf wie aus einem Traum. Es rauscht in meinen Ohren und das Zimmer ist warm und hell. Ich hätte die

Stimmung, den Moment, die Nacht nutzen sollen, doch ich habe verzichtet. Das ist nicht meine Art. Mit meinem gestreckten Arm taste ich auf die andere Seite des Bettes, doch sie ist leer. Ama ist nicht da und eine Traurigkeit überkommt mich. Ich drehe mich um, das Sonnenlicht trifft meine Lider und bettet mich in die Realität des neuen Tages. Habe ich sie enttäuscht? Ich wollte sie nicht abweisen. Dann höre ich klimpernde Geräusche aus der Küche. Ich schrecke hoch. Auf dem Boden liegen immer noch Amas Sachen und die Tür geht auf. "Es tut mir leid, ich wollte dich nicht wecken." Ama schiebt sich behutsam mit zwei Tassen Kaffee durch den Spalt. Ich bin so glücklich, sie zu sehen. Ich hätte es nicht ausgehalten, hätte ich diese Chance vertan. Sie stellt die Tassen ab und ich strecke ihr meine Hand entgegen. Sie umschließt sie, dann ziehe ich sie näher, presse mein Gesicht in ihre Rippen und atme ihre Haut tief ein. Ich merke mir ganz genau, wie sie riecht, wie sie schmeckt, wenn ich sie küsse. Und sie nimmt mein Gesicht zwischen ihre Hände, die immer noch warm sind vom Halten der Tassen. Sie küsst mich innig auf den Mund und ich führe sie zurück ins Bett. Ich lasse uns zu. Wir bewegen uns so natürlich, so harmonisch. Unter ihrem Mund vermisse ich nichts.

Ama

Der Moment fühlt sich perfekt an und ich will ihn auskosten. Ich kann an nichts anderes denken als an sie, ihren weichen Körper, die rhythmischen Bewegungen. Ihre Beine umschließen mich und ihre Zunge schmeckt wie die süßeste Zitronencreme. Ich bin so schnell in ihr, ich kann gar nicht darüber nachdenken. So wie meine klaren Gedanken schmelze ich dahin. Vielleicht ist es gut so. Teris weiße Haare breiten sich um sie aus wie eine Wolke. Ihre Gesichtszüge wirken völlig entspannt, ihre vollen, rosaroten Lippen sind offen. Ich mache mir bewusst, dass sie echt ist. Sie macht Geräusche, sie atmet, sie schmeckt nach Haut. Sie ist keine Fantasie und doch etwas, was ich mir nur im Geheimen wünsche. Ich weiß, dass ich sie irgendwann wieder verlassen und mich vor Miranda verantworten muss. Aber noch nicht jetzt. An diesem Morgen bin ich ganz ich. Unperfekt und gierig nach Teri, die mich annimmt. Wenn ich in ihrer Nähe bin, bin ich ganz im Moment. Ich falle nicht in meine Vergangenheit zurück und kann nicht an die mit Pflichten gefüllte Zukunft denken, die vor mir liegt. Teri fixiert mich in der Gegenwart.

Wir kommen zusammen und ich versuche, nicht zu laut zu sein, denn mein Mund ist so nah an ihrem Ohr. Teris Arme umschließen mich drängend, ich spüre ihre Finger, ihre feuchte Haut und das Pochen ihres Herzens. Ich drücke mich an sie, mein Gesicht sinkt in ihre Halsbeuge und sie ist zu erschöpft für einen weiteren Kuss. So landen ihre Lippen offen und nach Luft schnappend auf meiner Wange. Ihr Atem ist warm. Während wir da liegen und unser Puls sich langsam beruhigt, kehrt auch die Realität zurück. Es ist der Moment zwischen Wachsein und Einschlafen, der mich einen kurzen, aber klaren Blick in die Zukunft werfen lässt. Ich werde in Neapel das Leben leben, das am besten zu den Vorstellungen der Menschen passt, die ich liebe. Ich kann meine Rolle spielen. Dann harmonieren die Protagonisten zwar immer noch nicht perfekt, doch es ist gut genug, um Frieden zu sichern, Ärger fernzuhalten und das Gefühl zu haben, das Richtige zu tun. Die Richtige zu wählen. Die Richtige zu *sein.* Ich werde nicht das Leben haben, das ich mir immer gewünscht habe. Aber welches Leben wäre das? Ich habe es noch nicht einmal selbst vor Augen. Ich habe noch nie darüber nachgedacht, was ich will. Es sollte bloß der perfekte Film werden. Oft fürchte ich, es gibt kein Regiebuch für das, was ich mir wünsche. Es ist kein Leben, das schon einmal vorgelebt wurde.

"Weißt du, was die Wahrheit ist?" flüstert Teri und reißt mich aus den Gedanken. "Oft fragen Menschen einen, warum man sie liebt, oder jemand anderen oder etwas auf der Welt." Sie scheint genauso nachdenklich gewesen zu sein, wie ich. Das beruhigt mich. Weil sie redet und ich davon gefesselt bin, schmiege ich mich in ihren Arm, um zu lauschen. "Oft zerbreche ich mir tagelang den Kopf darüber, warum ich für Menschen empfinde, was ich empfinde. Ob es eine chemische Reaktion ist, eine Eigenschaft, eine Farbe, die Lage ihrer Stimmen, etwas, was man gemeinsam hat. Ich glaube an die Gesetze der Natur und dass alles miteinander verbunden ist und Sinn ergibt. Ich will den Grund für diese oder jene Liebe beschreiben in all den sachlichen, fassbaren Details und Nuancen." Teri macht eine Pause und ich spüre die Rastlosigkeit in ihrem Herzen. Also schiebe ich meinen Arm unter sie, beuge mich über sie und schaue ihr in die Augen. "Was passiert dann?" frage ich. "Ich komme selten zu einem befriedigenden Schluss. Denn die Wahrheit ist, dass ich auf diese Art nicht über Liebe denke. Und manchmal schäme ich mich dafür, denn ich fühle mich alleine damit." Doch ich weiß, was sie meint. "Was, wenn es andersherum ist? Was, wenn es keinen Grund dafür gibt, jemanden zu lieben? Was, wenn es nur Gründe dafür gibt, dass wir es nicht tun?"

Teri

Als sie nachmittags die Wohnung verließ, wusste ich schon, dass ich sie am nächsten Morgen wiedersehen werde. Seitdem küsse ich sie jeden Tag ganz heimlich in der Halle hinter den bitter duftenden Zitronen. Jetzt ist es Vormittag und wir gehen durch die Felder. Zum ersten Mal habe ich das Gefühl, jemanden ohne jeden Vergleich zu lieben. Nicht, weil ich Sehnsucht nach etwas habe, das nicht zurückkehrt. Ama ist ein Monopol. Niemand ist vergleichbar mit ihr. Ich bin reuelos ganz ich selbst und dennoch macht sie mich irgendwie besser. Gewaltlos nimmt sie mir die uralte Trauer. Wir haben elektrisierenden Sex zwischen stundenlangen Gesprächen, stürmischen Tänzen und geleerten Weingläsern. Heute wollen wir die Mittagszeit am Pool hinter ihrem Haus verbringen. Wir liegen in der Sonne. Die Tropfen trocknen auf meiner Haut, während der Wind die Stellen kühlt. Ama streicht durch mein Haar und sieht irgendwo hin. Ich kann ihre Augen unter der schweren Sonnenbrille nicht erkennen. "Du hattest gar nichts dagegen, dass ich sie geküsst habe. Letztens, im Club." sagt sie schließlich. Ihr Ton ist träumerisch und weich. "Ich konnte dir das Glück nicht missgönnen." Sie richtet ihr Gesicht in den Himmel. "War es das? Verlustangst?" Ich denke, sie hat es falsch verstanden. Ich richte mich auf, schwinge mich auf ihren Schoß und nehme ihr die Brille vom Gesicht. So kann ich in ihre nachdenklichen, schwarzen Augen schauen. Meine Arme lege ich um sie und hauche in ihr Ohr: "Ihr wart so heiß zusammen." Dann küsse ich ihren Hals und sie umfasst meine Hüften. "Ich halte nichts davon, dir aus Egoismus Dinge zu verwehren. Besonders nicht, wenn sie dich so zufrieden stimmen wie der Tanz mit dieser Frau. Und ich will sehen, wie du strahlst." Ama lächelt mit zusammengepressten Augen, lehnt den Kopf zurück und lässt sich den Hals liebkosen. "Du hast sie mich auch küssen lassen.", stelle ich fest. "Du findest teilen also gut?", fragt sie und legt ihre Unterlippe auf meine. Ich nicke und besiegele es mit einem Kuss. Sie lässt sich darauf ein, doch ihre Gedanken sind an einem Ort, an den sie mich nicht mitkommen lässt. Ich will ihr die Möglichkeit geben, dort zu sein. Vorsichtig führe ich ihren Oberkörper auf den Boden, rutsche nach unten und ziehe ihre Badehose aus. Die Sonne strahlt uns auf die Körper und ich bette mich zwischen ihre Beine. Ihr Körper ist so definiert, dass jeder Muskel sich wie eine feine Düne abzeichnet. Ihr Gesicht entspannt sich, als ich meinen Mund auf sie lege. Ihr Körper wird ganz weich durch die Berührung meiner Zunge. Amas Saisonarbeit ist fast vorbei. Ich will sie festhalten, solange es noch geht, und umgreife ihre Hüften darum etwas fester. Ein neuer Job in der Branche, für die sie sich interessiert, steht immer noch nicht in Aussicht. Sie liebt Wellen, auch die, die ich sie spüren lasse. Ich ziehe es hin, mache es ihr in Fülle und durchdringend und schön. Ich lasse sie jeden Moment auskosten. Als sie es sich wünscht, kommt sie laut unter meinen offenen Lippen. In den letzten Tagen ist sie etwas stiller geworden.

Ama

Wenn wir uns berühren, knistert es, als würde Eis in heißes Wasser fallen. Beim Schwimmen nachts im Pool, wenn ich ihr dabei zusehe, wie sie töpfert, beim Spazieren durch die Hügel, beim Brunch in ihrem Lieblingscafé. Außenstehende können das Knistern auch hören, ihre Blicke verraten, was sie bei unserem Anblick denken. Hand in Hand spazieren wir durch die Gassen, machen an Souvenirshops Halt, lachen viel und trinken kalten Kaffee zur Abkühlung. Tage mit Teri sind so intensiv, wie ich sie ewig nicht mehr erlebt habe. Ich studiere sie in jeder freien Sekunde. Ich versuche zu verstehen, wie sie die Welt sieht. So ganz im Jetzt, wie sie jede Nebensächlichkeit genießt und erforscht. Sie denkt über die Form der Wolken und den Wind um sie herum nach. Über die Erde und was in ihr in diesem Moment lebt. Über den Ozean und wie die Wellen einander beeinflussen. Ich fühle mich, als würde ich in ihrer Atmosphäre verglühen wie ein Asteroid.

"Was, wenn es keinen Grund dafür gibt, jemanden zu lieben? Was, wenn es nur Gründe dafür gibt, dass wir es nicht tun?" Fast so, als wäre Liebe die eine universelle höhere Gewalt zwischen allen Menschen und ihre Abwesenheit wäre die Anomalie. Ich entschuldigte mich bei Miranda ausgiebig dafür, einen Abend und fast einen ganzen Tag nicht angerufen zu haben. Ich liebe sie, das besagt das Grundgesetz. Doch mein Gefühl, unsere gemeinsame Zukunft aus den falschen Gründen anzustreben, will einfach nicht weichen. Ich habe die Wohnungssuche insgeheim schleifen lassen. Es ist schon beinahe ein Boykott. Bei meinen täglichen Telefonaten mit Miranda kritisiere ich mehr Immobiliendetails als sonst und manchmal habe ich das Gefühl, sie wird stutzig. Ich erzähle ihr sonst selten von Kleinigkeiten, die mich stören. Ich will ihren Umzug hinauszögern und die Konfrontation, die damit einhergeht. Ich kann nicht genau ergründen, warum ich an uns zweifle, ob es die Affäre ist oder die Angst davor, zu versagen. Auf einer Linie habe ich bereits versagt. Der Job hingegen ist mir wichtig. In meinem Coastal and Ocean Engineering Studium habe ich mich besonders für Wellenkraft zu interessieren begonnen. Es ist eine der größten ungenutzten Energiequellen des Planeten. Ich habe mich bei verschiedenen Stellen an Häfen beworben, doch bisher ohne Erfolg.

Teri

Ama hat mir ihren Standort geschickt. Wir sind beide keine Menschen, die gerne tippen, und die Möglichkeit des Standortteilens hat sich in den letzten Wochen als nützlich behauptet. Heute ist es der Pool hinter ihrem Haus, was bedeutet, dass sie erschöpft vom Kistenschleppen ist und Abkühlung braucht. Ich habe selbstgemachte Zitronenlimonade mitgebracht. Doch als ich die Klingel drücke, öffnet niemand. Ich bin pünktlich, keine Sekunde verspätet, es ist halb elf. Ich spähe durchs Fenster in den Flur und sehe eine Reisetasche im Gang, die ich noch nie gesehen habe. Dass um diese Jahreszeit noch weitere Saisonarbeiter hier einziehen, scheint mir nicht plausibel. Ich schleiche um das Haus herum und auch im Garten finde ich keine Spur von Ama. Mich überkommt ein beunruhigendes Gefühl, schüttle es aber ab. Bestimmt musste sie noch etwas auf der Plantage erledigen. Ich setze mich auf die Terrasse, doch schon nach wenigen Minuten werde ich zu unruhig, um noch länger zu warten. Die Wolken ziehen langsam und meine Füße wippen hektisch hin und her. Ich beschließe, hoch zur Halle zu laufen. Bestimmt kommt sie mir entgegen.

Es ist ein warmer Oktobertag. Der Bauer fährt mit einer Schubkarre über die Veranda. Sonst ist niemand zu sehen. "Hallo, ist Ama noch hier?" Rufe ich zu ihm hinauf. Der Bauer winkt und deutet in Richtung der Hügel.

Hinter der Halle angekommen, steht Ama in der Wiese. Eine Frau in einer weißen Bluse, mit ungeeignetem Schuhwerk ist bei ihr. Ich sehe sie miteinander sprechen. Ihre Körperhaltungen lassen erahnen, dass sie eine angeregte Diskussion führen. Die Frau hält Amas linke Hand an ihre Brust gedrückt. Ama kämmt sich mit der anderen die Locken zurück. Die beiden wirken ganz vertraut. Ama scheint etwas klarzustellen, die Frau schüttelt den Kopf, zieht Ama zu sich und küsst sie. Sie küsst sie, doch Ama wirkt erschöpft und nicht glücklich. Ich fühle mich fehl am Platz. Etwas sagt mir, dass ich gehen sollte.

Ama

Einer der Traktoren war heute ausgefallen. Meine Arme tun weh und ich bin mir zum ersten Mal eine Blase gelaufen. Ich sehne mir nichts dringlicher herbei, als mit Teri im kalten Pool zu treiben und ihre Ruhe zu genießen. Auf der Terrasse ziehe ich meine Schuhe aus und lasse meine Füße ins Wasser baumeln. Dann schicke ich ihr meinen Standort. Ich will gar nicht daran denken, heute noch ins brütend heiße Neapel fahren zu müssen, denn tatsächlich habe ich ein Bewerbungsgespräch in einem Hafenunternehmen ergattert. Der Bauer ist zufrieden mit mir, ich wünschte, ich könnte meine Tage ewig so verbringen. Ich halte mein Gesicht wenige Sekunden in die Sonne, dann klingelt es an der Tür. Teri muss in der Nähe gewesen sein. Ich schüttel das Wasser ab und laufe durch den kühlen Flur. Es klingelt noch einmal. Die Silhouette draußen sieht nicht aus wie Teri.

"Überraschung!" Miranda lächelt breit, um mir ihre überschwängliche Freude auszudrücken. Sie fällt in meine Arme und drückt ihre Lippen auf meine. Ich habe ganz vergessen, wie sie schmeckt. Nach scharfem Pfefferminz-Kaugummi und Zucker. "Hey, du hier?" "Freust du dich etwa nicht?" Miranda lockert ihre Umarmung. "Du solltest duschen, Babe." Sie tritt einen Schritt zurück und legt die Hand über ihre Nase. "Oh, tut mir leid, ich komme gerade von der Arbeit." Ich schließe die Tür hinter ihr zu. Sie stellt ihren Koffer ab und begutachtet den Flur. Zum ersten Mal tue ich es auch. Die Wände sind dunkelblau gestrichen und an der Decke ziehen sich feine weiße Risse durch die Farbe. Ich fand immer, das hat Charme, jetzt ist es mir unangenehm. Miranda sieht toll aus. Ihr dunkler Rock sitzt knitterfrei, die weiße Bluse ist wie frisch gebügelt und sie riecht nach Waschmittel. Ihre braunen Haare sind locker nach oben gesteckt. "Ich wollte dich zum Bewerbungsgespräch begleiten. Ich dachte, das freut dich." Sie geht durch die Küche, das Wohnzimmer, sieht sich alles genau an und betritt dann die Terrasse. Es ist seltsam, sie in dieser Umgebung zu sehen. Zwei Wochen zu früh. "Hier wohnst du also? Du hast mir nie ein Foto geschickt. Das Haus ist ziemlich trist." "Es gefällt mir eigentlich ganz gut.", kontere ich zu leise, als dass sie es hören könnte. "Der Pool gefällt mir." Sie kniet sich hin und überprüft die Wassertemperatur. Dann fällt mir mein Telefon auf, das am Poolrand liegt. Teri kann jeden Moment hier sein und ich brauche einen Plan. Mir wird heiß und kalt und dann schwindelig. "Du siehst blass aus.", stellt Miranda fest. "Alles in Ordnung." Ich schüttel den Kopf, um ihn freizubekommen. "Es ist schön, dass du so überraschend gekommen bist. Lass uns doch einen Spaziergang machen. Ich zeige dir, wo ich arbeite." Ich reiche ihr die Hand und wir gehen los.

Miranda jammert nicht, auch, wenn man ihr die Anstrengung anmerkt. Schotterwege sind nicht, was sie gewohnt ist. Wir reden über Fakten, Termine, Budget und Zeitpläne. Ich finde es schade, dass sie den Weg nicht genießt. Die Gegend ist so schön. Oben an der Halle angekommen ist sie beinah genauso durchgeschwitzt wie ich. Das amüsiert mich. Sie überblickt die Zitronenfelder und wir marschieren in die Schatten der Bäume. "Hier ist es schön!" Miranda riecht an den Zitronen und zum ersten Mal sagt sie etwas Positives. Ich freue mich, dass ihr der Ort gefällt, an dem ich mich mitunter am meisten aufhalte. Dann zieht sie mich wieder zu sich und küsst mich zum zweiten Mal. Dieses Mal fühlt sich der Kuss schon etwas selbstverständlicher an. Trotzdem ist es anders als sonst. Da ist eine Distanz zwischen uns. Ich bemerke eine Unbeholfenheit darin, wie ich sie berühre. Ich fühle die Abwesenheit der Spannung, die ich empfinde, wenn ich Teri küsse, doch ich will sie nicht vergleichen. Trotzdem denke ich darüber nach, ob ich diese spezielle Anziehung bei ihr überhaupt schon einmal gespürt habe. Ich beende den Kuss frühzeitig und übertrage die Distanz der Gefühle auf die Distanz unserer Körper. Unwillkürlich tue ich einen Schritt zurück. Ich kann den Blickkontakt nicht halten. "Was ist los mit dir? Amaris, willst du mir etwas sagen?" Sie streicht durch meine Locken, ich weiche ihrem Blick aus und suche nach Worten. "Hast du hier etwa eine kleine Ferienliebschaft begonnen?" Miranda lacht und ich zucke zusammen. "Also um ehrlich zu sein, ..." Ich nehme ihre Hände aus meinem Haar. Sie sieht mich wortlos und nur unbedeutend erschrocken an. Dann formt sich ein winziges Lächeln in ihrem Mundwinkel, das Milde auszudrücken versucht. Ihre Hand berührt zart und unpassend meine Wange. "Wirklich? Hast du?" Ich nicke. Ihr Kopf kippt leicht zur Seite. Mein Kopf wird leer und Stille legt sich zwischen uns. In einer Sekunde sehe ich sie davonstürzen, unsere Pläne niederbrennen und mich alleine hier zurück. "Hey, es ist okay." Dann umarmt sie mich und die Situation fühlt sich völlig falsch an. Sie sollte mich hassen, doch sie tut es nicht. Mirandas Blick trifft mich. Er ist nicht so weich wie ihr Lächeln, doch der Versuch, es zu sein, ist erkennbar. Plötzlich steigt Wut in mir auf. Ob auf Miranda oder auf mich selbst kann ich nicht genau definieren. Ich dränge sie weg. "Ich habe dich betrogen, Miranda!" Ich schreie sie beinah an, doch ich zügele meine Gefühle. Sie hat die Bestrafung nicht verdient. Eine kurze Stille entsteht. Dann nimmt sie meine Hände an ihre Brust. Ihre Stimme klingt deutlich, sachlich und kühl. "Amaris, ich kenne dich jetzt bereits so lange. Ich kenne deine Muster. Natürlich hast du mich betrogen, du warst zwei Monate alleine hier. Ich habe nichts anderes erwartet. Das war alles viel für dich und ich verstehe, dass du Druck ablassen musstest." "Aber ich glaube, es war mehr als nur Sex." "Oh, natürlich tust du das." Ihr Körper wird weich und ich spüre ihre Finger in meinem Nacken. "Du suchst doch immer nach der filmreifen Liebesgeschichte in all deinen Begegnungen. Aber *das hier* ist echt." Sie küsst mich mit aller Zärtlichkeit, die sie in der Situation aufbringen kann, und ich zweifle an mir selbst. Was sind schon zwei Monate mit Teri im Vergleich zu meiner *echten* Beziehung mit Miranda. Miranda scheint mich zu kennen. "Du warst schon immer wild und hast dich in Abenteuer gestürzt. Natürlich wirst du jetzt nervös. Ich habe uns für heute Abend eine Wohnungsbesichtigung organisiert. Und dann führe ich dich zum Essen aus."

❖

Ich erlebe den Tag wie mechanisch. Das Bewerbungsgespräch lief befremdlich, einfach und gut. Miranda wartete im Foyer und beglückwünschte mich mit einem stolzen Kuss. Danach ging es gleich weiter zur Wohnungsbesichtigung. Es war die erste Wohnung, die sie persönlich sah und die erste, an der sie fast nichts auszusetzen hatte. Die Zimmer sind hoch, hell und modern. Es gibt sowohl Dusche als auch Badewanne und eine Dachterrasse. Die Küche gefällt mir. Sie ist mit modernen Azulejos bestückt. Miranda meint, man könnte das zu einem späteren Zeitpunkt austauschen. Ihr gefällt das Muster nicht. Die Wohnung ist über unserem Budget. Sie verhandelt lang und geschickt. Am selben Tag unterschreiben wir das Dokument des Maklers. Schon nächste Woche können wir einziehen. Es ist Donnerstag.

❖

Und nun sitzen wir hier in diesem wunderschönen Restaurant, wir sprechen kein Wort über Teri oder die vergangenen zwei Monate auf der Plantage. Ich schweige viel und versuche, alles aufzunehmen, was Miranda sagt. Die Konversation ähnelt unseren Telefonaten. Da ich nicht viel besitze und die meisten meiner Sachen schon hier sind, wird der Umzug ganz gelassen, sagt Miranda. Ihr Hab und Gut ist bereits seit einiger Zeit in einem Transporter. Dazu zählen auch die Möbel. Bereits übermorgen kann alles in Neapel sein. Sie ist zuversichtlich, dass der Umzug nach Plan klappt. Miranda hat meine Mutter angerufen und sie freut sich, uns zu Weihnachten besuchen zu kommen. Ich bin verwundert, dass die beiden Kontakt haben. Mich ruft sie nie an. Das Hafenunternehmen will mir so schnell wie möglich meinen Vertrag zuschicken. Miranda tritt ihre neue Stelle in der Kanzlei nach einer kurzen Umzugs-Pause von zwei Wochen an. Diese Unterbrechung hat sie sich nach den bestandenen Prüfungen verdient. Dann wird auch schon November sein. Das Abendessen bereitet mir keinen Genuss. Der Wein brennt im Magen. Wenn ich schlucke, sticht in mir der Geschmack von Zitronen.

Teri

Im Auto sitzend versuche ich, meine Gedanken zu sortieren. Eins ist klar: Ich bin nicht ihre Einzige und das eigentlich Schlimme daran ist, dass ich es unwissentlich wohl nie war. Dabei hätte sie mit mir darüber sprechen können. Hat sie es versucht? Ich merke, wie verletzt ich bin. Ich parke und schicke ihr noch im Auto die Adresse eines kleinen Cafés und tippe *zwanzig Uhr* in den Chat.

Es ist halb neun. Ich stehe an der Bar und leere mein zweites alkoholisches Getränk. Mein Bauch tut weh. Alles schmeckt sauer. Ama ist nicht da.

Kapitel 2

Blauer Staub

November, Neapel, Italien

Ama

Wie kann es sein, dass Bettwäsche nicht knittert? Ich sehe zu Miranda hinüber, die aussieht wie eine Puppe, wenn sie schläft. Ihre Augen sind von einer schwarzen Seidenmaske bedeckt. Das Zimmer ist weiß, das große Bett dunkelblau und in der Ecke fächert sich eine Palme auf. Draußen rauschen bereits frühmorgens Autos vorbei. Es kommt kein Licht herein. Ich bekomme nur schlechten Schlaf und wenn ich nachts aufwache, frage ich mich manchmal, wo ich bin. Dann fällt es mir wieder ein. Der überstürzte Einzug vor vier Wochen hat meinen Rhythmus gestört. Ich konnte mich nicht richtig von dem Haus verabschieden, das Miranda so unbedeutsam findet. Auch meine letzte Schicht habe ich nicht angetreten und so konnte ich Teri nicht noch einmal sehen, um ihr alles zu erklären. Ich scrolle durch mein Telefon, doch Teris Kontakt ist vor Wochen verschwunden. Im Verdacht habe ich Miranda, aber ich sage nichts. Dass sie die Affäre ignoriert, ist Fluch und Segen zugleich. Es ist eben meine Natur, sagt sie bloß. Weder kann ich über meine Gefühle sprechen, noch würde sie meine Empfindungen für Teri ernst nehmen. Ich fühle mich leer. Mein Bauch schmerzt immer öfter. Ich schleiche in die Küche und für einige Minuten starre ich einfach nur an die blauen Fliesen. In letzter Zeit tue ich das regelmäßig, träume mich einen Kaffee lang zurück nach Sorrent. Zurück in Teris Bett, zurück unter ihren Mund. Wenn ich es schaffe, mich von den Erinnerungen zu lösen, gehe ich den Terminkalender durch. In zwei Wochen, am ersten Dezember, beginnt mein Job am Hafen. Ich verbringe die Tage mit dem Einräumen der Bücherregale und unterstütze Miranda, wo ich kann. Putzen, Kochen, tun, als wäre ich nicht woanders. Zurück nach Sorrent zu fahren, habe ich mich nicht getraut. Ich kann mein Leben nicht aufs Spiel setzen. Den Großteil meiner Energie stecke ich darin, nicht *in die alten Muster zurückzufallen,* wie Miranda es nennt. Damit meint sie, verantwortungslos zu sein, kurze Affären zu haben, mir das Herz zu brechen, das der Frauen mit dazu und mich dann in Sport und Tanzen zu flüchten. Sie tut ihr Bestes, mich und sich und unser Leben auf einen erfolgreichen Weg zu manövrieren. Ich trage nicht viel dazu bei. Trotzdem fühle ich manchmal Ärger in mir aufsteigen. Wenn sie Pläne macht, wie zum Beispiel einen Termin für die Ansicht neuer Küchenfliesen, fühle ich mich übergangen. Doch ich schüttele es ab, schlucke es aus Schuldgefühl hinunter. Ich fokussiere mich darauf, bald einen Job in meiner Traumbranche zu beginnen, eine voll möblierte Wohnung in Neapel zu besitzen, eine glückliche und erfolgreiche Frau zu haben, die vor allem von meinen Eltern nicht nur akzeptiert, sondern geliebt wird. Das hätte ich mir niemals träumen lassen. Nicht zuletzt hat Miranda sich dieses Leben verdient. Trotzdem denke ich an Teris Haut, in dem Moment, bevor ich einschlafe. Wenn meine Gedanken unruhig sind, frage ich mich, mit welcher Metapher sie mich aus ihnen herausreißen würde. Ich möchte sie um Rat fragen, wenn ich nicht weiter weiß, ich möchte ihre Ideen hören. In meiner Fantasie ist sie vergebend und verständnisvoll. Ich kann nichts falsch machen und bin frei von Schuld. Teri erdet mich, sie bringt mich zu mir selbst auf ganz sanfte Art und Weise. Dann würde ich am liebsten meine Arme um sie legen, sie berühren und in einen sicheren Schlaf wiegen zum Dank für die Erkenntnis.

Teri

Weiß. Weiß (blendet). Ein Gemisch aus Einzelfarben, das denselben Farbeindruck hervorruft, wie Sonnenlicht. Selbst, wenn das Sonnenlicht nicht durch den milchigen Wolkenschleier dringt. Ich kann das Weiß kaum ansehen, doch ich habe keine Wahl. Die Farbe sticht aufdringlich in meinen Pupillen wie kleine Nadeln. Sie treibt mir Tränen in die Augen. Sie ist überall. Im Himmel, auf meiner Haut, in den Wellen um mich herum. Ich kann kaum sehen, wie weit ich abgetrieben bin, also hebe ich den Kopf und verschlucke dabei etwas Salzwasser. Ich treibe wie ein Seestern und weit und breit ist nur weißes Wasser und Dunst. Ich hangle mich einmal im Kreis und erblicke ganz hinten am Horizont verschwommen das Ufer. Immer, wenn es so weit ist, zurückzuschwimmen, überkommt mich etwas Wehmut. Das Gefühl auf offener See zu treiben, weit und breit nichts als Leere, spiegelt mein Inneres nach außen. Hier vermische ich mich mit der rauen Natur. Das Meer scheint wie endlos zu sein, jeden Tag kann ich hier mehr erreichen, mehr Meter Entfernung, mehr Abstand zum Festland. Es scheint mir der einzige Ort in dieser Stadt zu sein, an dem ich Ama vollständig vermissen darf. Mehr als ein Monat ist bereits vergangen, seitdem sie verschwunden ist. Das Loch in meinem Herz brennt. Es war nur ein halber Sommer, den wir zusammen verbracht haben. Trotzdem vermisse ich sie an jedem Morgen und abends, wenn ich anfange, in einen Traum zu fallen. Ich mache mich mit kräftigen Schwimmzügen auf den Weg zurück. Die Sonne hat schon bald die Wasseroberfläche erreicht. Heute war es ein letztes Mal so warm, dass bei Einbruch des Abends Wasserdampf aufsteigt und mir die Sicht nimmt. Doch ich erreiche das Ufer erfolgreich dort, wo ich es verlassen habe. Ich schwimme in die Bucht hinein, der lange steinerne Steg fünfzig Meter rechts von mir gibt mir eine Orientierungshilfe. Und nur wenige Schwimmzüge weiter können meine Füße den sandigen Untergrund ertasten. Etwas vom Ufer entfernt warten meine Sachen auf mich. Ich breite mein Handtuch aus, lege mich darauf und lasse die Restsonne meine Haut fluten. Ob ich immer noch die Farbe des gleißend hellen Wassers an mir habe, und so das Licht reflektiere? Wie oft habe ich schon gehört, dass meine Haut viel zu hell für diesen Ort wäre. Das Wasser zu verlassen ist immer, wie meine Haut abzulegen. Ein Teil von mir bleibt zurück. Doch der Sonnenschein regeneriert mich und so werde ich letztendlich doch nicht weniger.

❖

Vom Ende der Bucht her treiben Stimmen herüber. Aus gesunder Entfernung lausche ich ihnen. Noch immer liege ich an meinem Platz. Der Quell hat sich zu feuchter Luft verflüchtigt und eine klare Nacht ist hereingebrochen. Ich kann die bunten Lichter der Feier erkennen, dort unten am Meer. Ich höre die Stimmen der lärmenden Gäste, ihre Füße im Sand, ihre Gläser in den Händen. Das Event findet regelmäßig in dieser Strandbar statt. Und oft werde ich von der Musik angezogen. Heute ist es genau so. Ich richte mich auf und blicke hinüber. Das Areal ist schon gut besucht. Ich kann das kleine Podest mit den Musikern gut erkennen, die Tanzfläche hat sich gefüllt. Nur die Stühle auf der Terrasse sind weniger gut besetzt. Auch im Wasser tummeln sich einige Menschen. Eine Uferstelle ist bunt beleuchtet und lädt zur Ausgelassenheit ein. Ich vergewissere mich, dass mein Bikini trocken ist und sitzend schlüpfe ich in meinen Rock. Mein Oberteil stopfe ich in den Beutel, werfe ihn mir über die Schulter und laufe los. Es ist nicht weit. Ein kleiner erdiger Trampelpfad führt entlang zu der Stelle, an der sich das Lokal befindet. Ich sehe mich um und der Barkeeper fällt mir ins

Auge. Ich kenne ihn. Im richtigen Augenblick strecke ich meinen Arm in die Luft und winke ihm zu, er winkt zurück.

Yale

Die Luft hängt voller Geräusche. Sie ist gesättigt von ihnen. Tausend Stimmen rasen durch meine Ohren, unzählige Klänge vibrieren in meinen Knochen. Die Lichter sind heller geworden und die Umgebung dunkler. Mein Körper fühlt sich erschöpft an vom Tanzen und Trinken. So beschließe ich, hinunter zum Wasser zu laufen und mir einen kurzen Moment Ruhe zu gönnen. Die Beleuchtung tunkt die heran rauschenden Wellen in ein prächtiges Farbspiel. Das Wasser wirkt wie schimmerndes, buntes Glas und die Gischt wechselt alle paar Sekunden seine Farbe von Rot nach Grün nach Blau. Noch immer befinden sich einige Menschen im Meer, doch sie schwimmen nur wenige Meter hinaus. Sie trauen sich nur so weit, wie das Licht ihnen reicht. Ihre Körper fangen die Wellen auf. Sie schaukeln mit den Fluten und amüsieren sich prächtig. Ich lasse mich auf einen menschengroßen Stein am Wasser nieder. Er hat noch die Wärme des Tages gespeichert und fühlt sich angenehm und erholsam an. Ich blicke in die Dunkelheit hinaus. Nur einige wenige Bojen senden ihr Licht aus. Die anliegenden Segelschiffe signalisieren blinkend ihre Position. Ich strecke die Beine, lasse meinen Körper entspannt nach hinten gleiten. Doch abrupt werde ich auf halber Strecke unsanft gestoppt. Ich bin gegen etwas gestoßen. Oder jemand gegen mich. Ich spüre einen anderen Rücken, ganz dicht an meinem. Erschrocken drehe ich meinen Kopf und versuche, das Gleichgewicht zu halten.

Teri

"Wunderschönes Plätzchen hast du hier gefunden!", sagt eine Frauenstimme. Sie klingt überaus sicher und aufrecht. "Was für ein Schauspiel!", doch sie meint nicht das Wasser. Sie blickt an Land und verfolgt die Party. "Dich stört es doch nicht, wenn ich mich dazusetze, oder?" "Nein. Ich wollte ohnehin zurückgehen." Ich richte mich auf. "Ach nein", dann nimmt das Mädchen meinen Arm und zieht mich aufdringlich zurück. Sie ist frech. Und sie ist betrunken. "Leiste mir doch Gesellschaft, es ist so nett mit dir!" Sie rutscht schlaksig herüber, sodass wir beide die Beine Richtung Meer hinausstrecken. Nun kann auch ich sie sehen. Sie ist außergewöhnlich. Schlank. Ihr Gesicht ist glatt und kantig. Ihre Lippen sind voll und ihr Ausdruck tiefer als angenommen. Die Haare trägt sie stoppelkurz, was ihre hohen Wangenknochen und die definierte Kieferpartie weiter betont. "Wahnsinn, wie das Wasser aussieht. Nicht?" Die Reflexionen der Lichter streichen wellenartig über ihr Gesicht. Ich sehe aufs Meer hinaus und beobachte ungerührt die torkelnden und kichernden Menschen am Ufer. "Ja. Wahnsinn." bestätige ich uninspiriert. Ich merke, wie sie zu mir herübersieht. Sie mustert mich. Ich blicke sie dabei nicht an.

"Warum so unbeeindruckt?" Ein weiteres Mal an diesem Abend ziehe ich die Schultern nach oben. "Schon zu oft gesehen vielleicht." antworte ich. Sie sieht mich noch immer an. Ich kann es ganz genau spüren. Diesmal schweigt sie länger. Ich frage mich, ob sie nun nichts mehr zu erwidern hat. "Du bist ziemlich schön. Weißt du das?" Ihr Satz kam unverhofft. Er treibt mir einen warmen Schauer durch den Körper. Doch wie leer solche Worte im Grunde sind. Ich wende mich ihr zu und treffe zielsicher ihren weichen Blick. Meiner kreist um ihren wie ein Magnet, der seinem Gegenpol noch nicht nah genug ist. Die Lichter spiegeln sich in ihren Pupillen. Ich kann nicht übersehen, dass ihre Lippen sich unwillkürlich einen Millimeter öffnen. "Ich bin Yale.", sagt sie. "Tierra."

Yale

Sie wirkt zerbrechlich und grazil. Als einzige trägt sie keine Schuhe, das macht sie noch interessanter als ihr salzfarbenes Haar. Sie scheint kein Interesse an den Blicken der anderen Menschen zu haben. Dennoch denke ich, sie ist an mir interessiert. Zumindest tanzt sie mit mir im Sand zwischen den Partygästen, die dieses Privileg nicht genießen. Zwischen uns knistert und funkt es. Obwohl der Abend schön ist, kann ich nicht aufhören, darüber nachzudenken, was ihren Blick so schwer macht. Typisch für mich, denn oft fühle ich andere Menschen viel zu intensiv. Ich überlege, ob es gut ist, sie gerade zum jetzigen Zeitpunkt meines und ihres Lebens zu verführen. Obwohl wir uns nicht kennen, fühle ich mich ein wenig verantwortlich. Ich will Italien in einer Woche verlassen und die letzten Tage noch vollständig auskosten. Der nächste Song ist etwas langsamer und ich ziehe sie mutig an mich. Ihre Arme fallen federleicht auf meine Schultern, ich führe und sie sieht wirklich gut aus. Das Mondlicht macht etwas Magisches mit ihrer Silhouette. Ich möchte sie mit nach Hause nehmen, mein Körper kann das nicht vor ihr geheim halten. Ich locke sie ganz nah und sie kommt mir entgegen. Ihre Bewegungen sind weich und nachgiebig. Im passenden Moment des Tanzes lege ich mein Kinn auf ihre Schulter. "Möchtest du woanders hingehen?" Sie nickt.

Teri

Die Geräusche der Party entfernen sich langsam. Yale ist groß, erhitzt und hat ihren Arm um mich gelegt. Ihr Griff ist fest und sicher. Es ist, was ich brauche, nachdem ich mich von den Wellen und dem Tanz habe umherwerfen lassen. Ich halte ihre Hand und manchmal lässt sie ihre Wange behütend auf meinen Kopf kippen. Wir steuern auf einen bienengelben Oldtimer zu. Auf der Straße steht sonst kein einziges Auto. Yale kramt den Schlüssel aus ihrer Tasche. "Das ist dein Auto?" Ich finde, es passt nicht zu ihr. Ich hätte mir etwas Dunkleres, wuchtigeres vorgestellt. Während sie manuell aufsperrt, umrunde ich betrunken den Wagen. "Das ist ein Porsche.", sage ich und sehe sie mit großen Augen an. "Oh bitte frag nicht.", bettelt sie kopfschüttelnd und öffnet die hintere Tür. Ich muss lachen und steige ein. "Das ist verrückt." "Wem sagst du das." Sie rutscht hinterher, beißt sich wie in Zeitlupe auf die Lippen und fokussiert mich, um die Aufmerksamkeit weg von dem Auto und hin zu uns zu lenken. Der Innenraum ist warm und riecht nach Leder. Ich fasse ihr Shirt, lehne mich an die Rückbank und sie sich über mich. Yale hat stets ein listiges, aber charmantes Lächeln in den Mundwinkeln. Das zieht mich an. "Ich darf dich doch jetzt küssen, oder?" "Dafür bin ich hier." Ich berühre ihren Hals, der sich viel glatter anfühlt als Amas, und sie streichelt zärtlich, aber mit Bestimmtheit über meinen Rücken. Unsere Lippen passen perfekt ineinander. Sie weiß genau, was ich will. Der Kuss ist aufregend und fühlt sich richtig an. Yale hält sich nicht zurück, als ihre warmen Hände über meinen nackten Bauch gleiten. Ich genieße, dass sie die Führung übernimmt. Seit Wochen bin ich unterkühlt, ihr Feuer taut mich auf. Wie eine Schneeflocke in der Sonne schmelze ich an sie gepresst. Nach kurzer Zeit hängt mein Oberteil auf dem Fahrersitz und mein Arm um ihren Nacken. Beinahe bin ich gedankenlos. Die Nacht ist hell. In zwei Tagen ist der Vollmond zu sehen. Die Welt dreht sich weiter. Auch ohne Ama. Ich küsse Yale – ohne Ama. Ich werde morgen früh nach Hause gehen – ohne Ama. Nur einen Gedanken lang nicht aufgepasst und schon holt mich die Traurigkeit ein. Yale merkt es sofort. Sie reagiert so schnell, dass es fast beängstigend ist. "Hey, alles klar?" Ihre Finger streichen über die feinen Härchen in meinem Nacken. So eine Nacht sollte man nicht verderben. Trotzdem schüttel ich den Kopf, ohne sie anzusehen. "Es tut mir leid." Dann weine ich zum ersten Mal eine Träne.

Die Situation muss absurd anzusehen sein, doch es fühlt sich ganz natürlich an. Kein bisschen Enttäuschung liegt in Yales Reaktion. Halbnackt sitzen wir zwei Stunden später immer noch in ihrem Auto. Die Beine gegen die Vordersitze gepresst und von einer Flasche Bier nippend, die Yale noch im Kofferraum hatte. Ich erzähle ihr alles. Sie hört zu. Ich spreche über den Tag, an dem ich Ama zum ersten Mal gesehen habe, und die nervöse Autofahrt zu ihrem Haus. "Ich hätte uns umbringen können, ich wäre beinah in Ohnmacht gefallen vor Aufregung." Wir lachen laut und der Wagen wackelt. Sie glaubt mir die Geschichte mit dem Erdbeben kaum, darum zeige ich ihr einen Artikel darüber in meinem Telefon. "Dass der Kuss in genau dieser Sekunde stattgefunden hat, kann ich aber nicht beweisen. Jetzt bist du mir eine schicksalhafte Geschichte schuldig." Yale streckt sich auf der Rückbank so weit es geht und stöhnt aus. Ihre Brüste sehen unglaublich gut aus. Sie ist weniger trainiert als Ama, doch genauso schlank und ihre Haut schimmert im Laternenlicht weitaus glatter. "Du hast recht, ich bin dir eine gute Geschichte schuldig. Was möchtest du wissen?" Ich löse meinen Blick von ihrem glühenden Körper, nippe am Bier und sehe mich um. "Erzähl mir etwas über dieses Auto."

Yale

Ich spreche nicht gerne über dieses Thema. Der Platz wird mir für einen Moment zu eng und ich strecke mich. "Ach, das Auto ist mir unangenehm. Können wir nicht lieber rummachen?" Aber Teri sieht mich mit ihren großen kugelrunden Augen an und nippt gespannt vom Bier. Ich werde sie nicht von dem Thema abbringen können. In meinem Kopf suche ich die kürzeste Erklärung für den gelben Porsche. Der Alkohol lässt mich meine Worte nicht besonders ausgeklügelt wählen. Ich sage: "Also, ich bin neunundzwanzig und ich bin Millionär." Der Satz ist so plötzlich in den Raum gestreut, dass es still wird. Meine Wangen laufen rot an, ich traue mich nicht, in Tierras Gesicht zu schauen, tue es dann aber doch. Ihre Lippen berühren die Flasche und sind auf eine erschrockene Art und Weise geöffnet. Ihre Augen starren mich glitzernd und staunend an. Sie sagt nichts. Hoffentlich denkt sie, es wäre ein Scherz und wir wechseln einfach das Thema. Ein kleines Lächeln wird zu einem größeren und alles, was sie erwidert ist: "Was?". Wir lachen beide los. "Wirklich? Und dann hast du dir einen gelben Porsche gekauft?" Sie reicht mir das Bier und ich nehme einen großen Schluck. "Nein, so ist das nicht. Ich habe ihn geerbt. Es ist praktisch gar nicht mein Auto." "Theoretisch ist es dein Auto." Tierra macht es sich extra bequem und lümmelt sich tiefer in die Rückbank. "Die Großtante meines Vaters hat mir diesen Sommer einiges vermacht. Aber ich habe nichts davon angefasst, außer das Auto. Ich habe das Gefühl, es steht mir nicht zu. Ich habe es nicht verdient, immerhin kannte ich sie kaum." Tierra nickt verständnisvoll und betrunken. Ich kenne sie kaum fünf Stunden und schon erzähle ich ihr, was ich sonst noch keinem erzählt habe. Vielleicht ist es, weil sie eine Fremde ist und ich nichts zu befürchten habe. Vielleicht ist es auch, weil ich so neugierig auf ihre Tiefe bin. "Ich will etwas Sinnvolles tun, verstehst du?" Die Bierflasche wandert wieder in ihre Hand und der letzte Schluck verschwindet zwischen ihren Lippen. "Ich habe eine Bäckerei. Zwei Lehrlinge, viele Mitarbeiter, einige Verträge, ..." Tierra zählt auf. Ich fühle mich etwas besser, weil sie mir keine Fragen über Geld und Besitz stellt. "Ich backe Kuchen aus den Zitronen, die mich an Ama erinnern. Zum Millionär hat es mich aber nicht gemacht." Wir schmunzeln wieder und Tierra legt sich auf die Rückbank, mit dem Kopf in meinen Schoß. Ich bin beeindruckt von dem, was sie sich aufgebaut hat. Wir sind wohl gleich alt. Sie muss unglaublich fleißig gewesen sein. "Ich ertrage es nicht mehr hinzugehen. Der Geruch. Der Geschmack. Ich versuche gerade, die Backstube zu verkaufen."

Teri

"Also bist du demnächst frei und ungebunden?", fragt Yale und streicht mir das Haar aus dem Gesicht. Ich kann nicht glauben, dass ich *es* ausgesprochen habe. Die Bäckerei zu verkaufen. Ich erzähle ihr alles, als würden wir uns schon seit Jahren kennen. Bestimmt sind es der Alkohol und ihre Schönheit, die meine Zunge lockern. Yale sieht aus dem Fenster, erst auf den Gehweg, dann in den Himmel. Ihr Profil ist kantig, ihr Kiefer definiert. "Ich verkaufe das Auto. In einer

Woche werde ich wegfahren. Nach Frankreich." Für einen Moment fühle ich mich an das Verschwinden von Ama erinnert. Dann dränge ich das Gefühl in den Hintergrund, denn Yale ist noch nicht einmal ein One-Night-Stand. Doch ich bedauere, dass ich sie nicht schon ein wenig früher getroffen habe. Wir können gut reden. "Ich weiß nicht, wann ich wieder komme. Oder ob ich wieder komme. Aber du klingst, als würde dir ein Tapetenwechsel guttun. Falls du also möchtest, ..." "Du fragst mich, ob ich mit dir durchbrenne?" Die Idee ist so unverblümt wie betrunken entstanden und ich bin offen dafür. Weit weg von hier sein, klingt im Moment wie Musik in meinen Ohren. "Es wird schön dort werden. In einem gemütlichen Häuschen im Wald. Es kommen Freunde von mir, wir machen Lagerfeuer und erzählen uns Geschichten." "Klingt gruselig.", lache ich, um die Stimmung weiter zu lockern. Ich kann mir Yale viel besser in der Natur vorstellen als in einer Großstadt, obwohl sie so cool wirkt. Sie ist der Typ Mensch, der unter Hippies und Hexen passt. Ich möchte sofort zusagen, doch ich tue es nicht. Stattdessen streiche ich mit zwei Fingerspitzen über ihren Nacken. "Du hast noch nicht einmal mit mir geschlafen." Die kleine Stichelei soll sie wieder in die Gegenwart bringen. "Dann sollten wir das wohl nachholen." Sie beugt sich über mich und legt ihre Hände sanft, aber sicher auf meinen Unterkiefer. Ich taste über ihre glatten Arme, drehe mich herum. Der Kuss beginnt langsam und sinnlich, steigert sich schnell zu einem aufregenden Rhythmus und mündet in fesselnder Leidenschaft. Dann haben wir magischen Sex auf der Rückbank ihres gelben Oldtimers. Obwohl sie so selbstsicher und direkt ist, ist Yale unglaublich aufmerksam. Sie spürt sofort jede kleinste Unannehmlichkeit und löst sie ganz natürlich auf. Obwohl sie so groß ist, macht ihr die räumliche Begrenzung scheinbar nichts aus. Sie führt, und unsere Körper fügen sich perfekt in den Raum. Die Straßenlaternen werfen die Schatten der Bäume auf ihre Haut und sie bringt eine völlig neue Energie in mein Leben.

Yale

Unsere Körper passen so gut ineinander. Ich liege zwischen ihren Beinen, sie sind weich und ich spüre, dass Tierra eine gewisse Spannung im Körper trägt. Ich kann sie problemlos lösen, auch, wenn ihre Hände mich gelegentlich aus der Konzentration bringen. Die Einladung nach Frankreich war ernst gemeint. Ich glaube nicht an Zufälle, also müssen wir uns heute Abend aus einem Grund getroffen haben. Wir lieben uns stundenlang, bis die Nacht fast zu Ende ist. Der Himmel färbt sich dunkellila. Alleine zu reisen ist mir in diesem Moment undenkbar und ich hoffe, sie begleitet mich.

Tierra sitzt an die Tür gelehnt, ihr Rock ist weit hochgeschoben und ich ruhe meinen Kopf auf ihm aus, wie auf einem Kissen. Sie sieht aus der Rückscheibe, ganz langsam blinzelnd. Bestimmt denkt sie darüber nach, wo Ama gerade ist, jetzt in diesem Moment. Da kommt sie wieder, die kleine Traurigkeit, die sie die ganze Nacht schon mit sich trug. "Genieß die Liebe hier.", flüstere ich und richte mich auf. Sie denkt viel zu laut, sie ist in ihren Gedanken versunken und ich streiche über ihr Haar. "Ich meine, du darfst an sie denken, wenn es gerade das Richtige für dich ist. Ich glaube nur, du könntest gerade glücklicher sein, wenn du es nicht tun würdest." Sie sieht mich ganz weich an und nickt. "Hey, ich könnte uns zu mir fahren und wir schlafen ein wenig. Wäre das okay?" "Ja, sehr gerne.", antwortet sie.

Mein Zimmer liegt ganz in der Nähe. Es ist fast leer, nur eine Frenchpress, mein Zahnputzbecher und die Matratze sind noch da. Der Rest meines Besitzes ist in drei Reisetaschen untergebracht. Ich führe Tierra an meiner Hand durch den kleinen Raum hinüber zum Bett, das von einem dünnen Vorhang vom Wohnbereich abgetrennt ist. "Dir ist es ernst mit Frankreich." sagt Tierra. "Ja, und die Einladung steht."

Ama

Ich schleppe die Einkäufe über den schon leeren Parkplatz. Es ist dunkel und der Supermarkt, der bunte Lichter in die Nacht wirft, schließt gleich. Die Luft ist kühl und ich will nicht nach Hause fahren. Den halben Tag haben wir damit verbracht, den Kleiderschrank aufzubauen, während ein Handwerker die Azulejos entfernt und gegen weiße Marmorfliesen ersetzt hat. Die blauen Fliesen waren wie ein kleiner Rest *ich* in unserer sonst sterilen Wohnung. Jeder Schlag des Hammers gegen die Wand hat den Riss in meinem Herzen weiter geöffnet. Ich kann die Tränen nicht zählen, die ich hinuntergeschluckt habe. Den anderen halben Tag haben wir blauen Staub vom Fußboden und den hellen Möbeln gewischt. Eine Tatortreinigung sozusagen. Anstatt zur Wohnung fahre ich an der Küste entlang und mache an einem kleinen Strandabschnitt halt. Ich setze mich ans Wasser und starre in die Sterne, die man aufgrund des Lichts der Stadt kaum erkennen kann. Nur der Vollmond strahlt hell. Das Licht lässt die Gischt wie Watte wirken. Ich hatte schon immer eine besondere Verbindung zum Mond. Vor meiner Beziehung mit

Miranda habe ich unzählige Nächte unter ihm verbracht. Egal, wo auf der Welt ich war, er war mein Fixpunkt. Verlässlich und nicht zu verlieren. Ich hatte viele unverlässliche Affären und eine wurde meist von der anderen abgelöst. Ich war so ruhelos, wie ich es jetzt bin. Doch es gibt einen Unterschied: Mein Leben heute ist völlig stabil und fehlerlos. Eine amerikanische Liebesgeschichte. Das perfekte Drehbuch. Aber das Leben ist kein Film. Ich erkenne meine Handflächen im hellen Mondlicht. Sie sind blau gefärbt vom Fliesenstaub. Ich denke an Teri, ich wünsche mir nichts sehnlicher, als mich heute in ihre Arme zu legen. Dann kommen mir Mirandas Worte in den Sinn. *Ich kenne deine Muster. Natürlich hast du mich betrogen.* Dann zweifle ich an mir, an meinen Gefühlen und an allem, was *echt* zu sein scheint. Ich überlege zwar, zu Teri zu fahren, doch ich habe sie verletzt und so muss nun auch ich leiden. Zum ersten Mal weine ich. Die Tränen wollen gar nicht mehr aufhören.

Mehr als zwei Stunden zu spät komme ich zu Hause an. Es ist fast Mitternacht. In der Wohnung ist es dunkel. Ich räume die Einkäufe in die Schränke und erkenne die Küche nicht wieder. Sie strahlt sogar nachts in perfektem, klinischen Weiß. Auf der Dachterrasse brennt ein Licht. Ich schenke mir ein großes Glas Wein ein und mache mich auf den Weg nach oben, angezogen vom Schein. Miranda sitzt in ihr Nachtkleid gehüllt und in eine dicke Decke gewickelt auf einer der Sonnenliegen. In ihrer Hand wippt ein Glas Champagner, in der anderen hält sie ihr Notebook, auf dem sie ein Buch liest. "Du bist spät." Sie blickt mich nicht an, ich setze mich auf die andere Sitzbank. Ihr

Profil ist kühl und regungslos. "Ich brauchte einen Moment für mich." "Für dich? Da bist du dir sicher?" "Ich war am Strand. Tut mir leid." Miranda sieht auf. "Ich habe fertig geputzt." "Ja, ich habe es gesehen." Ich nehme einen großen Schluck Wein. Mirandas Augen sind stechend und wütend. "Die Küche gefällt dir nicht.", stellt sie plötzlich fest. Ich zucke vorsichtig mit den Schultern. "Das alte Muster hat mir besser gefallen." Ich versuche, ihrem Blick auszuweichen. Miranda nickt langsam und steht unter Strom. Der Bereich um ihre Lippen herum ist angespannt. Sie sieht über die Terrasse hinaus auf die Dächer Neapels. "Das alte Muster also …" Sie trinkt von ihrem Glas. In einem Zug ist es leer. Ihre Stimmung lässt auch mich langsam hochkochen. "Was ist los, Miranda? Was ist dein Problem?" Ihre Augen wenden sich wieder gegen mich und sind erfüllt von Wut. "Zwei Stunden warst du weg, wahrscheinlich wieder bei diesem oder irgendeinem anderen Mädchen. Und dann sagst du mir, du magst *die alten Muster* lieber?" "Ich war *alleine* am Strand, Miranda. Und jetzt bin ich hier. Ja, das alte Muster war perfekt. Und der Schrank ist zu groß." Ich stehe auf und laufe aufgebracht einmal um den Sitzbereich, um Abstand zu gewinnen. Miranda verfolgt mich mit ihren zu Schlitzen gewordenen Augen. Sie erhebt sich und schwankt kopfschüttelnd auf mich zu. Ich stehe mit dem Rücken zur Wand und ihre Hände umgreifen meine Oberarme wie ein bissiges Krokodil. "Warst du bei dem Mädchen?", zischt sie bedrohlich und kommt nah. Ich versuche, die Fassung zu behalten. "Nein." Ich kämpfe mit ihrem zornigen Blick, spüre ihre Finger in meinem Fleisch, sie drückt immer fester. Es tut weh. "Du bist betrunken. Ich bringe dich jetzt ins Bett." Mit einer schnellen Bewegung mache ich mich von ihr frei. Meine Arme brennen. "Beweise es und schlaf mit mir." Da merke ich, wie ihre Stimme verzerrt ist vom Alkohol. Sie torkelt ein wenig zurück, das künstliche Licht und die dadurch resultierende Abwesenheit der Sterne lässt ihr Gesicht fahl wirken. Ich habe nicht vor, mit ihr zu schlafen. "Beweise es!", lallt sie erneut. "Wie viel hast du getrunken?" Verärgert über ihren Zustand, führe ich sie über die Dachterrasse, die Treppen hinunter und ins Schlafzimmer. Sie taumelt ein wenig. Vor dem Bett macht sie Halt. "Ich bin bald deine Frau." Mit einer ungehaltenen Geste ihrer Hand macht sie das noch deutlicher. Ich versuche, sie dazu zu bringen, sich hinzusetzen. Doch sie lehnt ihren Körper an mich und fängt an, mein Hemd aufzuknöpfen. "Was habe ich dir nicht gegeben?", flüstert sie in mein Ohr, während sie versucht, mich auszuziehen. Ich wende mich ab, denke nach, was ich ihr schlagfertig antworten könnte. Zugegebenermaßen fällt mir nichts ein. Ihre Finger rutschen verzweifelt von Knopf zu Knopf. Zum ersten Mal kann sie ihre Eifersucht und ihr Misstrauen nicht verbergen, was Mitleid in mir weckt. Trauer und Wut vermischen sich in ihrem Gesicht. Miranda ist wunderschön, wie aus einem alten Magazin geschnitten. Nur ganz selten lässt sie ihre harte Schale fallen. Darunter verbirgt sich ein zerbrechlicher Kern. Ihre Hände sind an genau den richtigen Stellen. Die Ladung des Streits intensiviert die Berührung und die zuerst erbosten, dann flehenden Blicke nur noch. Sie weiß genau, wie sie meinen Körper beherrschen kann. Dann lässt sie ihr Nachtkleid fallen. Ich widerstehe nicht mehr und sie drängt uns ins Bett.

Vom Klacken des Schlosses wache ich auf. Miranda hat die Wohnung verlassen, um zur Arbeit zu gehen. Meine Schultern fühlen sich angespannt an, als ich sie kreisend bewege. Meine Arme tun weh. Das Bett riecht nach Weichspüler. Langsam richte ich mich auf und spüre unverzüglich die Schwere meines Kopfes. Miranda hat die Vorhänge bereits geöffnet, Licht fällt herein und fängt sich in meinen ungekämmten Locken. Ich lege die Handballen auf die Augen. In dieser vorübergehenden Position nehme ich einen pulsierenden Schmerz wahr, der sich über meine Oberarme ausbreitet. Ich reibe die Stelle, werfe die starre Decke zurück und schlendere ins Bad. Das Plätschern des Duschstrahls auf dem schwarz gefliesten Boden macht meine Wahrnehmung schwammig. Mein starkes Bedürfnis nach Kaffee sorgt dafür, dass ich mich beeile. Nachdem ich mich von Kopf bis Fuß eingeschäumt und abgespült habe, stelle ich das Wasser aus und trockne meinen Körper. Mit der flachen Hand wische ich den Dampf vom Spiegel. Die Matte unter meinen Füßen ist weich und meine Oberarme blau. Vier beerengroße Fingerabdrücke zeichnen sich hinten ab, ein etwas größerer vorne. Das Licht wirft gelbe Akzente auf mein Gesicht. Die Luft ist zu dick, um zu atmen. Miranda sollte das nicht sehen. Sie sollte nicht sehen, was sie getan hat. Ich ziehe mein weites T-Shirt darüber, halte die Luft an und zwinge gestern Nacht mit Bestimmtheit aus meinen Gedanken.

Teri

Ein Tag beginnt, wie er endet. Eingehüllt in tiefes, verrauchtes Rot. Intensive orange Akzente durchbrechen die überhitzte Luft. Der Sonnenaufgang verfängt sich in den Staubpartikeln, die der leichte Wind aus den Laken löst. Die Blattspitzen der einzigen, kleinen Topfpflanze auf der Fensterbank färben sich langsam rostbraun. Sie ist die einzige, die übrig geblieben ist. Ich beschließe, sie endlich zu gießen. Die hohe Luftfeuchtigkeit allein lässt sie ihr Grün nicht wieder zurückerlangen. Ich habe das Gefühl, nach dem heutigen Glas Wasser wird eine weitere lange Durststrecke auf sie zukommen. Außer dem Stiel meiner Pflanze ist nur ein kleiner weiterer grüner Fleck im sonst hitzigen Raum zu sehen. Kiwi. Der kleine Kanarienvogel zwitschert wie immer zu heiter für die Szenerie. Sein Käfig hängt direkt vorm Fenster. Ich frage mich in letzter Zeit öfter denn je, ob er nicht den Wind unter seinen Flügeln vermisst. Doch wie sollte er vermissen, was er noch nie erfahren hat? Ich ziehe den Vorhang auf und die Sonnenstrahlen fallen in den Raum. Der Vogel freut sich und hangelt auf seiner Stange hin und her. Ich öffne das Fenster, um die warme Meeresluft hereinzulassen. Sie verdünnt die stickige Atmosphäre. Ich blicke durch die Häuser hindurch und erspähe zwischen ihnen einen dünnen Streifen Meeresblau. Einige Möwen haben es sich am rostbraunen Sims gegenüber bequem gemacht und picken Käfer aus der Dachrinne. Unten saust klingelnd ein Fahrrad vorbei. Die Möwen schrecken auf und brausen mit einem Flügelschlag in den Himmel. Kiwi schwingt sein Federkleid entzückt. Ich löse den winzigen Haken seiner Käfigtür und öffne sie weit. Er scheint es gar nicht zu bemerken und putzt sich fröhlich das Gefieder. Das ist, was ich nun tun werde. Im Spiegel an der Wand reflektiert sich mein schneeweißes Haar. Strähnig fällt es von meinem Kopf auf die Schultern. Der Holzboden knarrt leise, als ich zum Bad schreite. An den meisten dieser so monotonen Tage verstreichen die Momente wie in Zeitlupe. Die Bewegung der Zahnbürste in meinem Mund, die Wassertropfen an meinen Wimpern, das sanfte Kratzen des Handtuchs über meinen Hals. Ich ziehe mir mein Top über und steige in die Jeans von gestern. Mein Beutel baumelt noch immer am Haken im Flur, ich hänge ihn mir um. Auf dem Weg zur Tür schwenke ich meinen Blick noch einmal gen Fenster. Der Käfig ist leer. Ich verlasse die Wohnung.

Ama

Ich verlasse die Wohnung vier Tage später im Abendgrauen. Die Filmmelodie ist der Klang einer lauten Debatte. Untermalt ist die Stimmung vom Rollen meines Koffers. Ich flüchte. Ich bin alldem nicht gewachsen. Mein Körper fühlt sich kraftlos an, meine Hände schwach. Um meine Gedanken hat sich ein Nebel gelegt, der undurchdringbar scheint. Ich weiß nicht, wie ich dieses Leben führen oder aufrechterhalten könnte. Ich bin Mirandas Lebensentwurf nicht gewachsen. Der Job am Hafen scheint mir nicht wie meine eigene Wahl. Wie soll ich meinen Mietanteil bezahlen, wenn mir der Job doch nicht gefallen sollte? Ich kann mir nicht vorstellen, einen Ehering am Finger zu tragen, aber auch nicht, alleine zu sein. In keiner Nacht denke ich nicht an Teri und wache schweißgebadet und unruhig auf. Dabei wecke ich Miranda, will beruhigt werden wie ein Kind, obwohl sie frühmorgens in die Kanzlei muss. Ich spüre ihren nächtlichen Ärger über meine Unreife. Ich solle Yoga machen, schlägt Miranda vor, um mich besser regulieren zu lernen. Doch ich reguliere mich gut. Jede Sekunde in den vergangenen Wochen tue ich das. Ich reguliere meinen Tagesablauf, meine Kleiderwahl, die Worte, die ich ausspreche, meine Gedanken, die ich zurückhalte, die Tränen, die Selbstzweifel. "Ich brauche eine Pause.", höre ich mich sagen. "Du weißt nicht, was du tust. Du weißt nicht, was gut für dich ist.", sagt sie verärgert und schüttelt den Kopf. Etwas in mir glaubt ihr, doch meine Beine bleiben nicht stehen. "Was habe ich dir nicht gegeben?", schreit sie durch den Flur.

"Du liebst meine Muster nicht.", rufe ich zurück und verlasse das Haus.

Der Weg nach Sorrent fühlt sich kurz an. Vor Teris Wohnung parke ich, schließe das Auto nicht einmal ab und laufe sofort die Treppen hinauf. Die Sehnsucht zerfrisst mich seit Monaten. Erst jetzt, wo ich es zulasse, fühle ich die angestaute Trauer. Mit jeder Stufe, die ich überspringe, überkommt sie mich mächtiger. Gleich wird meine Sehnsucht gestillt sein. In Teris Armen wird alles gut. Gerade als ich auf die Klingel drücken will, bemerke ich, dass die Tür einen Spalt weit offen steht. Ich drücke an ihr und betrete mit Bedacht die Wohnung. In der Dunkelheit vor mir liegt nur der verlassene Flur und das Wohnzimmer ohne Möbel. Der Vogelkäfig ist leer und ein Luftzug weht durch die kahlen Wände. Die Atmosphäre ist beängstigend. In der Töpferecke befindet sich noch das Regal. Eine Vase steht darauf, wie vergessen. Ich nehme sie in die Hände und breche in Tränen aus. Teri ist nicht da.

Yale

Wir fahren mit wenig Gepäck nach Neapel und nehmen den Flug nach Montpellier. Ich bin aufgeregt und spüre eine große Vorfreude auf das Wiedersehen mit meinen Freunden. Der Flug dauert fünf Stunden. Genug Zeit, um auch Tierra besser kennenlernen zu können. Sie liebt kleine Dinge, das habe ich bereits herausgefunden und ich liebe das ganz besonders an ihr. Sie ist fasziniert von den Wolken unter uns. Ich erzähle ihr von der Hütte im Wald. Als ich klein war, haben wir dort oft den Herbst mit der Familie verbracht. Später dann fungierte sie mit Freunden als Unterschlupf in den Sommerferien. Sie gehört einer freundlichen alten französischen Dame, die immer froh ist, wenn sich jemand für eine Weile um das Gebäude kümmert. Ihrer Meinung nach erfüllen Menschen das Haus mit Leben und so wird es länger erhalten bleiben. Heute wirkt Tierra weniger traurig. Möglicherweise haben schlechte Gedanken keinen Platz neben ihrer eigenen Aufregung aufgrund unserer spontanen Reise. Sie konnte die Bäckerei verkaufen und hat jetzt nichts mehr, was sie hält. Das macht sie unglaublich anziehend für mich. Sie wirkt befreiter und das genieße ich. Ich erzähle ihr von meinen Freunden. Ich erzähle von Leon und seiner Schwester Beca. Ich denke, Beca wird Teri gefallen, doch sie soll sich selbst ein Bild von ihr machen. Ich erzähle von Finn, der einmal den Mont Blanc bestiegen hat. Sie alle sind auch schon auf dem Weg nach Frankreich und einige werden vielleicht sogar schon vor uns da sein. Je länger ich rede, umso ruhiger scheint Tierra zu werden. Ich bin froh, dass sie da ist. Genau hier gehört sie hin.

Ama

Sehr früh am nächsten Morgen komme ich in Rom an. Ich ziehe meinen Koffer aus dem Auto und tippe in mein Telefon *"Ich bin angekommen".* Die Müdigkeit und Erschöpfung lässt mich schreckhaft und dünnhäutig werden. Die Luft fühlt sich beißend kalt an. Ich betrachte die Häuser in der Straße, höre frühmorgendliche Geräusche wie das Klappern von Mülltonnen und das weit entfernte Rauschen von schwachem Verkehr. Kurz habe ich Angst, Max könnte noch schlafen oder wieder eingeschlafen sein. Ich hoffe, ich bin an der richtigen Adresse gelandet. Zwei Häuser weiter öffnet sich knarrend ein Eingangstor. "Ama, hier!" Ich sehe eine Gestalt, die mir in der Dämmerung zuwinkt und ich erkenne Max an seiner schlaksigen Silhouette und dem bunten Hemd. Als wir uns umarmen, fällt mir ein Stein vom Herzen. "Danke." "Schon okay, komm erstmal rein. Bist du durchgefahren?" "Ja, ich wollte so schnell wie möglich hier sein." Tränen rollen über mein Gesicht. Max legt seinen Arm um mich und nimmt mir den Koffer ab. "Oh Ama. Komm, ich hab die Couch für dich vorbereitet. Du solltest etwas Schlaf nachholen."

Kapitel 3

Restknistern

Dezember, Montpellier, Frankreich

Teri

Es ist der erste Advent. Vor der idyllischen Hütte mitten im Wald wurde die Feuerstelle instand gesetzt. Die Flammen schlagen wogend in die kühle Abendluft. Jemand hat Decken und Kissen um das Feuer verteilt. Das Klima ist völlig anders als in Sorrent. Das kühle Moos ist grün und feucht. Ich sitze in eine Decke gehüllt neben Yale, die auf zusätzliche Wärme verzichtet und sich angeregt mit Finn unterhält. Yale will alles über sein Bergsteiger Abenteuer wissen. Er hat seine Partnerin Anna und seinen besten Freund Gabriel dabei, die ihn begleitet haben. Anna trägt gemusterte Leggins und einen übergroßen Strickpulli. Ihre brünetten Haare werden von einem breiten Band aus ihrem Gesicht gehalten. Gabriel ist groß und sportlich gebaut, er trägt einen kurzen dunklen Bart und lacht viel. Das bezeugen die kleinen Linien um seine Augen. Er erzählt von seinen Erfahrungen als Tourguide in den Alpen. Yale hört angetan zu. Mir gegenüber sitzt Beca, die Stöcke anspitzt, um sie dann weiter an Leon zu reichen, der Brotteig um ihre Spitzen wickelt. Beca hat etwas Animalisches an sich. An der Feuerstelle rührt Mai in einem Kessel. Es riecht nach Ingwer. Sie sieht wie eine Hexe aus, mit glatten schwarzen Haaren und Stirnfransen, die ihr fast über die schmalen Augen fallen. Den Lippenstift trägt sie dunkel. Ich lausche dem Gespräch mit Finn. Er erzählt von seiner Expedition und seinem Job als Bergtouranbieter. Anna und Gabriel arbeiten seit drei Jahren mit ihm. "Und was machst du, Tierra?", fragt Anna. Ich überlege einen Moment, was ich antworten soll. Denn nachdem ich die Bäckerei verkauft habe, mache ich nichts mehr. Das wird mir gerade zum ersten Mal bewusst. Da bemerke ich plötzlich eine weitere Leere. "Sie töpfert. In Italien kann man ihre Vasen und Teller kaufen." Yale antwortet für mich, weil sie meine Unsicherheit gespürt hat.

Ich lächle. "Das passt zu dir. Ton an den Händen, der so weiß ist wie deine Haare." Hinter mir kniet Beca nieder, gibt mir einen Stock in die Hand und streicht durch mein offenes Haar. Yale lächelt breit und ich fühle mich nicht unwohl mit der ungewöhnlichen Bemerkung. Becas körperliche Nähe fühlt sich ähnlich direkt an, wie die von Yale. Doch emotional wirkt sie distanzierter. Mai balanciert ein Tablett mit Tassen umher, jeder nimmt ihr eine ab. Sie hat Weißweinpunsch zubereitet. Aus den Tassen steigt Dampf in die kühle Nacht auf. Für einen Moment zweifle ich an der Echtheit dieser Situation, und an allem, was in den letzten drei Monaten passiert ist. Ich kann nicht glauben, mit welcher Gewalt Ama in mein Leben getreten ist, um so plötzlich wieder zu verschwinden. Nicht im Ansatz konnte ich ahnen, welches Loch diese kurze Sommerliebe in meinem Herz hinterlassen könnte. In meiner Fantasie ist sie jetzt in einer glücklichen Lage, mit der Frau, mit der ich sie sah. Irgendwo in Neapel, wo sie Wellen beobachtet. Ihr Glück ist mir wichtig, auch, wenn ich kein Teil davon bin. Die Gedanken an sie zu verdrängen, ist wie aus einem tiefen Wasser aufzutauchen, kurz bevor die Luft ausgeht. Jetzt bin ich in Frankreich und Yale tanzt mit Finn. Wenn ich sie betrachte, spüre ich eine weitere Liebe aufkommen, gleich neben der Stelle, an der Ama war.

Yale

Wir tanzen. Beca und Mai singen zu Leons Gitarre. Das Feuer sprüht Funken, die Glut knistert. Mais Punsch wärmt uns in diesen kühlen Dezembernächten von innen und die Gesellschaft erhitzt uns von außen. Ich liebe diese Menschen. Sie sehen mich. Ohne schmückendes Zierwerk. Ohne Nutzen für sie. Ich weiß, dass Teri mich auch erkannt hat. Vielleicht sogar schneller als alle anderen. Sie hat kein Interesse an meinem Hab und Gut. Ich habe Interesse an der Person, die unter ihrer Trauer schlummert. Wir sind bereits einige Wochen hier, doch den anderen habe ich noch nichts erzählt von meiner veränderten finanziellen Lage. Ich möchte für ihre Augen bleiben, was ich bin. Ein Mensch, der nichts Materielles benötigt, um alles zu haben. Ich habe in Rom Statistik studiert. Seit ich denken kann, lebe ich in kleinen WG-Zimmern oder in Wohnungen, die kaum größer sind als ein solches. Und seit ich kleine Jobs annehmen kann, tue ich das mit Elan, um mit dem Geld geheime Partys an der Küste und Festivals zu besuchen. Ich habe nie ernsthaft darüber nachgedacht, was ich mit *Geld* tun würde. Ich will es auch jetzt nicht. Als das heiße Getränk meinen Mund benetzt, komme ich wieder im Jetzt an. Tierra tanzt mit Anna und Gabriel und ist wie immer ganz im Moment. Das beeindruckt mich. Die Gefühle für Ama kleben an ihr und sie wehrt sich mit aller Macht. Außer mir scheint niemand ihren Konflikt zu bemerken. Die Zeit hier wird unseren Gedanken guttun. Finn dreht sich mit mir im Kreis und die Nacht verschwimmt vor meinen Augen.

Teri

Balance zu halten, verlangt mehr Aufmerksamkeit, mit nassen, moosbewachsenen Steinen unter den nackten Füßen. Obwohl sie nahezu perfekt in die Wölbungen meiner Fußsohlen rutschen, geben sie keinen Halt. Eisiges Frischwasser umspült dabei meine Zehen. An manchen Stellen knöchelhoch. Dann balanciere ich auf nur einem Bein, während mein Rockzipfel die Wasseroberfläche streift. Mit breit ausschweifenden Armen tapse ich ein Stück bachaufwärts. Ich wanke mit den Fingerspitzen in der Luft. Wenn sie die Sonne berühren, erwärmen sie sich, als würde ich sie in warmen Tee stecken. In den Stromschnellen tanzt das Wasser in kleinen Kreisen und komponiert dabei ein verspieltes Plätschern. Die Ruhe der Wälder ist alles andere als lautlos. Der Wind treibt die Äste ineinander und lässt sie rauschen. Insekten schwirren ganz rar herum, fast wie unsichtbar, und zirpen und klimpern. Nur wenn sie in einen Sonnenstrahl geraten, der auf die weiche Erde trifft, geben sie sich zu erkennen. Dann sehen sie aus wie durchsichtige Elfen. So warm wie die Sonne umschmeicheln Yales Blicke mich. Sie liegt im kühlen Moos. Die Augen mit der einen Hand überdacht, späht sie durch die Finger. Ihr Kopf mit der stoppelkurzen Frisur ruht auf ihrem anderen Arm. Durch die Schatten der sich bewegenden Baumkronen scheint sie zu flimmern. Kupferfarbene Punkte fliegen ihre langen Beine auf und ab. Die Kontur ihres nackten Bauches leuchtet feuerrot und die Luft darüber scheint zu vibrieren. Ich steige vorsichtig von den rund geformten Steinen hinein in den Kies. Der Boden gibt unverzüglich nach. Die groben Steinchen werden sandiger, umso näher ich dem Ufer komme. Ich steige aus dem eisigen Wasser, Yale öffnet die Augen unter ihrer Hand, richtet das Gesicht gen Himmel und späht in die Bäume. Ich trete auf sie zu, ganz nah an sie heran. Mein Schatten fällt auf ihren Körper hinab. Sie ignoriert mich. Solange, bis das Nass von meinem Rock auf ihren Bauchnabel tropft. "Hey!" "Sei nicht eingeschnappt." Ein in mich gerichtetes Schmunzeln kann ich mir nicht verkneifen. Ich beuge mich zu ihr hinab, setze mich neben sie und wringe den feuchten Stoff aus. Yale richtet ihren Blick zurück nach oben. Ich folge ihm. "Ich bin nicht eingeschnappt. Ich bin eine tiefgründige Frohnatur." Auf ihren Lippen formt sich ein ruhendes Lächeln. "Du bist tiefe

Natur.", berichtige ich, während ich es mir neben ihr gemütlich mache. Das Moos schmiegt sich an meine Arme. Der harzige Duft umhüllt meine Sinne und ich nehme einen tiefen Atemzug. Ich fühle Yales feine Haarspitzen an meiner Stirn und strecke meine nassen Beine weit von mir. "Hast du dir schon mal Gedanken darüber gemacht, wie Bäume miteinander kommunizieren?", frage ich. "Ist das denn so?" "Ja. Sie nehmen durch ihre Wurzeln ihre Umwelt wahr." "Also wissen sie, dass wir da sind?", flüstert Yale. "Bestimmt. Sie fühlen es durch die Vibration unserer Stimmen." "Dann sollten wir besser schweigen." Ich mache die Augen zu und fühle, wie Yale ihren Kopf zu mir dreht und mich mustert. Ihre Schulter berührt dann meine wie zufällig. Am liebsten würde ich ihr mein Gesicht zuwenden, um mehr von ihrer Nähe zu genießen. Doch ich verweile in meiner Position, während die Sonne erst orange, dann dunkelrot wird, je näher sie dem Boden kommt. So vergehen die Tage. Ich genieße die Wärme der Strahlen. Fast so sehr wie Yales beruhigende Nähe. Die Luft zwischen uns vibriert.

Ama

In Rom erlaube ich mir, meiner Lust zu folgen. Dabei halte ich mich fern von Mirandas Umfeld, aus dem kleine Gerüchte und böses Getuschel auftauchen. Einmal habe ich gehört, ich sei obdachlos. Da das auf irgendeine Art wahr ist, habe ich aufgehört, genauer hinzuhören. Ich vermeide alte Freundeskreise und Locations. Scham haftet an mir, ich stelle mir die Enttäuschung über meine alten Muster in ihren Gesichtern vor. Aber ich bin in zu schlechter Verfassung, um etwas gegen sie zu tun. Ich treibe mich meistens in weit von der Uni gelegenen Bezirken herum. Max und ich haben uns während meiner Beziehung mit Miranda voneinander entfernt. Miranda fand, er sei zu abgewrackt für mich. Er hat Kunst studiert, malt bunte abstrakte Bilder, die aber selten gekauft werden. Teri hätten sie gefallen. Ich wünschte, wir hätten einen Ausflug ins Museum machen können. Die Nächte sind schnell, bunt und alkoholgetränkt. Die Lippen der Frauen schmecken nach intensiven süßen Drinks und Schweiß. Das ist gut so, denn auf meinen Lippen haftet seither ein Phantomschmerz, der nach Zitronenschalen schmeckt und kaum überdeckt werden kann. Meine Bettwäsche hat Flecken von Lippenstift und Stellen, die nach fremdem Parfum riechen. Selten gehe ich auf ein Date, um ausgedehnte Gespräche zu führen. Selten gehe ich auf ein Date, das ausgedehnte Gespräche führen *will*. Nein, ich will Teris Spuren eliminieren.

Teri

Die Tage vergehen wie im Flug. Die Temperaturen sind weiter gesunken. Morgens bildet sich eisiger Tau auf den Grashalmen vor der Hütte, der dann später wieder von der Sonne geschmolzen wird. Jeder Tag ist auf eine fesselnde Weise neu und trotzdem routiniert. Anna, Finn und Gabriel verbringen viel Zeit draußen auf Wanderung. Ich sehe die drei am seltensten. Doch regelmäßig backe ich frisches Brot und Zitronenkuchen in kleinen Häppchen, die sie mitnehmen können. Dabei fällt mir immer wieder auf, wie sehr ich die Arbeit mit Teig liebe. Wie gerne ich forme und wie sehr ich hier in Frankreich das Töpfern vermisse, auch, wenn dieser Ort etwas Gutes für meine Seele tut. Yale arbeitet jeden Tag einige Stunden, in denen ich mich nutzlos fühle. Darum freue ich mich umso mehr, wenn Anna sich abends für das leckere Gebäck bedankt. So weiß ich, dass ich eine Kleinigkeit beigetragen habe. An manchen Morgen lädt Mai mich zu ihrer Yogaroutine ein, die mich sanft aufweckt. Beca ist dabei oft anwesend und kennt sich aus. Sie weist meinen Körper zurecht und sorgt dafür, dass ich jede Übung genau ausführe. Beca und Mai haben eine ganz besondere Verbindung, auf die ich ein wenig neidisch bin. Sie stehen in einer magischen, weiblichen Bindung zueinander. Unter dem Dach haben die beiden einen eigenen Raum. Oft hört man sie singen oder weinen. In ihrem Treppenaufgang riecht es nach Tee oder Weihrauch, je nachdem, wie der Mond steht. Ich denke, Yale war einmal Teil dieser Beziehung. Die liebevollen Berührungen morgens beim Kaffeekochen oder abends beim Tanzen lassen es vermuten. Es liegt Melancholie zwischen den dreien. Leon ist ein ruhiger Typ, doch seine Gitarrenkünste verwöhnen stundenlang unsere Ohren. Gabriel kocht mindestens zweimal pro Woche ein köstliches Abendessen für alle. Für den Weihnachtsabend hat er sich ein besonderes Fünf-Gänge-Menü ausgedacht. Die Komponenten plant er seit Tagen. Dann knistert der Kamin oder die Feuerstelle und alle sind beisammen. Dort, wo Yale ist, sind Menschen, die miteinander verwoben sind. Es gibt keine oberflächlichen Beziehungen in ihrem Umfeld. Während Leon ihr seine letzten Ausflugsfotos zeigt, auf die sie mit Interesse reagiert, will Mai mit ihr tanzen. Sie nimmt ihre Hände und zieht sie an sich. Für einige Minuten schafft sie es, beides zu tun: Ihr Blick haftet auf den Fotos, während ihr Körper langsam schwingt. Gabriel ist im Gespräch mit Beca. Er ruft Yale während ihres Tanzes eine Frage zu und Yale antwortet lässig. Alle sind von Yales selbstsicherer Schönheit angezogen. Sobald sie das Gespräch mit ihr suchen, werden sie von ihrer warmen Tiefe durchflutet. Wenn die Musik laut wird und ich still, falle ich in die Fantasie, Ama wäre hier. Yale merkt es augenblicklich und holt mich zurück an ihre Seite. An manchen Abenden, wenn sie die Nähe begehrt, nimmt sie mich mit auf ihr Zimmer. Ich bin sensibel für ihre Feinfühligkeit geworden und schlafe in meinem Bett, wenn sie die Einsamkeit braucht. Sie balanciert auf einem schmalen Grat zwischen drinnen und draußen. Immerzu versucht sie, allen ihre Nähe zu schenken, sich gerecht aufzuteilen, mit allen zu kommunizieren, die das Bedürfnis danach haben. Gleichzeitig spürt sie manchmal die Gefühle und Wünsche der anderen stärker als ihre eigenen. Ich kann mit ansehen, wie das an ihren Kräften zehrt.

Durch die feinen Zwischenräume der Holzbalken fällt am Vormittag das grün schimmernde Licht des Waldes. Die offenstehende Tür und die beiden kleinen Fenster sind die einzigen Lichtquellen im Raum. Ich schwinge in der baumwollenen Hängematte, während Beca ihre übrigen Sachen in die Taschen packt. Becas dunkle, gewellte Haare fallen voluminös ihren Rücken hinab. Wenn sie sich vorbeugt, entwischen einige Strähnen ihrem Zopf und sie streicht sie zurück hinter die Ohren. Sie erinnert mich an eine Wölfin. Ihre wilde, glänzende Mähne umrahmt ihr kantiges Gesicht. "Na, Schwesterherz, bist du endlich so weit?" Beca faltet ein letztes Kleidungsstück und zieht den Reißverschluss mit einem Schwung zu. Die beiden unternehmen heute einen Ausflug ins Naturschutzgebiet. Ich habe mich entschlossen, hier zu bleiben, um mich von den vergangenen Nächten zu erholen. Alle bleiben lang wach und die meisten beginnen den Tag trotzdem früh. Als die beiden abgefahren sind, starre ich noch ein paar Minuten an die dicken Holzbalken, lausche Mais meditativer Musik, die aus dem Dachboden klingt. Nach einer Weile mache ich mich auf die Suche nach Yale, bevor ich noch in tiefere Gedanken verfalle. Ich nehme zwei Tassen Kaffee mit nach oben. Die Treppen führen direkt zu ihrem Zimmer. Ich klopfe leise an und schiebe die Tür auf. Das Bett ist leer. Yale sitzt an ihrem kleinen Holztisch am Fenster und tippt in ihren Computer. "Hey, störe ich?" Yale trägt eine Brille. Sie steht ihr und gibt ihr einen neuen, hochgebildeten Charakterzug. "Nein, schon okay, ich bin fertig für heute." "Arbeitest du?" Yale nickt. Sie arbeitet fast jeden Tag an ihren Projekten. "Du siehst seit einigen Tagen wie in Gedanken aus." Manchmal erwischt Yale mich eiskalt. "Komm, lass uns darüber reden." Dann geht sie zu mir und zieht mich an meinem Rock an sich. Sie küsst mich mit Hingabe, unsere Küsse sind schwindelerregend. Ihr Körper ist wie immer der heißeste Punkt im Raum.

Yale

Ich nehme Tierra die Tassen ab und locke sie mit meinen Küssen ins Bett. Ich liebe Sex mit Tierra. Ihre Gedanken werden dadurch leiser und ihr Körper biegsam. Außerhalb des Bettes wirkt sie sanftmütig wie eine Meeresbrise. Auf meiner Matratze zeigt sie ihre rohe Natur. Mit meinen Fingern kann ich ihr die ungezähmtesten Emotionen entlocken und mit meinen Armen fange ich sie auf. Sie übt eine fesselnde Wirkung auf mich aus. Ich möchte in ihre tiefsten Gedanken eindringen, spüren, was sie spürt und zusammen mit ihr an einem geheimen Ort verweilen. Ganz ohne Verpflichtungen, Anforderungen oder Druck. Allen hier tut es gut, keinen Plänen, Schemen oder Abläufen folgen zu müssen. Das In-den-Tag-hinein-leben sorgt dafür, dass wir auf unsere Körper und Bedürfnisse hören. Mehr als auf Timelines und Terminvorgaben. Nur aufgrund dieser mutigen Spontanität sind wir beide jetzt hier. Der Wald draußen ist dunkelgrün und taubehaftet, die Balken über unseren Köpfen tragen das Dach, auf das gedämpft der Regen prasselt. Wenn Tierra Begierde nach meinem Mund hat, lässt sie es mich wissen. Wenn ich im selben Moment das Verlangen nach langen Gesprächen habe, finden wir einen perfekten Kompromiss aus Berührung und Worten. Heftiges Verlangen und tiefgründige Kommunikation machen unsere Beziehung aus. Ich weiß, dass der Tag kommen wird, an dem ihre Sehnsucht sie zerreißt und uns mit dazu. So wie die Erde Sonne und Mond braucht, braucht Tierra mich und Ama. Nur mit uns beiden kann sie in Balance sein.

"Du willst über etwas sprechen, hab ich recht?" Tierra nickt und legt sich in meinen Arm. Ich genieße die Wärme ihrer Hand unter meinem Shirt und rieche ihr sauberes Haar. Es duftet immer nach einem Hauch Seife und Meer. "Mai, Beca und du. Erzähl mir davon." Ich bin überrascht von der Tatsache, dass sie es gemerkt hat. Ich brauche eine Weile, um die passenden Worte zu finden, entscheide mich aber für die einfachsten. "Wir waren zusammen. Jetzt sind wir es nicht mehr." Tierra sieht mich wie so oft mit ihren aufnahmefähigen

Augen an und nickt. Ihre Lippen sind feucht und rosa. Ich lege meine Hand in ihren Nacken und streiche über die feinen Härchen an dieser Stelle. Sie entspannt sich noch ein wenig mehr. Wäre sie nicht mit mir hierhergekommen, wer weiß, ich würde jetzt vielleicht in einem anderen Bett als in meinem eigenen liegen. "Aber ihr habt Gefühle füreinander. Mai vermisst dich. Beca hat dieses Verlangen nach dir." Ich kann ihr nicht widersprechen. "Das stimmt. Aber ich bin aus unserer Beziehung heraus gewachsen. Ich kann nicht mein Leben lang in einem Wohnwagen leben. Es war okay, solange die Reise gedauert hat. Aber ich will irgendwo ankommen. Verstehst du?" Tierra küsst verständnisvoll meine Wange. "Stört es dich? Dass sie hier sind? Ich kann mit ihnen sprechen. Ich weiß, dass sie meine Nähe suchen.", frage ich. "Genießt du sie? Die Nähe?" Das tue ich. Ich genieße die Vertrautheit, die liebevollen Berührungen, das Restknistern und die Spannung der verstrichenen Liebschaft. Also nicke ich. "Dann ist es okay für mich. Ich bin nicht eifersüchtig, solange du etwas Gutes mitnimmst. Möchtest du weiter gehen?" "Ich möchte im Moment nur mit dir weiter gehen." Dann lege ich meine Lippen an ihren Hals, sie streckt sich geschmeidig und haucht genussvoll und leise. "Ich schäme mich für etwas.", flüstert sie nach einer Weile. "Was ist es? In meinem Bett musst du dich für nichts schämen." Sie lächelt und wird dann wieder ernst. "Manchmal bin ich wütend." "Wütend? Und dafür schämst du dich?" Sie nickt und drückt sich dichter an mich. "Das, was ich an Ama liebe, liebe ich so heiß, dass es Löcher in die Luft brennt. Das, was ich nicht an ihr liebe, teert und federt mich mit Scham und lässt mich zu Asche zerfallen. Und nichts bleibt." Ich nehme verständnisvoll ihre Hand und küsse sie. "Manchmal merke ich einen Ärger darüber, dass sie einfach verschwunden ist. Ich frage mich, wie sie mir das nur antun konnte. Doch es gab bestimmt triftige Gründe dafür. Sie war oft in tiefen Gedanken. Ich merke, dass ich ihr mit meiner Wut Misstrauen entgegenbringe. Und für dieses Misstrauen schäme ich mich." Ich suche nach den richtigen Worten, um auf ihre Offenheit angemessen zu reagieren. "Dafür liebe ich dich. Für diesen Gedanken. Doch du musst dich nicht schämen. Du hast den Kummer wirklich nicht verdient." "Sie hatte immer diese Seite an sich, die sie niemandem gezeigt hat. Aber gefühlt habe ich sie. So tief." "Es gibt immer die eine Seite vom Mond, die wir nicht sehen. Was, wenn es so sein soll? Was, wenn sie uns erschrecken würde? Wäre es nicht besser, diese Seite einfach nicht zu erreichen und die Helle dafür genießen zu können?" "Ich hatte kein bisschen Angst. Ich denke, ich liebe sie restlos." Dass sie das sagt, macht meinen Bauch warm und ich muss lächeln. "Es ist wundervoll, dass du das tust." Dann küsse ich sie. "Hast du gewusst, dass ohne den Mond ein Tag schon nach acht Stunden vorbei wäre?"

Ama

Die klapprige Tür ist nicht sehr stabil verankert. Jede Bewegung wird von einem rappelnden Ton von Metall auf Plastik begleitet. Ich taste hinter meinen Rücken, es ist abgesperrt. Der Bass drängt sich in diesen Raum wie ihre Finger in mich. Ich mag die Musik weniger als ihren Typ Frau. Darum fokussiere ich mich auf das Geräusch ihres Atems, auf ihre Augen, die ausgesprochen schön glänzen und auf das heiße Gefühl tief in meinem Unterbauch. Während sie mich mit klebrigen Küssen benetzt, lehne ich meinen Kopf an die mit Botschaften beschmierte Tür und starre an die abgehängte Decke. Der Raum schwankt. An manchen Stellen stehen Tropfen auf den Fugen und fallen auf die Trennwände der Klokabinen. Ich zähle sie langsam mit. Eins. Ihre Finger kreisen. Zwei. Ihre Lippen bekommen keine Antwort von meinen. Drei. Sie kniet sich hin und es wird warm. Ich blicke auf ihren Kopf, doch sie verschwimmt in Schwindel. Jetzt, wo ich nicht mehr vom Schleier ihres starken Parfums abgeschottet bin, kann ich die Umgebungsgerüche wahrnehmen. Abgestandener Alkohol, feuchte Luft aus Schweiß und Atem, Chlor gemischt mit Urin. In der Hand ist noch mein Drink, ich nehme einen großen Schluck und behalte ihn für einige Sekunden im Mund, um die Schärfe bis in die Nase zu spüren. Ich sammle meine Gedanken, um schnell zu kommen, dann komme ich auch hier raus. Im ersten Augenblick taucht Teri vor meinem geistigen Auge auf. Eine Sekunde später verschwindet der Raum und ich liege in Teris behütenden Armen, rieche ihre salzige Haut und spüre die Wärme der Sommersonne. Gleich versuche ich, ihr Gesicht zu verdrängen, doch die Zunge der Fremden ist schneller. Eine Welle von Lust steigt durch meinen Körper und Druck tief in meine Ohren. Es wird für einen Moment lang dunkel. Dann bin ich wieder zurück. Mein Drink fällt zu Boden und ich öffne die quietschende Tür, wodurch ich rückwärts aus der Kabine torkel. Meine Schuhsohlen kleben auf den Fliesen. Die Fremde kniet immer noch da und sieht mich entsetzt an. "Hey, wo willst du hin?" Sie wirkt erzürnt, ich drehe ihr den Rücken zu und ziehe meine Hose zurecht. In den verkalkten, mit Stickern umklebten Spiegeln treffe ich auf mein Gesicht. Ich starre mich mehrfach an. Meine Locken sind lang geworden, mein Gesicht trägt eine ungesunde Farbe. So schnell es geht, mache ich mich aus dem Staub. "Und was ist mit mir?", ruft die Fremde mir hinterher. Ich lasse sie zurück. Es ist Weihnachten.

Teri

Die Weihnachtsfeiertage sind wie im Nu verstrichen. Die Stimmung ist seit Tagen festlich, harmonisch und beschwingt. Die Balken und Bretter der Hütte sind mit Zweigen, goldenen Lametta und dutzenden Kerzen geschmückt. Der Geruch von Wachs und verglühtem Docht liegt in jedem Raum und vermischt sich mit dem Aroma von Süßspeisen. Gabriels Heilig-Abend-Dinner war ein wahres Festmahl, von dem wir noch mehrere Tage essen können. Mai hat weiche Kekse gebacken, die wir in ihren winterlichen Tee tunken und uns an den Tassen die Hände wärmen. In zwei Tagen ist Silvester. Der staubige Kamin knistert lauschig, draußen hat es nur um die sechs Grad. Die Abende verbringen wir meistens zusammen in der Sitzecke des Wohnzimmers, erzählen uns Geschichten oder schauen alte Weihnachtsfilme. Yales und mein Platz ist häufig jener auf der weichen Couch zwischen Mai und Gabriel. Mai, die zu Yales Rechten unter einer Decke mit Beca steckt, streichelt oft sinnlich Yales Hand. Aus dem Augenwinkel beobachte ich ihre Finger, die auf Yales Handfläche Spuren ziehen und ihr Körper reagiert darauf. Die veränderte Körperspannung und der begierige Ausdruck auf ihren Lippen, den sie versucht zu verbergen, verrät sie. Manchmal mache ich mir einen kleinen Spaß daraus, in diesen Momenten ihre sensible Stelle am Bauch oder die Innenseite ihrer Schenkel heimlich zu berühren. Es macht sie ganz fiebrig. Gabriel, der, wenn er müde ist, seinen Kopf auf meiner Schulter ausruht, hat das Nickerchen verdient. Anna und Finn teilen sich den Zweisitzer und Leon lümmelt mit Vorliebe auf dem Teppich am Kamin. Anna, Finn und Gabriel wollen morgen abreisen, um Silvester bei ihren Familien zu verbringen. Obwohl sie die meisten Tage draußen verbracht haben, werden sie fehlen. Die Energie wird sich verändern, es wird stiller werden. Darum rutschen wir heute noch einmal näher zusammen. Mir wird bewusst, wie kostbar und vergänglich die Zeit hier ist. Während es geschehen ist, habe ich es nicht bemerkt, doch dieser Ort hat mich doch ein Stück weiter gebracht. Ich sehe etwas klarer. Meine Liebe für Yale ist so warm und strahlend gelb wie die Sonne. Unsere Rhythmen harmonieren perfekt miteinander. Wir geben einander Freiraum und Sicherheit zugleich. Ich möchte sie nicht mehr missen. Doch ohne Ama bin ich nicht im Gleichgewicht. Ich schwanke.

"Wenn ich meine Gedanken schweifen lasse, die Realität ganz ungeachtet, dann wäre Ama an unserer Seite." Wir liegen alleine vorm Kamin, in dem die Glut satt leuchtet. Alle anderen sind bereits zu Bett gegangen. "Yale? Was wünschst du dir?" "Dass sie das auch möchte.", antwortet sie zärtlich. Ich denke an die Szene auf der Plantage – das tue ich manchmal. Irgendetwas stimmte nicht. Ich denke, es war die Abwesenheit von Amas Lächeln. Doch bestimmt bilde ich mir das nur ein. Dann schüttel ich den Gedanken, es könnte so sein, wie ich mutmaße, wieder ab. "Eigentlich wünsche ich mir, dass sie so glücklich ist in ihrem Leben, dass sie es nicht möchte." "Und wie findest du heraus, was sie wirklich will? Angesichts der Realität?" Yale beugt sich über mich und stützt sich auf ihren Ellbogen. Der Schein der Glut legt sich wie goldene Seide über die Kanten ihres Gesichts. Dann küsst sie meine Wange. "Du solltest sie einladen. Du solltest es zumindest versuchen."

Ama

Dieser Schlaf ist ungesund. Was ist da bloß an der Außenseite meiner Hand? Ich rotiere mein Gelenk in einen unnatürlichen Winkel und entdecke ein wunderschönes blaues Farbmuster und etwas goldene Flüssigkeit, die hinuntertropft. Es kommt mir so vor, als würde der Fleck größer werden. Die Farbe breitet sich aus und wärmt mich wie die Sommersonne. Aus blau wird weiß, ein Muster aus floralen Elementen benetzt bereits meinen ganzen Unterarm. Aus meiner Haut quillt goldene Tinte. Die Tropfen fallen schwer zu Boden, einer nach dem anderen. Ich beobachte das metallische Glänzen einige Augenblicke lang. Mein Oberarm verschwindet unter dem Muster. Mir kommt der Gedanke, ich sollte das Gold auffangen und es verbergen. Jemand könnte versuchen, es mir zu stehlen, wenn man mich jetzt entdecken würde. Ich höre etwas. Da kommt jemand. Ich werde beobachtet. Als meine Schultern bereits bedeckt sind von der Farbe, die langsam antrocknet, wird mir unwohl. Ich will mich verstecken, doch es ist nirgendwo ein Unterschlupf in Sicht. Umso fester die Farbe aushärtet, desto gefangener werde ich. Die spanischen Fliesen ummanteln mich allmählich und werden immer schwerer und dicker. Ich kann nicht mehr weglaufen, mich nicht mehr bewegen. Jeder kann sie sehen, die Muster auf meiner Haut. Sie haben mich bis zum Hals eingehüllt. Ich schäme mich, mich in dieser Lage zu befinden. Ich kann kaum atmen. Meine Wangen sind bedeckt, dann mein Mund, die Nase. Bald bin ich verschwunden. Ich kann keinen Funken Licht mehr erkennen. Ein lautes Knallen ertönt und ich reiße die Augen weit auf. Schweißgebadet drehe ich mich herum. Die Wände des Zimmers sind mit Sprenkeln von buntem Licht gemasert. Draußen verglühen die ersten Funken der Silvesterraketen.

Teri

Es ist Silvesterabend. Yale sitzt im Schneidersitz auf meinem Bett und beobachtet meine Finger auf dem Display. Ich drücke das *Standort*-Symbol und aktiviere das GPS. Auf der Landkarte ploppt ein kleines Fähnchen auf, mitten im französischen Wald. "Das ist doch verrückt.", sage ich nervös. Yale rutscht näher und nimmt mir das Telefon aus der Hand. "Ich kann es für dich machen." Eigentlich könnte es ewig so weitergehen. Ich, hier, mit Yale. In diesem märchenhaften Wald. Ihr gelingt es, dass meine Gedanken da sein dürfen, anstatt auf mir zu lasten. Sie gibt mir exakt den Raum, den ich brauche und zieht mich gleichzeitig an. Ich fühle mich begehrt und völlig frei zugleich. Nichts ist harmonischer, als in unseren einfachen Zimmern nebeneinander aufzuwachen und den halben Tag lang Hand in Hand durch die Lichtungen der Wälder zu streifen. Die Sehnsucht nach Ama kann sie jedoch nicht stillen. Und Yale erlaubt mir, an diesem Punkt zu sein. Sie weiß, dass zwei Lieben in mir wohnen. Die eine kann ohne die andere nicht existieren.

Ama

Mir ist übel. Mein Kopf fühlt sich schwer an. Der Arm auf meinem Rücken drückt mir in die Wirbelsäule. Ich hätte gestern nicht mehr weggehen sollen. Die Säure von Zitronen hat meinen Magen empfindlich gemacht. Ich will mich auf den Rücken drehen, doch der fremde Körper, der sich an mich drängt, verhindert eine flüssige Bewegung genauso wie das Abtauchen in die morgendlichen Gedanken an Teri. Ich rotiere mich ungeschickt unter dem hellen Arm herum. Die brünette Frau wirkt zierlich und ist noch in festem Schlaf. Ich erinnere mich an ihren Namen. Sie heißt Sophia. Letzte Nacht habe ich ihn des Öfteren ausgesprochen. Das mochte sie. Ohne Krach zu machen, winde ich mich aus den Laken und schleiche ins Bad. Weder Max noch einer seiner Mitbewohner ist schon wach. Wenn ich Glück habe, wacht Sophia in der Zwischenzeit auf und geht. Ich will sie abwaschen. Ich lasse mir Zeit, spüle meine Haare zweimal aus, schrubbe jeden Zentimeter meines Körpers mit Schwamm und Seife. Dann lasse ich das Wasser noch eine Weile über mich laufen. Ich stelle mir vor, meine Muster würden verschwinden. Die Farbe der Azulejos würde von meinem Körper schmelzen und der zitrische Geschmack aus meinem Magen weichen. Als ich fertig bin und zurück ins Schlafzimmer pirsche, ist Sophia noch da. Sie ist wach und ich bringe ihr Kaffee ans Bett. Sie hat sich angezogen und umhüllt zusätzlich ihren Oberkörper mit der Bettdecke. Dabei wirkt sie weitaus biederer als gestern Nacht. Ihr Körper ist makellos, trotzdem bedeckt sie ihn in unkomfortabler Weise, selbst nachdem wir miteinander geschlafen haben. Mit dem Verpuffen des Alkohols ist auch ihre Sexualität zur Gänze verschwunden. Anstatt mich zu ihr zu legen, öffne ich die Fenster und lümmel mich in den runden Korbsessel. Ihr Blick verfolgt jeden Schluck, den ich aus meiner Tasse nehme. Die Luft ist stickig und riecht nach Haut. Zwischen uns hält ein kleiner Tisch den Abstand. Erst schweigen wir, dann sprechen wir ein wenig über das Januarwetter, bis sie schließlich sagt: "Sag mal, bist du nicht die, die diese Anwältin sitzen gelassen hat?" Ich lasse meinen Blick aus dem Fenster wandern und schüttel abwesend den Kopf. "Hm, ich hätte es schwören können." Ich fühle mich unwohl und ein wenig bedrängt. Dass sie in meinem Bett sitzt, und etwas über mich zu wissen scheint, das ich ihr nicht erzählt habe, verstärkt diese Empfindung. Eine Weile später geht sie und ich checke mein Telefon auf Nachrichten. Auf dem Display taucht eine Nummer auf. Jemand hat mir seinen Standort geschickt. Ich springe auf und der Sessel fällt mit einem ohrenbetäubenden Schlag zu Boden. Es muss Teri sein.

"Ich bin wie ein naives Kind, das seine Sommerliebe nicht vergessen kann. Oh verdammt, warum geht sie mir einfach nicht aus dem Kopf? Meine Gefühle haben alles zerstört." Der Boden knarrt, als ich im Wohnzimmer auf und ab laufe und dabei viel zu laut und aufgeregt spreche. "Ich hatte diese Wahnsinns-Verlobte, die von allen vergöttert wird. Miranda ist erfolgreich, sie hat diese unglaubliche Wohnung gekauft, nur um uns ein tolles, nein, das *beste* Leben zu bieten." Max trägt einen Morgenmantel, obwohl es beinah Abend ist und nippt vornehm an einer Tasse gezuckerten Tee. Mit Daumen und Ringfinger führt er den Löffel im Kreis, der kleine Finger ist abgespreizt. "Hör mal Schatz, diese Miranda, was hast du wirklich an ihr geliebt?" Er hebt eine perfekt geformte Augenbraue, überschlägt die nackten Beine und der kleine Löffel klimpert an die Teetasse. Seine Frage lässt mich entschleunigen. Ich zucke die Schultern. "Ihre Fürsorge? Dass sie immer alles unter Kontrolle hat?" "Alles, inklusive dir."

Nachdem er in seinen Tee gepustet hat und ich heftig mit den Augen rolle, spricht er weiter. "Ich glaube, du bewunderst Miranda. Ja, ehrlich! Ich meine, wow, was für Beine!" Ein Pfeifen tönt aus seinen gespitzten Lippen durch den hohen Raum. "Und ihre Laufbahn ist auch nicht von schlechten Eltern. Das muss ich schon zugeben. Doch ich glaube, meine Süße, du hast dich ihren Vorstellungen gefügt, weil sie dein Image aufgebessert hat." Ich lasse mich in den Couchsessel fallen und schlage ein Bein über das andere. "Das ist nicht wahr." "Nein? Hat sie dir nicht die Aussicht auf ein filmreifes Leben gegeben? Das böse Mädchen und die Anwältin – was für eine Storyline!" Ich weiß, dass er recht hat. Trotzdem blitze ich ihn überdrüssig an. "Und wenn deine Sommerliebe wirklich nur eine Sommerliebe gewesen wäre, warum sitzen wir dann hier? Es ist Januar."

Yale

Tierra versucht, sich nichts anmerken zu lassen. Wie üblich steigt sie mit Mai auf die Yogamatte, verfolgt von Becas Blicken, die sie noch immer nicht bemerkt hat und es wohl auch nicht mehr wird. Das amüsiert mich. Ich bin froh, dass sie sich gut verstehen. Ich könnte den Verlust von einer von ihnen nur schwer überwinden. Zu Mai hatte ich schon immer diese magische, fast schon hexenhafte Verbindung. Wenn sie ihre Hände auf meine legt, fließt jede Anspannung aus meinem Körper. Wegen dieser Gabe hält Mai sich so exzellent mit ihren Yogastunden über Wasser, während sie und Beca auf Reisen sind. Zwischen Beca und mir tobte seit jeher eine wilde und manchmal zerstörerische Leidenschaft. Sie tut ganz genau kund, was sie sich wünscht und wonach ihr Verlangen steht. Doch ich konnte es irgendwann nicht mehr erfüllen. Ihr

Künstlerherz ist ungestüm. Beca ist auf eine erfolgreiche Kollektion angewiesen und scheint manchmal von Luft und Liebe zu leben, wenn ihre Geschäfte gerade nicht laufen. Ich habe mich irgendwann nach festem Boden unter den Füßen gesehnt, während die beiden noch immer aus Herzenslust dem Horizont nachjagen. Das erfüllt sie. Und Tierra erfüllt mich. Gerade liegt sie auf ihrem Rücken und folgt Mais Atemanweisungen. Ich spüre ihre Aufregung, auch wenn sie versucht, sie zu verbergen. Ihr macht Sorgen, dass Ama bisher nicht auf ihre Nachricht reagiert hat. Drei Tage sind vergangen und die Angst, sie könnte sie nicht lieben, quält ihr Herz.

In der zweiten Woche des neuen Jahres reisen Leon und Gabriel ab. Ich schicke Tierra mit ihnen zum Flughafen, um ihr etwas Ablenkung zu verschaffen. Jeden Tag wartet sie insgeheim auf ein Zeichen von Ama. Während ihrer Abwesenheit genieße ich die Zeit alleine und die seltene, vollkommene Stille im Haus. So sehr ich Gesellschaft mag, so erbarmungslos laugt sie mich oft auch aus. Ich fege den Fußboden, putze die Küche, bringe die schmutzigen Klamotten in den Waschraum und schüttel die Kissen auf. Anschließend öffne ich alle Fenster und lasse die kühle, frische Luft hereinströmen und die verbrauchte hinaus. Kerzenwachs ist auf die Fensterbänke gelaufen. Ich versuche, es mit einem Messer abzukratzen. Nach einer Weile höre ich ein Auto den Kiesweg hinauffahren. Ich halte Ausschau nach unserem Leihwagen, doch stattdessen fährt ein Taxi vor und macht direkt vor der Hütte halt. Es kann sich nicht um Tierra handeln, sie wäre mindestens eine Stunde zu früh. Der Taxifahrer manövriert einen abgenutzten Koffer aus dem Kofferraum und aus der Beifahrertür steigt eine Frau mit Mütze und dunklen Locken. Ihr Outfit wirkt, als wäre es mit bedacht gewählt. Vom hellen Hemd, über die Jacke bis hin zur perfekt sitzenden Hose schmeichelt alles ihrem athletischen Körperbau. Nur ihre Haltung ist gebückt. Vielleicht von der langen Taxifahrt. Und wer würde sich hierher verirren? Das muss Ama sein. Das Taxi verlässt das Grundstück und sie bleibt unsicher zurück. Verloren sieht sie sich um und immer wieder auf ihr Telefon. Ich erbarme mich, steige vom Fensterbrett und gehe hinaus. "Hey.", rufe ich zu ihr hinüber. Sie erschreckt, als sie mich sieht, obwohl sie Tierra erwartet hat. "Entschuldigung, ich bin auf der Suche nach jemandem." Ihr Koffer rollt über den Kies und wir sind nur mehr wenige Meter voneinander entfernt. Das erste Mal sehe ich Ama direkt an und sie ist in diesem absolut fragilen Zustand. In ihrem Blick liegen die Probleme einer verloren gegangenen Herumtreiberin. In ihren Augen hat sie alle Schwierigkeiten mit nach Frankreich gebracht. Ihr Koffer ist voller Kleidung, die gut aussieht und sich schlecht anfühlt. Ich kann sehen, wie schwer ihre symmetrischen Schultern unter einer Last tragen. "Du suchst Tierra." Erstaunt nickt sie. "Komm rein, sie ist bald zurück." Ich versuche, ihr einen angenehmen Empfang zu bereiten und biete ihr Mais Punsch an. Wir machen es uns bequem. Ama sieht blasser aus, als ich sie mir vorgestellt hatte, nach all den Erzählungen über sonnige Tage in Sorrent. Zum ersten Mal sitzt die Liebe meiner Liebe vor mir und ich fange an, zu verstehen, warum. Ama wirkt, als wolle sie ihren zerbrochenen Kern verbergen. Aber mir macht sie nichts vor. Ich sehe die Liebe in ihren müden, geröteten Augen und ihren Wunsch danach, angenommen zu werden. Etwas aus ihrer

Vergangenheit haftet an ihr, darum will ich die Gegenwart für sie definieren. "Ich bin Yale." Ich schenke ihr den Tee ein und wir machen es uns auf der Couch bequem. "Also, ich bin Tierras Freundin." "Tierras Freundin.", wiederholt sie. "Wir sind zusammen." Wie zu erwarten stockt Amas Atem so heftig, dass ich die Verkrampfung deutlich an ihrer Kehle erkennen kann. Ihr Herz hat einen Riss bekommen, darum spreche ich schnell weiter. "Tierra liebt dich. Und sie liebt mich. Verstehst du?" Der Riss in ihrem Herzen wird noch ein Stück tiefer. "Nein, tut mir leid, ich muss etwas missverstanden haben. Ich sollte gar nicht hier sein." Ihre Ohren sind verschlossen für meine Worte. Sie stellt ihre Tasse nervös ab und steht auf. Noch bevor sie weggehen kann, greife ich nach ihrer Hand und ziehe sie zurück. "Doch. Doch, das solltest du. Genau hier musst du sein. Ich hab dich hergeholt."

Ama

Die Reise hat mich angestrengt. Ich habe im Flieger kaum geschlafen und mir stattdessen ausgemalt, was in Frankreich wohl passieren wird. Die Taxifahrt war lang und hat das meiste meines übrigen Vermögens verschlungen. Nichts hätte mich mehr überraschen können als ein einsames Häuschen im Wald. Die Feuerstelle vor der kleinen Veranda sieht frisch benutzt aus. Auf dem Geländer der Terrasse hängen Kleidungsstücke zum Trocknen. Die bitterkalte Waldluft riecht intensiv nach Tannennadeln, Harz und Gräsern. Ein Hauch von Asche liegt in der Luft. Sowohl die Eingangstür, als auch die Fenster sind weit geöffnet und ich erkenne jemanden im Inneren. Es ist nicht Teri, sondern eine große, schlanke Frau mit stoppelkurzem Haar. Ich bin mir unschlüssig, ob ich hier überhaupt richtig bin. Sie tritt aus der Tür. In ihrer Hand hält sie so etwas wie einen Lappen. Es scheint, als mache sie Frühjahrsputz. Meine Anwesenheit überrascht sie sichtlich. Um nicht unhöflich und wie ein Eindringling auf ihrem Grundstück zu stehen, komme ich näher. Ihr kantiges Gesicht fällt direkt ins Auge. Ihre Wangenknochen sitzen hoch und ihr Mund ist voll. Noch bevor ich aussprechen kann, was ich hier will, bittet sie mich ins Haus. Ihre weite Hose sitzt locker auf ihren Hüften, das bauchfreie enge Top betont ihren androgynen Körperbau. Ich folge ihr gehorsam. "Setz dich, du musst eine lange Anreise gehabt haben. Ich koche uns Punsch." Die Couch ist weich und heimelig. Im ganzen Raum liegt eine friedvolle Ruhe. Es riecht nach Kerzenwachs, Holz und Essen. Das ist eine völlig andere Welt. In Rom bin ich täglich in Zimmern erwacht, die die Farbe von Asche und den Geschmack von klebrigen Zigarettenküssen hatten. "Vorsicht, heiß." Ihre Stimme ist weicher, als man es erwarten würde. Die Frau gibt mir die dampfende Tasse in die Hände und setzt sich dicht neben mich. Ich fühle mich augenblicklich wohler. Ihre Ausstrahlung ist warm, herzlich und auf eine freche Weise locker. "Ich bin Yale." Ich nehme einen Schluck aus der Tasse und mein Körper wird von der Hitze des Getränks durchspült. Augenblicklich fühle ich mich etwas entspannter. "Ich bin Tierras Freundin.", fügt sie hinzu und die Temperatur in meinem Körper schießt plötzlich in die Höhe. Yales Nähe wird abrupt unerträglich und viel zu nah. Mein Puls rast und ich springe auf, will reflexartig diesen Ort verlassen wie eine erschrockene Taube. Die Realität ist mit hundert km/h in meinen Körper gekracht. Vor meinen Augen spielt ein Film, in dem ich durch den Wald irre, versuche, das Taxi zurückzurufen und mich auf den Weg zurück zu Max mache. Abgelehnt und gebrochen. Doch Yale hält meine Hand fest. Sie will, dass ich bleibe. Ich verstehe nicht.

Teri

Ich fahre den Weg von Montpellier zu unserer Hütte zurück, nachdem ich Leon und Gabriel am Flughafen abgesetzt und mich bei ihnen verabschiedet habe. Ich werde das Gitarrenspiel und die kulinarischen Köstlichkeiten vermissen. Jetzt haben Yale, ich, Mai und Beca die Hütte für uns allein. Die Ruhe wird Yale guttun. In dieser Hinsicht ist es besser, dass Ama nicht auf meine Nachricht reagiert hat.

Seit einigen Tagen herrscht stürmisches Wetter, darum fahre ich vorsichtig. Der Himmel ist bedeckt und die Luft feucht. Niemand sonst ist auf der Straße unterwegs, nur ein Taxi begegnet mir auf halber Strecke. Ich habe ein seltsames Gefühl in der Magengegend. Ich frage mich, ob heute noch ein Schauer aufziehen wird. Der Wind biegt die Baumwipfel, während ich immer unruhiger werde. Letztendlich mache ich neben der Straße halt. Ich stelle den Motor ab, lege die Stirn auf das Lenkrad und lausche dem starken Wind, der Tannennadeln über das Auto weht. Ama ist für immer fort. Ich sollte versuchen, sie neu einzuordnen. Vielleicht einfach als das, was sie war: eine kurze Sommerliebe. Ama zieht mich aus der Gegenwart. Ich sehe mein Leben mit Yale oft von außen, bin nicht ganz im Moment. Umso mehr ich versuche, mir einzureden, dass es Ama bestens geht, desto größer wird die Befürchtung, dass es doch anders sein könnte. Umso mehr Zeit verstreicht, desto öfter sehne ich mich nach ihr. Und wie sollte das überhaupt funktionieren? Ama und Yale. Sie sind wie Tag und Nacht.

Der Wagen ruckelt die Zufahrt hinauf. Ich stelle den Motor ab und überquere den Rasen. Der Wind ist stärker geworden und ich nicht ruhiger. Ohne den Kopf zu heben, laufe ich die vier Stufen zur Veranda hinauf. In der Hütte brennt bereits Licht. Noch bevor ich die Klinke vollständig drücken kann, öffnet Yale mir die Eingangstür. Sie lehnt sich etwas zu weit ins Freie und birgt einen unruhigen Blick. Der Versuch, ihn mit einem kecken Lächeln zu überspielen, macht mich erst recht stutzig und unbehaglich. Sie küsst meine Stirn und verweigert mir für einen Moment zu lang den Blick in den Raum. "Hey, hier ist jemand für dich." Sie sieht mich ungewöhnlich intensiv an, bevor sie mir den Weg frei macht. Verunsichert betrete ich das Wohnzimmer. Ich kann meinen Augen kaum trauen. Sie sitzt auf dem Sofa und erhebt sich in dem Moment, als mein Blick sie trifft. Es ist Ama. Wie erstarrt stehe ich da. Ich hatte mir nicht ausgemalt, wie es sein würde, wenn der Moment vielleicht doch kommt. Wie und wo wir uns begegnen würden, habe ich mir nicht ein einziges Mal vorgestellt. Doch jetzt und hier hätte ich das Wiedersehen nicht erwartet. Auf dem Tisch stehen zwei fast geleerte Tassen von Mais Punsch. Sie muss schon eine Weile hier sein. Yale hat sich um sie gekümmert. Auch Ama tritt auf der Stelle. Mein Herz schlägt kaum, ich fühle meine Hände nicht mehr. Am liebsten würde ich zu ihr laufen, sie umarmen und küssen und sie nie mehr loslassen. Doch sie sieht verändert aus. Etwas hat sie zu einem anderen Menschen gemacht. Ihre Locken sind lang geworden und ihr Gesicht wirkt rundlich und fahl. Ihr sonst so gerader Rücken ist leicht gebückt, die Schultern nach vorne gesunken. Ich schmecke Salz. So lange habe ich sie vermisst und nun steht ein Schatten ihrer selbst vor mir. Ihre Gebrochenheit zerreißt mir das Herz. Ich hätte mich mehr anstrengen sollen. Warum habe ich nicht nach ihr gesucht, anstatt nach Frankreich zu flüchten? Ich hätte ihr sicherer Hafen sein sollen. Ich hätte verhindern sollen, dass sie in diesen Zustand gerät. Zum ersten Mal kommt mir der Gedanke in den Sinn, dass auch ich sie verlassen habe. Mir kommen die Tränen. Yale schließt die Tür. Das Rascheln des Schlosses holt mich zurück in den Raum. "Es tut mir so leid." Auch Ama weint und vergräbt ihre Finger in die Krempe ihrer Mütze. Ich kann ihre Verzweiflung keine Sekunde lang ertragen, gehe auf sie zu und nehme sie in den Arm. Ich umschließe ihren hager gewordenen Körper so fest es geht, um ihre losen Teile aufzufangen und zusammenzuhalten. Ihre Tränen fallen auf meine Schulter und meine auf ihre Brust. Sie riecht verändert, nach einer anderen Wohnung, nach fremdem Parfum und fremden Möbeln. Doch irgendwo darunter ist Ama. Ich weiß es, denn ich fühle ihr Herz. "Mir tut es leid."

Ama

Da steht Teri nun zwischen Tür und Türrahmen. Hinter ihr hat Yale einen behütenden Blick auf sie gerichtet. Sie hat sich kaum verändert, nur die Stellen unter ihren Augen sind etwas tiefer geworden. So, als hätte sie weniger geschlafen. Wenn ich sie und Yale so sehe, fühle ich mich wie ein Eindringling. Sie fügen sich so gut in diese Umgebung. Wie so oft trägt Teri eine lässige Latzhose, die Haare hat sie locker nach oben gebunden, weiche Strähnen fallen über ihre Backen. Yale passt zu ihr. Sie wirkt unfassbar selbstbewusst und scheint trotzdem achtsam zu sein. Die kurzen Haare sind mutig. Sie hat eine beeindruckende Wärme an sich. In Teris Blick sehe ich Trauer und Enttäuschung und ich bin der Grund dafür. Was sie nur über mich denken mag? Ich habe sie verlassen. Sie weiß nicht, dass ich kaum eine Wahl hatte. Und wenn sie alles darüber erfährt, wie könnte sie mir je vergeben? Mir stockt der Atem, als ich versuche, die richtigen Worte zu finden. Ich öffne meinen Mund, um die Bewegung zu testen, doch, anstatt, dass Worte meine Lippen verlassen, füllt sich mein Kopf mit Tränen. Ich bedecke mein Gesicht mit beiden Händen. Teri hat das alleinige Anrecht darauf, zu weinen. Ich schäme mich zutiefst. Nur den Bruchteil einer Sekunde später spüre ich ihre Hände, die um mich greifen. Alles, was ich vermisst habe, ist plötzlich wieder zurück in mein Leben getreten. Die Beschaffenheit ihres Körpers, der salzige Duft ihrer Haare, die tiefe Geborgenheit, die ich nirgendwo sonst als in ihrer Nähe finde. "Es tut mir so leid.", presse ich hervor, ich muss durch die Tränen hindurch furchtbar undeutlich klingen. Dann umschließe auch ich sie, drücke meine Nase in ihre Halsbeuge und weine. Und sie weint mit mir. Ich könnte schwören, es liegt ein Hauch Zitronengeschmack in der Luft.

Yale

Ich zünde das Feuer an, während Tierra in der Küche das Brot schneidet und die Reste von Gabriels Speisen auf den Brettern anrichtet. Ama ist unter der Dusche. Man hört das entspannte Prasseln der Tropfen im ersten Stock. Ich erkenne und verstehe sofort Amas Stellenwert in Tierras Leben. Zwischen den beiden herrscht eine naturgegebene Verbundenheit. Die eine kann nicht ohne die andere sein. Es wäre für beide eine Katastrophe, sie zu trennen. Trotzdem bange ich nicht um meinen Platz an Tierras Seite. Unsere Beziehung fühlt sich ganz ähnlich an. Ich schüttel die Kissen auf, zünde Kerzen an und mache den Raum so entspannt für Ama wie nur möglich. Ich mache mir große Sorgen um sie. Tierra stellt die angerichteten Brettchen hin. "Sie scheint viel durchgemacht zu haben. So wie du." Tierra richtet ihren Blick aus dem Fenster. Draußen zieht ein Sturm auf. "Sie ist ein Schatten ihrer selbst." "Das spüre ich." Ich nehme Teri in den Arm und schaue ihr tief in die Augen. Das gibt ihr Fokus und Halt. "Wir gehören beide zu dir und wir geben Ama Zeit, zu heilen, okay?" Tierra nickt.

Ama

Das heiße Wasser prasselt auf mich herab. Meine Haut ist bitterkalt, darum genieße ich die Minuten unter der heißen Dusche. In Teris Nähe habe ich immer versucht, so wie sie im Hier und Jetzt zu sein. Also nehme ich die feuchte, holzige Luft tief in mich auf. Ich spüre den Schaum auf meiner Haut und wie er die durchzechten römischen Nächte von mir wäscht. Von der Hitze färbt sich meine Haut rot und der Raum füllt sich mit Nebel. Das Bad hat ein kleines Fenster und es ist bereits Nacht geworden. Hinter der Scheibe schwenken die schweren Baumwipfel im Wind wie feine biegsame Grashalme. Von der Duschkabine fließen die Tropfen hinunter und hinterlassen klare Linien. Ich achte nicht auf die Zeit, die vergeht, sondern verlasse die Dusche in dem Moment, in dem ich mich zum ersten Mal seit langem wieder sauber fühle. Heute jagt mir mein Spiegelbild etwas weniger Angst ein. Ich sehe nicht richtig aus wie ich, doch seit der Umarmung von Teri kann ich mich zumindest wieder an mich erinnern. Ich erinnere mich an Sonne auf der Haut und an harte Arbeit, an Nächte am Pool und schwere Lider am nächsten Morgen. Ich erinnere mich an die Verbindung zu ihr und die Verbindung zu mir selbst. Und schließlich fühle ich mich bereit, hier zu sein und mich der Situation zu stellen.

Teri und Yale haben den Kamin angemacht, Tee gekocht und kleine Snacks auf dem Couchtisch angerichtet. Auch sie haben sich in der Zwischenzeit bequeme Kleidung und dicke Socken angezogen. Draußen tost mittlerweile ein kräftiger Sturm. Er rüttelt an den Balken und lässt die Fenster klappern. Trotzdem fühle ich mich absolut behütet. Wir wickeln uns in die flauschigen Decken und lehnen an weichen Kissen. Teri bestreicht im Schneidersitz sitzend knusprige Brote, die sie selbst gebacken hat. Ich erkenne es sofort. Ob ihr das Mehl auf der Haut fehlt? "Wo warst du?", fragt sie schließlich. Und ich weiß nicht, wo ich anfangen soll. Ich weiß, dass kein Weg an der Wahrheit vorbei führt. Also erzähle ich alles.

"Damals in Sorrent habe ich dir doch von meinen Liebschaften erzählt. Davon, dass es nicht besonders wenige waren. Und ich habe dir auch erzählt, dass es mit keiner von ihnen für einen langen Zeitraum geklappt hat." Teri nickt und lässt mich sprechen. "Das alles ist wahr. Doch ich war nicht ganz ehrlich zu dir. Denn es gab da doch jemanden." Ich sehe in Teris aufmerksame Augen, in denen immer wieder ein Funken

Traurigkeit aufglimmt. Doch ich zwinge mich, sie anzusehen, wenn ich mit ihr spreche. Das hat sie verdient. "Vor fast drei Jahren kam eine Frau in meinen Freundeskreis in Rom. Ich hatte sie schon vorher an der Uni gesehen. Sie war das Gegenteil von mir. Mein Ruf war schlecht. Mein Lebensstil war schlecht. Sie war so etwas wie die Klassenschönheit. Sie war bei allen beliebt und schien so unglaublich selbstbewusst, höflich und schlau. Miranda war wie aus einem amerikanischen Film." Teri unterbricht den Blickkontakt und nimmt einen Schluck Tee. Ich zügle mich. "Ich habe ihr angesehen, dass sie mich wollte. Sie wusste genau, dass sie mich haben konnte. Also haben wir uns aufeinander eingelassen." Teri unterbricht mich nicht, sie behält ihre Emotionen bei sich. Darum spreche ich einfach weiter. "Erst dachte ich, ich wäre nur ein kleines wildes Abenteuer für sie. Doch sie blieb. Es hat mir einiges abverlangt, ein besserer Mensch für sie zu werden, meine Muster abzulegen. Weißt du, ich war nicht einfach nur jung und wild. Ich habe wirklich nach Liebe gesucht, doch es war, wie soll ich sagen, immer eine Liebe zu viel im Spiel. Treue war wohl einfach nicht meine Stärke. Für Miranda musste ich also gut werden. Ich habe kleine Dinge wie akkurate Pünktlichkeit und knitterfreie Hemden in meinen Alltag integriert. Aber auch große Dinge wie ein häusliches Leben und absolute pflichtbewusste Loyalität, um ihr zu genügen. Einmal habe ich ihr von einem Kuss erzählt, den ich im Traum hatte. Das hat ihr nicht gefallen. Sie mochte es auch nicht, mich tanzen zu sehen. Doch wir sind oft essen gegangen oder ins Theater. Gehobene Dinge eben. Ich habe schöne Erinnerungen an sie. Eine Sache, die mich besonders fest an sie geschweißt hat, war auch, dass sie sich gut mit meiner Mutter verstand. Sie telefonierten oft miteinander. Ich dachte nicht, je eine Frau zu finden, die von meiner Mutter akzeptiert werden würde." Ich pausiere, um Teris Affekte zu verfolgen und zu deuten. Aber egal, wie ihre Reaktion sein wird, ich muss ihr endlich alles sagen. "Wir beschlossen, ganz nach Plan nach dem Abschluss ihres Studiums zusammen nach Neapel zu ziehen und zu heiraten. Ich war verlobt. Ich habe meine Rolle wirklich ausgezeichnet gespielt. Solange, bis du kamst." Zum ersten Mal bricht ein Stück Trauer aus Teri heraus. Auf ihrer Stirn zeichnet sich eine besorgte Falte ab. Ihr Blick wird traurig. "Du *warst* verlobt? Habe ich es zerstört? Bin ich schuld an der Auflösung deiner Verlobung?" Sie trauert um meine Beziehung zu Miranda mehr als um unsere Zeit. Ich schüttel den Kopf und nehme ihre Hände in meine, die kraftlos auf der weichen Decke liegen. Sie muss viel aufnehmen und verarbeiten. Ich weiß, dass ich ihr gerade viel zu viel abverlange. "*Du* hast mich wieder zu mir selbst gemacht." Ihre Augen werden feucht und ihre Lippen zittern. "Aber du hast mich verlassen. Warum bist du hier?" Dann erzähle ich, warum ich sie nicht anrufen konnte. Ich erzähle ihr von dem Tag, an dem wir die Azulejos aus der Küche entfernten. An den Streit. An den Moment, in dem Miranda mich an die Wand auf der Terrasse drängte. "Am nächsten Morgen bin ich aufgewacht. Meine Arme waren so schwer, als hätte ich einen Kampf hinter mir. Ich war müde und da wütete diese Traurigkeit in mir, die ich nicht abschütteln konnte. Ich stand unter der Dusche an dem Morgen. Und da habe ich die Flecken gesehen. Die blauen Flecken in Form ihrer Finger auf meinen Oberarmen." Ich habe es noch nie zuvor ausgesprochen. Auch Max habe ich nie etwas davon erzählt. Meine Stimme versagt, also versuche ich, auf die Stelle zu zeigen. "Ich habe mich so geschämt. Dafür, dass ich sie so verletzt habe, dass sie im Gegenzug auch mich verletzen musste." Ich breche meine Erzählung für einen

Moment ab. Dann nehme ich einen großen Schluck heißen Punsch. "Ich habe mich so geschämt, dass ich es versteckt habe. Sogar vor Miranda selbst. Doch mit der Zeit kam die Wut und alles schien zerbrochen. Wir stritten in den folgenden Tagen viel und dann kam der Abend, an dem ich einfach meinen Koffer gepackt und sie verlassen habe." Yale erhebt sich von ihrem Sessel und nimmt hinter mir Platz. Für einen Moment habe ich ihre Anwesenheit vergessen. Ihre Nähe ist wärmend wie ein kleines Feuer. Teri rutscht näher und legt ihre Finger zwischen meine. Das gibt mir Kraft, um weiterzusprechen. "Ich habe die letzten Wochen mit meinen alten WG-Mitbewohnern in Rom verbracht. Ich wusste nicht, wohin. Du warst weg. Ich bin weggelaufen. Ich wollte alles vergessen. Ich war wieder wie damals, bevor ich Miranda traf. Betrunken und leicht zu haben." Ich kann Teri nicht in die Augen sehen. "Aber das bin ich nicht mehr! Nicht, seit ich dich getroffen habe. Ich will endlich gut werden." Tränen rollen über meine Wangen und die Scham kehrt zurück. Yales Hände landen sanft auf meinen Schultern und gleiten langsam meine Arme hinab, die die einstige Verletzung immer noch spüren. "Es ist nicht deine Schuld.", flüstert Yale. Ihre Stimme geht mir nah. "Bitte behalte deine Muster.", sagt Teri bevor sie ihren Kopf in meine Halsbeuge sinken lässt und ich spüre, dass sie mir irgendwann vergeben kann.

Teri

Ich kann fühlen, wie sich die dunkelste Nacht und der tiefste Schlaf über uns legen. Der Sturm beruhigt sich allmählich, die Kerzen brennen aus und lassen die Trauer langsam aber sicher verglühen. Ama ist zwischen uns eingeschlafen, ihr Kopf ruht auf meinem Bauch und ich fühle ihre weichen Locken zwischen meinen Fingern. Ich habe versucht, sie hinter mir zu lassen und jetzt lasse ich sie nie mehr los. Heute ist auch Ama weit über ihre Grenzen hinaus gegangen. Heute Morgen war sie noch in Rom und jetzt liegt sie hier bei mir. Ich streichel sie in den schönsten Traum, während die Glut im Kamin knistert. Yales Augen sind noch nicht ganz zugefallen. Ich bin so beeindruckt von ihr, mehr noch als sonst. Sie hat ihren behütenden Blick auf Ama gerichtet und ich fühle, wie sie über eine Zukunft mit ihr nachdenkt. "Es kann doch gut werden, stimmt's?", flüstere ich. Sie nickt. "Alles kann gut werden."

Yale

Ama denkt von sich selbst, sie wäre dieser fehlerhafte Mensch. Beinah tut es weh, von ihrem Versuch zu hören, sich in eine für sie so unnatürliche Form zu pressen. Es ist kein Wunder, dass sie so erschöpft ist. Tierra beschützt sie liebevoll, während sie im Flackern des warmen Kerzenscheins schläft. Ihr Traum breitet sich im Raum aus. Ich muss auf sie achten, denn auch Tierra muss verarbeiten, wodurch Ama gegangen ist. Seit Wochen versuche ich, der Zukunft auszuweichen und mich hier zwischen meiner verflossenen und meiner neuen Beziehung vor jeder Art der Zukunftsplanung zu verstecken. Heute Nacht sehe ich mich das erste Mal gezwungen, darüber nachzudenken, wie es weitergehen soll. Wenn wir das zusammen richtig angehen, kann alles gut werden. Aber erst einmal sollten wir schlafen.

Kapitel 4

Mehr Lieben

Januar, Montpellier, Frankreich

Yale

Ich bin schon früher wach als die Beiden. Am Morgen liegt Tierra aufgefangen in Amas Arm. Das halte ich für einen angemessenen Ausgleich für Tierras verständnisvolles Wesen. Sie ist ganz sanft und völlig ohne Zorn. Die Freude darüber, dass Ama wieder zurück in ihrem Leben ist, macht alles wieder gut. Ich richte ihre Decken zurecht und mache mich dann daran, das Frühstück zuzubereiten. Dabei arbeite ich so leise wie möglich. Ein guter Start in den Tag kann vieles beeinflussen. Ama braucht mehr als einfach nur eine Auszeit. Sie braucht einen Neubeginn. Ich decke den Tisch für drei und bereite zwei Kannen Kaffee vor. Eine davon werde ich später nach oben bringen, denn von Mai und Beca ist noch nichts zu hören. Am besten, ich stelle sie Ama später persönlich vor. Ein Frühstück im großen Kreis würde sie zum jetzigen Zeitpunkt vermutlich noch überfordern. Draußen bricht die Sonne durch die graue Wolkendecke und lässt ein paar milde Strahlen in den Raum fallen. Tierra wacht zuerst auf.

Teri

Ama fühlt sich an wie Ama. Es ist seltsam. Ich liege in ihren Armen, als wäre sie nie weg gewesen. Die Decke wärmt unsere Haut, ich spüre ihre Beine, ihre Rippen und ihr Herz. Trotzdem fühlt es sich anders an. Denn da ist sie: die dunkle Seite vom Mond. Ama hat einige Kilo an Gewicht verloren. Ihre Haare sind länger geworden. Ihre Haut ist blass-blau. Ich muss diesen Menschen erst noch erkunden, bevor die Leichtigkeit zurückkehren kann. Ich rieche Kaffee und weiß, es ist bald Zeit, aufzustehen. Sanft küsse ich Amas Stirn, streiche langsam über ihre sehnigen Arme und erwecke sie aus ihrem

Schlaf. Mit ihren dunklen Wimpern blinzelt sie mir zu. Goldene Sonnenstrahlen fallen genau auf ihr Gesicht und geben ihren schwarzen Pupillen das lebendige Funkeln zurück. Sie lächelt ein müdes Lächeln. Seit sie hier ist, ist das das erste Mal, dass ich einen Hauch von Glück auf ihrem Gesicht sehe. Unsere Blicke verschmelzen miteinander. Wie damals sind es nur sie und ich. Wir ziehen uns an, sie berührt meine Wange, die in ihrer warmen Hand errötet und dann küssen wir uns weich und langsam.

Ama

Ich wache in einem Traum auf. Teris Körper ist warm, die Sonne berührt mein Gesicht, ich höre Vogelgezwitscher und rieche dunkles Holz und getrocknetes Kerzenwachs. Sie streichelt mit ihren weichen Fingerspitzen über die feinen Härchen meiner Arme. Wenn ich meine Augen einen Spalt öffne, sehe ich ihre Lippen, die verspielt lächeln, genau wie früher. Ich sehe ihre Augen, die von hellen Wimpern umspannt sind und mir einen Ankerpunkt geben. Diese Art aufzuwachen, unterscheidet sich in jeder Form von meinen Morgenstunden in Rom. Das Bedürfnis, mich zu waschen, bleibt aus. Dafür will ich noch näher an sie heran, auch wenn kein Zentimeter mehr zwischen uns ist. Dann küsst Teri mich so liebevoll wie noch nie zuvor. Das ist das einfachste Glück. "Das Frühstück ist fertig." Ich denke an warmes Brot und Zitronenmarmelade und dann daran, dass Teri nicht die Person ist, die es gesagt hat. Denn ihre Lippen sind unter meinen. Es war Yale. Ertappt breche ich den Kuss ab und bedecke meinen Mund mit meinen Fingern, als hätte ich etwas Schlimmes getan. Habe ich etwas Schlimmes getan? Auch Teri scheint kurz verlegen zu sein, doch ihre

Körpersprache gibt mir sogleich wieder Sicherheit. "Es ist okay." flüstert sie.

Yale

Beim Frühstück lernen wir uns näher kennen. Mit einem Fuß auf dem Stuhl lümmel ich am Esstisch und beschmiere mein Brot. Ama gefällt mir. Sie ist ambitioniert. Sie erzählt von ihrem Studium und davon, dass sie gerne die Auswirkungen von Wellenkraft auf die Küstenregionen erforschen würde. Ich höre gespannt zu. Irgendwie kann ich sie vielleicht unterstützen. Es ist nicht zu überhören, dass Ama noch nicht so recht weiß, wohin mit ihrer Leidenschaft. Darum hält sie sich mit einer detaillierten Ausführung ihrer Pläne auch zurück. Ihre Locken sind schwerelos wie Galaxien und die Handgelenke glatt und kantig wie Felsen. "Und was machst du?" "Ich arbeite in der Datenanalyse. Ich habe Statistik studiert." Ich erzähle nichts von meinem Erbe. "Teri, was ist mit deiner Bäckerei?" fragt Ama sofort. Nach unserer Abreise im November hat sie nie mehr darüber gesprochen. Tierra nimmt verlegen einen Bissen von ihrem Brot. Es scheint ihr unangenehm zu sein, über Berufliches zu sprechen. "Ich habe sie verkauft, nachdem du weggegangen bist. Also, ich besitze zwar noch einen Anteil daran, aber der ist unwesentlich." Ama scheint betrübt über diese Entwicklung zu sein. Mir war nicht klar, dass die Bäckerei einen so hohen Stellenwert in Tierras Leben hatte. "Und das Töpfern?" Bei diesen Worten keimt ein kleines Licht in Tierra auf. "Ich habe hier keine Töpferscheibe. Aber ich vermisse es." Ama nickt mit einer zufriedenen Miene. "Wir sollten dir irgendwann eine besorgen." Tierra willigt ein. Sie hat den Wunsch nie geäußert, aber für Ama scheint der Bedarf glasklar zu sein. Ich finde das Angebot schön. Tierra beim Backen zuzusehen, ist erfrischend und entspannend. Bestimmt muss es beim Töpfern genauso sein. Sie spricht nicht viel über Sorrent. Nach einer Weile rumpelt es im zweiten Stock. Ama erschrickt, legt ihr Messer hin und sieht zur Treppe. "Was war das? Ist noch jemand hier?" Ich hatte vollkommen vergessen, dass Beca und Mai noch da sind. "Ja, das sind Beca und Mai." Tierra legt ihre Hand auf Amas, die überlegt, was die nächste passende Frage wäre. Ich werfe Tierra einen Blick zu und wir entscheiden still, dass ich sie einander bekannt machen werde. Locker schwinge ich mich auf die Beine und strecke mich. "Geh du mit Yale, sie stellt euch vor. Ich räume den Tisch ab." Dann nehme ich die zweite Kaffeekanne aus der Küche und gehe um den Essbereich herum. "Komm mit."

Ich führe Ama die Treppen hinauf. "Ich weiß, das wird vielleicht etwas viel für dich sein. Aber wir sollten die Zeit nutzen, während wir noch alle hier sind. Wenn wir beide mit Tierra zusammen sein wollen, dann musst du etwas verstehen." "Wir beide?", fragt Ama leise, als wir durch den Flur gehen. Ich antworte nicht. Ich habe bemerkt, dass sie einige Zusammenhänge ihrer eigenen Geschichte möglicherweise noch nicht erfasst hat. Vielleicht täusche ich mich aber auch. Wer sie ist, muss sie selbst herausfinden. Der Boden unter unseren Füßen knarrt, wir nehmen die zweite Treppe in den Dachboden hinauf und ich klopfe an Becas Tür. Dann trete ich ein und nehme Ama mit. Beca lümmelt auf dem Bett und liest ein Buch, während Mai auf ihrer Matte sitzt und vor einem Räucherstäbchen meditiert. "Guten Morgen, ihr beiden. Ich wollte euch jemanden vorstellen." Beca schielt über den Rücken ihrer Lektüre. "Das ist Ama. Sie ist gestern angereist." Beca schmeichelt Ama sofort in ihrer üblichen Manier. "Wow, wie schön du bist." Direkt und offenherzig, mit einem frechen Grinsen im Gesicht. Ich werfe ihr einen Blick zu, der ausdrückt, dass es nicht der richtige Zeitpunkt dafür ist. Ama ist unsicher. "Du hast eine Menge mitgebracht." Mai sitzt mit dem Rücken zu uns, den Blick aus dem Fenster gerichtet. Sie spricht, ohne sich uns zuzuwenden. "Ama, das sind Beca und Mai. Meine Exfreundinnen." Ama sieht mich verständnislos an, wirft den Blick zu Beca, dann zu Mai. Sie hebt ihre Hand zum Grüß und lächelt. "Wir sind zusammen gereist und wir drei haben eine Beziehung geführt." Ich erkläre die Umstände so einfach, wie sie sind. "Komm, setz dich." Beca macht Platz auf dem Bett und klopft auf die Decke.

Ama

Ich denke an Gesprächsfetzen aus dem letzten Sommer, an die ich mich erinnern kann, als wären sie gestern gewesen. Ich denke an unsere gemeinsame Nacht in dem Club. Und erst jetzt ergibt vieles für mich allmählich einen Sinn. Teri hat in ihrem Herz Platz für mehrere Frauen. Und ich denke, ich habe das auch. "Hast du dich nicht manchmal gefragt, wieso du dich immer *entscheiden* musst, obwohl du beide liebst?", fragt Yale. Sie spricht aus ihrer eigenen Erfahrung, doch ich finde mich darin wieder. "Und wer hat das eigentlich erfunden?" Beca rollt mit den Augen und nippt von ihrem Kaffee. Ich denke an einige kurze Beziehungen, die ich vor Miranda hatte. Nicht alle, aber doch die wesentliche Mehrheit, zerbrach genau daran. Eifersucht, Zerrissenheit. "Ich hatte immer das Gefühl, ich müsse meine Liebe zurückhalten, um meine Rolle zu erfüllen." Mai scheint ihre Meditation beendet zu haben und kriecht auf allen vieren von ihrer Matte zu uns herüber. "In meiner Familie wird viel Wert auf eine *anständige* Außenwirkung gelegt." Sie spricht mir aus der Seele. "Doch wenn ich ganz in mir bin und mir Yale und Beca vor mein geistiges Auge rufe, dann sehe ich meine größte Liebe …" Mai richtet ihren Blick auf Beca. "…und meine tiefste." Sie nickt Yale zu. "Wie meinst du das genau?" Ich verstehe, was sie sagt und frage nur, weil ich nicht aufhören will, ihr zuzuhören. Ich habe noch nie jemanden so deutlich artikulieren gehört, was ich fühle. "Jede Liebe ist anders.", erklärt Mai. "Und wir alle wissen das. Unsere Lieben zur Mutter, zur besten Freundin aus der ersten Klasse oder zur Lieblingstante akzeptieren wir nebeneinander, genauso wie sie sind." Nun hängen wir alle drei an Mais Lippen. "Nur bei romantischen Beziehungen versuchen wir, unsere Gefühle zu bewerten. Wir verlieben uns in zwei Menschen und gewichten die beiden Lieben dann, um die eine schließlich als minderwertig zu kategorisieren und sie auszurangieren." Scham und schlechtes Gewissen machen sich in mir breit. Ich blicke zu Boden und fokussiere das grüne Muster des Teppichs. Ich frage mich, ob ich Miranda ausrangiert habe. Hätte ich keine von ihnen verloren, wenn ich von Anfang an ehrlich gewesen wäre? Vielleicht hätte eine Beziehung mit Miranda und Teri funktionieren können. Ehrlich gesagt, kann ich mir nicht vorstellen, dass Miranda anders gehandelt hätte. Sie hätte meine Liebe zu Teri weiterhin als zweitklassig abgetan. "Nicht alles ist Liebe." Ich bin mir sicher, dass ich nicht gesprochen habe. Irgendwie hat Yale meine Gedanken gelesen. Yale streicht sanft über meinen Oberarm. Genau die Stelle, die Miranda verletzt hat. "Aber Liebe kann mehr sein als das." Yale hat eine naturgegebene Coolness an sich. Doch ihre Nähe ist warm und erleuchtend. Ich glaube, ich kann mich hier wohlfühlen.

❖

Nach einer Woche ist eine gewisse Routine eingekehrt. Ich habe den Alltag von Teri und Yale beobachtet und mich allmählich in ihren Rhythmus eingefügt. Yale wirkt enorm kommunikativ und gelassen. Ich habe jedoch erkannt, dass ihre freimütige, extrovertierte Art oft mehr Schein als Sein ist. Besonders an Abenden, an denen Beca und Mai zu uns stoßen und wir laut reden, lachen, zusammen kochen oder feiern, schläft Yale lieber alleine. Dann verabschiedet sie sich vor ihrem Schlafzimmer mit tiefen Küssen von Teri und sie gehen beide alleine auf ihre Zimmer. Es ist nicht so, dass ich sie beobachte. Nur einmal, als ich mir die Zähne bei offener Tür geputzt habe, konnte ich das Ritual mitansehen. Wenn ich die Beiden nachts höre, bin ich froh. Yale ist gut zu Teri. Besser, als ich es war. Bis auf den einen Kuss in der ersten Nacht haben Teri und ich uns nicht mehr berührt. Ich vermisse ihre Nähe, doch auf ganz natürliche Art und Weise ist mir klar, dass wir es nicht überstürzen sollten. Ich habe Gabriels Zimmer bekommen. Die ersten Tage habe ich lang geschlafen, eine dauerhafte Müdigkeit war mein Begleiter durch den Tag. Am vierten Tag bin ich zum ersten Mal mit der Sonne aufgewacht, so wie in Sorrent. Die französische Luft ist besonders um diese Uhrzeit noch erfrischend kühl. Morgens ziehe ich deshalb meine Turnschuhe an und laufe die Wege zwischen den Wäldern entlang. Zu Beginn war die sportliche Betätigung noch beschwerlich. Der Rauch der durchzechten Nächte musste erst meine Lungen verlassen. Die morgendlichen Joggingrunden lassen meinen Kopf frei werden, ich bewege mich von der Stelle, zumindest körperlich. Die Stille tut mir gut und lässt das Summen, das ich seit einigen Wochen in den Ohren habe, leiser werden. Nach einer Stunde komme ich wieder zur Hütte zurück. Yale ist dann bereits wach und bereitet das Frühstück zu, während ich dusche. Wir frühstücken zu dritt und reden viel. Nicht immer sind es wichtige oder tiefgründige Themen. Oft sprechen wir auch über einen Film, den wir gesehen haben oder unsere Lieblingsgerichte aus der Kindheit. Teri und ich räumen den Tisch ab, während Yale jeden einzelnen Vormittag der Woche auf ihrem Zimmer verbringt, um zu arbeiten. Ihr Fleiß ist bemerkenswert, aber wohl nötig, um die Zeit hier verbringen zu können. Ich habe selbst nur noch einen letzten Rest Erspartes übrig, der gerade so für ein Flugticket reicht. Nachdem der Tisch sauber gewischt ist, kommen Beca und Mai aus ihrem Zimmer und trinken Kaffee. Hinterher machen die Beiden zusammen mit Teri Yoga vor der Veranda. Ich wusste nicht, dass Teri sich für Yoga begeistert, doch es passt zu ihr. Die Verbundenheit mit der Erde und die fließenden, flüssigen Bewegungen stehen ihr. Beca und Mai verbringen viele Tage draußen in der Natur. Die beiden sind anders als Yale völlig ruhelos. Sie gehen wandern oder fahren nach Montpellier, um sich die Sehenswürdigkeiten anzusehen. Dann habe ich Teri für ein paar Stunden ganz für mich alleine. Wir sitzen auf dem Sofa, sprechen über alles, was passiert ist, oder sehen uns einfach nur tief in die Augen. Sie streicht über meine Arme und legt ihr Gesicht in meine Handflächen.

Teri

"Ich vermisse dich. Ich will dir nah sein.", flüstere ich an einem Morgen, als Ama meine Wangen streichelt und ihre Finger meine Lippen berühren. Sie wirkt erholter, nachdem sie bereits länger als eine Woche in Frankreich verbracht hat. Ihre Haut sieht gesünder aus. Ihr Gesicht hat seine ursprüngliche Form angenommen. Ich habe Sehnsucht nach ihrem Körper und will es möglich machen. "Okay. Dann lass uns darüber sprechen." Es ist seltsam. Ich habe von Ama erwartet, dass sie keine Sekunde darüber nachdenken und ihrer Lust nachgehen würde. Ich habe erwartet, die sein zu müssen, die standhaft bleibt, bis ich einen Weg gefunden habe, meine Bedürfnisse an Yale zu kommunizieren. Doch Ama ist mir einen Schritt voraus. "Wir sollten darüber sprechen. Mit Yale. Du liebst sie und sie liebt dich." "Und du liebst mich.", füge ich hinzu. Ama nickt. "Ich will das hier gut machen, verstehst du? Ich will, dass wir ehrlich sind." Ich bin gerührt und küsse jede ihrer Fingerspitzen. "Okay, dann lass uns heute Abend darüber reden." Wir verbringen noch eine Weile in unserer Innigkeit. Jede Sekunde mit ihr nehme ich tief in mich auf. Ich verankere die Bilder von ihr in einem bewussten Akt in meinem Gedächtnis. Ihr weißes Lachen, die dichten, dunklen Wimpern, die goldener werdende Farbe ihrer Haut. Ihre Finger kämmen durch mein Haar, sie erzählt mir von Rom und ich will sie beschützen. "Ich habe kein Problem damit, wenn du dich mit anderen Frauen auslebst. Aber ich ertrage es nicht, wenn du dabei nicht glücklich bist." Ama drückt ihr Gesicht in meine Halsbeuge und nimmt einen Zug von meiner Haut, während Yale die Treppen herabkommt. Dann rutscht sie weg von mir. Yales Arbeitstag war stressiger als sonst. Ama schlägt vor, sie könnten noch eine Runde zusammen laufen gehen. Sie gibt sich wirklich Mühe, sich Yale anzunähern, sie als Teil von mir zu sehen. Yale willigt erfreut ein. Dann gehen sie sich umziehen und ich werde nervös und unruhig. Die beiden haben vorher noch nie etwas alleine miteinander unternommen. Obwohl Yale mir immer wieder deutlich macht, dass sie Ama mag, muss es sich doch erst bewahrheiten. Und ich hoffe, Ama geht nicht über ihre Grenzen hinaus.

Ama

Yale ist schnell. Wir laufen auf meiner üblichen Runde zügig nebeneinander her. Es ist angenehm kühl, die Wolken bedecken den Himmel. "Wie geht es dir?", fragt Yale, schwer atmend und angestrengt, als wir beinah die Hälfte der Strecke hinter uns haben. "Etwas besser. Danke, dass ihr mich aufgenommen habt." Die Kiesel knirschen unter unseren Sohlen. Yale wird langsamer, stützt sich auf die Knie und schnaubt. Ich bremse ebenfalls ab. "Du bedeutest ihr wirklich viel." "Du bedeutest ihr auch wirklich viel.", antworte ich. Yale nickt, während sie verschnauft. Dann verlässt sie den Weg und lässt sich lässig auf der Böschung am Waldrand nieder. Ihre kurzen Haare betonen ihr kantiges Gesicht, das durch die Anstrengung und die goldene Sonne warm glänzt. Durch das Feinrippenhemd, das sie oft trägt, wird ihre definierte Schulterpartie besonders betont. Sie ist streng genommen nicht mein Typ, aber nichtsdestotrotz finde ich sie attraktiv. Doch ich schüttel den Gedanken sofort wieder ab und setze mich zu ihr. Ich versuche, entspannt zu wirken, immerhin will ich sie heute Abend fragen, ob ich mit ihrer Freundin schlafen darf. "Wie habt ihr euch eigentlich kennengelernt?", frage ich Yale, um die Stille zu durchbrechen. "Es war auf einer Strandparty.", erzählt sie. "Ich war in Neapel – nur ein kurzer

Zwischenstopp eigentlich. Du weißt ja, ich bin über zwei Jahre lang mit Mai und Beca gereist." "Was wolltest du in Neapel?" Yale zögert einen Moment, lehnt sich breitbeinig zurück und lässt ihren Blick durch die Baumkronen schweifen, bevor sie ansetzt. "Meine Eltern kommen aus England. Als ich vier war, sind wir nach Italien gezogen. Sie haben damals ihre Flitterwochen bei meiner Großtante Selma in Neapel verbracht und sich in das Land verliebt. Letzten September gab es ein kleines Erdbeben in der Nähe meiner Großtante. Das Haus hatte einige Risse abbekommen und mehrere Leitungen waren gebrochen. Nichts Schlimmes also. Ich war gerade in der Schweiz unterwegs. Als ich von dem Erdbeben hörte, hatte ich das Gefühl, ich sollte in Italien sein und helfen." "Einfach so?" Yale fühlt sich ertappt. "Es war die Zeit, in der Beca, Mai und ich uns getrennt haben. Ich sah das Erdbeben als Zeichen, dass es jetzt wohl Zeit ist, zu gehen." Ich nicke. "Und das Haus ist wieder in Ordnung?" Yale lächelt und nickt. Ich habe das Gefühl, dass da etwas ist, worüber sie nicht sprechen möchte. Das macht sie interessant für mich. Sie scheint immer alles unter Kontrolle zu haben und ich will wissen, wie sie es macht. Es gibt ihr eine Tiefe, die ich erforschen will. Jetzt ist aber nicht die richtige Zeit dafür. Also stehe ich auf und dehne meinen Körper. Dann laufen wir weiter und ich denke heimlich über sie nach. Yale ist empathisch und charmant. Was sie auch sagt, sagt sie respektvoll. Ihre Disziplin macht sie selbstständig, doch sie verliert dabei nie die Bedürfnisse der anderen aus dem Fokus.

Yale

Abends ist die Stimmung leicht. Beca und Mai sind noch nicht wieder zurück. Wahrscheinlich essen sie heute auswärts.

Frisch geduscht sitzen wir zu dritt in der Couchecke, schlemmen selbstgemachtes Ratatouille mit Kartoffeln und entspannen am Feuer bei Kerzenschein. Ama und Teri lümmeln in der jeweils anderen Ecke der Couch, während ich den Ohrensessel für mich beanspruche. Etwas liegt in der Luft, denn das Gespräch verläuft immer wieder holprig. Ama und Teri werfen sich Blicke zu, die nur sie beide lesen können. Doch ich ahne, was hier los ist. Ich nehme die letzten Happen und stelle den Teller auf den Tisch. "Wollt ihr einen Drink?" "Ja.", antworten beide wie aus einem Mund. Ich muss unübersehbar schmunzeln, stehe auf und bringe drei Gläser Wein. Sie nehmen synchron einen großen Schluck und ich lasse mir Zeit. Ihre Nervosität ist köstlich mitanzusehen, doch ich will sie nicht länger quälen. Ich lehne mich weit aus dem Sessel. "Sagt mal, vermisst ihr euch?" Ich setze mein Pokerface auf und beobachte ihre Reaktionen. Tierra reißt die Augen auf, presst die Lippen aufeinander. Ama wagt nicht, Blickkontakt mit mir aufzunehmen und blick tief in ihr Glas. Tierra stottert. "Wir … wir wollten gerne mit dir darüber sprechen." "Aha." Ich schlage ein Bein über das andere. Meine Augenbraue bewegt sich unwillkürlich einige Millimeter nach oben, doch das Lächeln verschwindet nicht. "Ich höre." Tierra nimmt ihren Mut zusammen und übernimmt die Gesprächsführung. Sie ist sichtlich nervös und dreht ihr Glas in den Händen. "Yale, wir würden gerne miteinander schlafen." Ich bin positiv überrascht von ihrer Ehrlichkeit. Tierra spricht klar aus, was ihr auf dem Herzen liegt. "Aber wir wollten erst mit dir darüber sprechen." Ama unterstützt Tierra bei ihrem Anliegen, das ist gut. Ich nicke, sinke entspannt in den Sessel zurück und nippe am Wein. "Okay." Die beiden sehen mich verständnislos an, dann einander, dann wieder mich. Darum betone ich noch einmal, was ich gesagt habe. "Ja, das ist okay für mich." "Ehrlich?" Ama will weitere Bestätigung. "Ja, ihr esst euch doch schon seit Tagen mit euren Blicken auf." Ama gräbt verlegen ihre Finger in die Locken. Tierra klettert zu mir auf den Sessel herüber und nimmt halb auf meinem Bein, halb auf der Lehne Platz. So glänzend habe ich ihre Augen seit einer Weile nicht mehr gesehen und ich bin glücklich. "Es ist wirklich in Ordnung für dich?" "Ja. Ihr seid ehrlich. Solange das so bleibt und wir miteinander sprechen, habe ich nichts dagegen." Tierra küsst mich intensiv und aus dem Augenwinkel sehe ich, wie Amas Anspannung weicht.

Teri

Ich liege hellwach in meinem Bett. Es ist stockdunkel und in der Hütte ist es totenstill. Nicht einmal die Bäume rascheln, so wie sonst. Nach unserem Gespräch sind wir alle auf unsere Zimmer gegangen. Für mich war es Höflichkeit. Denn in Wahrheit kann ich an nichts anderes denken, als an Amas Körper. Ich stelle mir vor, wie sie auch wach liegt und diese Hitze erträgt. Ein Knarren ertönt. Im Flur geht das Licht an. Ich richte mich auf und lausche, woher die Geräusche kommen. Schnell ist klar, dass es nicht Ama ist, die sich entschlossen hat, den ersten Schritt zu tun. Stattdessen sind Beca und Mai nach Hause gekommen und schleichen auf ihr Zimmer. Ich müsste nicht schleichen. Ich könnte einfach die Tür öffnen und zu Ama hinübergehen. Doch ich harre aus. Es fühlt sich wie ein zu großer Schritt an. Nach nur wenigen Minuten erlischt das Licht im Flur wieder. Alles, was man hört, ist die leise Stimme von Beca, die vor dem Einschlafen noch ein paar Sätze murmelt und dann *Gute Nacht* sagt. Ich möchte nicht alleine schlafen. Also fasse ich meinen ganzen Mut zusammen. Ich gehe zur Tür, drücke die kalte Klinke in der

Dunkelheit. Der Flur ist schwarz. "Leise!", flüstert eine Stimme ganz nah an meinem Gesicht. Mein Herz stockt, ich mache einen Satz nach hinten und ein leises erschrockenes Geräusch verlässt meine Kehle. Ama greift meine Hand und schiebt mich zurück ins Zimmer. "Hey, ich bin es." Mein Herz rast. Ihr Atem ist ganz nah an meiner Wange und ihre Hände an meiner Taille. "Gott sei Dank." Ich will keine Sekunde länger warten. Die Tür fällt gedämpft zurück ins Schloss, ich ziehe sie näher. "Ich hab dich so vermisst." Ich zerre Amas T-Shirt über ihren Kopf, greife sie an den Hüften und küsse sie stürmisch. Ihre Lippen passen perfekt auf meine. Ihre Zunge schmeckt nach Zucker und Pfefferminz. Sie erwidert den Kuss fordernd und gierig, greift mein kurzes Seidenkleid und dreht mich herum. "Sag mir, was du tun willst.", haucht Ama in mein Ohr, an dem ich ihre Lippen spüre. Ein Schauer kriecht über meinen ganzen Körper. Ich kann vor Aufregung nicht sprechen und führe ihre Hände dorthin, wo ich sie am meisten vermisse. Mein Atem beschleunigt. Ich unterdrücke die Geräusche, die Amas Finger mir bei jedem Mal mit Leichtigkeit entlocken. Ihr Körper ist immer noch so stark wie früher, ihre linke Hand umgreift meinen Bauch und ihr Mund erhitzt meinen Nacken. Mein angestautes Verlangen nach ihr macht mich nachgiebig. Auf ihrer Schulter kann ich meinen Kopf ablegen. Ich greife nach ihrem Haar, ziehe ihren Kopf näher und sie küsst mich genussvoll und heiß. Die Lust steigert sich in Wellen, unser Atem wird gleichmäßig und tiefer. Die Anziehung zwischen uns ist so stark, dass kein Blatt Papier zwischen uns Platz finden würde.

Yale

Ich würde gerne hinübergehen, um es zu unterbrechen. Meine Hände sind feucht, mein Herz schlägt schnell. Natürlich habe ich es ihnen erlaubt. Wenn ich sie tagsüber zusammen sehe, in den kleinen Momenten Zweisamkeit, die sie sich erlauben, passt einfach alles zwischen ihnen. Das macht auch mich glücklich. Aber jetzt, wo es so weit ist, ist es anders. Tierra klingt wie verändert unter Amas Lippen. Weit weg von mir und erbarmungslos erfüllt. Ich sitze an meinem Schreibtisch und komme nicht zur Ruhe. Das blaue Licht des Bildschirms strahlt mich an. Ich kann mich nicht auf die Zahlen konzentrieren. Tierra und Ama haben diese Verbundenheit, diese spezielle Anziehung. In ihrem kurzen Sommer sind die beiden sich so vertraut geworden. Ama hat ihr so viel Verletzlichkeit entlockt, wie ich niemals könnte – oder wollte. Lieber verschließe ich Tierras Wunden. In diesem Moment denke ich, dass nichts Tierra davon abhalten könnte, mit Ama Frieden zu schließen und mit ihr zurück nach Italien zu gehen. Als sie zum zweiten Mal kommt und Ama einen Moment danach, hält mich nichts mehr auf meinem Stuhl. Ich öffne meine Tür, gehe zur anderen Seite des Flurs ohne das Licht anzumachen und greife nach dem Türknauf. Die Eifersucht ist zu groß, ich will Tierra nicht an Ama verlieren.

"Tu es nicht.", flüstert jemand im finalen Moment. Aus der Treppennische fällt indirektes Licht. Auf der Dachbodentreppe erkenne ich Beca, die sich an der Wand entlangtastet. Ich lasse die Klinke los. Sie kommt zu mir herunter und ich lasse mich neben die Tür sinken. Ihr Auftauchen hat mir einen Dämpfer verpasst. Sie setzt sich zu mir in die Dunkelheit. Der Mond fällt durch das Fenster am Ende des Flurs. Jetzt kauern wir beide wie Wasserspeier auf dem Boden und lauschen der

Stille. "Ich habe es ihnen erlaubt." "Und trotzdem wolltest du da gerade hineingehen." Beschämt kneife ich die Lippen zusammen und hänge den Kopf zwischen die Knie. "*Ja* zu sagen, hat sich so einfach angefühlt." "Ich habe euch beobachtet.", antwortet Beca nach ein paar weiteren Sekunden Stille. "Du hast dich verändert. Du bist nicht mehr so unnahbar wie früher. Beinah ist es möglich, dich zu berühren. Das ist Teris Schuld." Ich weiß nicht, ob das ein Kompliment oder Kritik sein soll. "Teri vergöttert dich. Wie sie dich ansieht, mit diesem süchtigen Blick. Man könnte neidisch werden." Ich schaue durch die Dunkelheit zu Beca hinüber und bemerke, wie sie mich direkt ansieht. "So sieht Tierra nicht nur mich an." Ich nicke zur Tür. "Doch.", widerspricht Beca. "Diesen Blick hat sie nur für dich. Ama hat so etwas wie eine Sogwirkung auf sie, ja. Aber nach dir hat sie eine gewisse Abhängigkeit. Ihr Herz hat einen Drang nach dir." Becas Gabe zur Beobachtung lässt auch meinen Blick weiter werden. Die Abhängigkeit, von der sie spricht, hat nichts mit meinem Erbe zu tun. Tierra hat selbst genug Geld, um gut über die Runden zu kommen. Beca spricht von einem Hang, einer natürlichen Passion. Eigentlich weiß ich, dass sie recht hat. Ich führe mir unsere Konstellation vor Augen: Tierra zwischen Ama und mir. Zu jeder von uns spürt sie eine andere Art der Bindung. "Denkst du, Tierras Gefühle zu mir sind genug? Wenn sie morgen mit Ama abreist, dann…" Beca unterbricht mich. "Du bist genug. Außerdem denke ich nicht, dass Ama weg von dir möchte. Ganz im Gegenteil." Noch bevor ich auf ihren Verdacht reagieren kann, regt sich in Tierras Zimmer etwas. "*Ich habe hier nichts vermisst außer dich.*", sagt Tierra zu Ama hinter der Wand und die Kissen rascheln. Beca und ich lauschen zur Tür. "*Zum Glück ist Yale da. Ich bin ihr so dankbar.*", antwortet Ama ganz vergessen. Beca grinst und blinzelt mir zu. Ich muss über mich selbst lachen, wie ich hier sitze und dem Sex meiner Freundin lausche. Ich streife mir die Anspannung aus dem Nacken und atme tief aus. "Wir sollten schlafen gehen.", sage ich. "Kommst du mit hoch?" Beca kann es sich nicht verkneifen. "Ach, hau schon ab."

Ama

Wir schlafen aus und ich lasse meine Joggingrunde ausfallen. Stattdessen liegen wir eng umschlungen in Teris Bett. Ihre Lippen kleben an mir und ich genieße jede Sekunde ihrer Nähe. "Ich will für immer hier bleiben." "In Frankreich?", fragt Teri während ihre Nasenspitze meinen Hals berührt. "In deinem Bett." Teris Lippen ziehen weich und sanft ihre Wege auf meiner Haut. "Aber Yale ist bestimmt schon wach. Es gibt Frühstück.", flüstert sie lächelnd. Sie erinnert mich milde daran, dass es nicht nur sie und ich sind. Ich lege die Hände auf die Augen und atme tief ein und aus. Teri lacht. "Du bist immer noch nervös." "Ja. Ich... Ich weiß auch nicht. Ich will nichts falsch machen. Oder sie verärgern." Ich setze mich aufrecht hin und lehne mich an den Bettrahmen, um meinen Kreislauf anzukurbeln. Teri mustert mich einige Sekunden ganz genau und nickt dann. "Du willst ihr gefallen." Ich zucke mit den Schultern, obwohl ich weiß, dass es so ist. "Keine Sorge, du gefällst ihr. Sehr sogar."

❖

Wir gehen zusammen zum Frühstück. In der ganzen Hütte duftet es herrlich nach frischem Gebäck und Kaffee. Anstatt dass wir Yale in der Küche vorfinden, sind die Brötchen bereits gebacken. Der Tisch ist für zwei gedeckt und niemand scheint da zu sein. Das entspannt mich etwas. Eine Kanne heißer Kaffee dampft auf dem Tisch und wir setzen uns. Yale muss früher aufgestanden sein. Ich bin verlegen, sie muss uns gestern Nacht gehört haben. "Ist das für uns? Von Yale?" Teri lacht mich glücklich an, also lasse ich mich davon anstecken. Wir genießen den Morgen beim Frühstück zu zweit. Nach etwa einer Stunde ist der Kaffee leer und Yale kommt vom Joggen zurück. Auch sie sieht glücklich aus und trabt dynamisch durch die Tür. "Hey, guten Morgen ihr zwei." Sie blinzelt uns zu, trägt ihr freches Lächeln auf den Lippen, beugt sich über Teris Schulter und sie küssen sich. "Mehr Kaffee?" Als sie an meinem Stuhl vorbei Richtung Küche läuft, streicht sie mir in einer angenehmen Bewegung über den Rücken. Da, wo ihre Hand war, wird es warm. "Gerne. Und danke für das Frühstück.", sage ich. "Habt ihr noch Brötchen für mich übrig?" "Ja, klar, setz dich." Ich schiebe einen Stuhl zurück und biete ihn ihr an. Yale nimmt Platz und Teri wirft uns beiden schmachtende Blicke zu, als würden wir sie in diesem Moment mit Diamanten überhäufen.

Seit dem Gespräch mit Yale und der Nacht mit Teri suche ich regelmäßig Kontakt zu Beca und Mai. Der Februar ist schon hereingebrochen und die beiden wollen bald abreisen. Ich will jede Möglichkeit nutzen, um ihre Sicht auf die Dinge kennenzulernen. Ich will es richtig machen. Oft verbringe ich ganze Nachmittage bei ihnen, um zu lernen. Auf der Yogamatte liegend stelle ich tausend Fragen und höre aufmerksam zu. Manches kann ich mir merken, oft schreibe ich eine Notiz. Noch nirgendwo sonst bin ich mir selbst so nah gekommen wie hier. Mai erzählt von der Bedeutung gemeinsamer Entscheidungen und guter Planung. Das habe ich mir besonders gut eingeprägt. Morgens gehe ich deshalb zusammen mit Yale laufen, um sie in mein Leben zu integrieren. Das fällt mir nicht schwer. Wir sind auf einer Wellenlänge, aber doch grundverschieden. Darum herrscht manchmal eine Spannung zwischen uns. Auf langen Stücken des Weges reden wir wenig, als wäre eine Barriere zwischen ihr und mir. Trotzdem fühle ich mich nicht abgelehnt. Denn in manchen Pausen vertiefen wir uns in Gespräche, die ich sonst mit kaum jemandem führen würde. Weil es sich so innig anfühlt, wünschte ich mir die Barriere manchmal weg, doch sie bewahrt mich vor alten Mustern. Die Vormittage gehören ganz Teri und mir. Ich genieße die Zeit, als hätte ich hundert Jahre ihrer Abwesenheit aufzuholen.

Yale

Ama ist jetzt schon seit drei Wochen hier. Seit einer Weile erwische ich mich immer wieder dabei, mir meine Gedanken zu verkneifen, wenn sie im Raum ist. Ihre Energie hat sich verbessert. Sie bewegt sich freier, küsst Tierra nach Belieben und ist weniger nervös in meiner Gegenwart. Ihre wahre Natur kommt zum Vorschein und sie zieht mich an. Und obwohl Tierra nicht ablehnend reagieren würde, habe ich noch nicht mit ihr darüber gesprochen. Ich möchte unseren eingependelten Ablauf nicht stören, alles funktioniert so natürlich und gut. Heute laufen Ama und ich weiter in die Wälder hinein als sonst. Bis zum Bach hinauf haben wir gut durchgehalten und jetzt machen wir Rast. Das Wasserrauschen erfüllt die Umgebung, das Moos ist kalt und die Luft klar. Mittlerweile sind wir gut trainiert und aufeinander eingestellt. Ama trinkt zuerst und reicht mit dann die Wasserflasche. "Findest du es gut hier?" Ama nickt. "Ja, die Natur und die Ruhe tun mir gut. Bist du darum hier hergekommen?" Ich denke, ich sollte endlich mehr von mir preisgeben und erzähle vom Tod meiner Großtante. "Du hast also geholfen, das Haus zu reparieren und dann ist sie gestorben?" Ich nicke. "Sie hat ihr Leben lang in der Kunstbranche gearbeitet und war sehr wohlhabend. Das Haus hat sie meinen Eltern vermacht. Und mir ein Auto und mehr Geld, als ich ausgeben könnte. Ich wollte irgendwohin, wo es bescheiden ist." "Warum arbeitest du dann so hart?" Ama versteht nicht ganz. "Ich habe das Erbe noch nicht angerührt." "Warum?" "Weil ich kaum drei Monate bei ihr verbracht habe und ich denke, es war ein Fehler, mir so viel zu vermachen. Es steht mir nicht zu." "Und du hast ehrlich noch nicht ein Mal darüber nachgedacht, was du damit machen könntest?" Ich streiche nervös über meinen Kopf. "Doch, das habe ich. Ich habe überlegt, Beca bei ihrem Modeunternehmen zu unterstützen. Mai wünscht sich außerdem eine eigene Yogaschule. Anna und Leon unterstützen da dieses tolle Waldprojekt. Ich weiß nicht, was sinnvoll ist oder was meine Großtante sich wünschen würde. Ich weiß nicht, wo ich anfangen und aufhören soll." Es tut gut, meine Sorgen zum ersten Mal auszusprechen, die so versnobt klingen müssen. Der Bach rinnt vorbei wie die Zeit, die wir hier verbringen. Ama starrt auf das Wasser. Meine Blockade, über das Geld zu sprechen, treibt allmählich davon. "Das ist ziemlich stark."

Ama unterbricht die Stille und wippt mit dem Fuß. "Du reist erst monatelang in einem klapprigen Van umher. Zu dritt auf engstem Raum. Worauf du dich entschließt, jemandem, den du kaum kennst, nach einem Erdbeben beim Wiederaufbau seines Hauses zu helfen. Wenn ich deine Tante wäre: Ich hätte in dir jemanden gesehen, der absolut bescheiden ist. Jemanden, der ohne zu überlegen, selbstlos handelt. Du wärst die perfekte Person für mein Geld." Was sie sagt, klingt logisch. So habe ich es noch nie betrachtet. "Aber eins verstehe ich nicht." Ama wendet sich mir zu und schaut mich eindringlich an. "Was genau willst *du* eigentlich?" Es ist ein Blick, der mich anzieht.

Was genau will ich eigentlich? Ich liege auf dem Boden, ganz still und kerzengerade. Die ganzen letzten Monate fühlte ich mich auf der Stelle tretend. Vor mir lagen tausend Wegabzweigungen, die ich hätte gehen können. Doch auf keinen einzigen habe ich mich begeben, aus Angst, es könnte der falsche sein. Was *ich* eigentlich will, darüber habe ich nicht nachgedacht. Ama hat mir das im Bruchteil einer Sekunde klargemacht. Was will ich eigentlich? Ich denke sofort an Tierra. Sie ist fixer Bestandteil von dem, was ich will. Ich denke an Frankreich. Frankreich tut mir gut, doch oft überkommt mich eine Lust, woanders zu sein. Mai und Beca gehören nicht mehr zu dem, was ich körperlich begehre. Ihre Freundschaft möchte ich aber nicht missen. Körperliches Verlangen finde ich stattdessen in Amas Gegenwart. Sie stimuliert meinen Geist und meine Gedanken. Ich denke, ich will es erforschen. Aber wofür ich mein Geld ausgeben will, weiß ich trotzdem noch nicht. Doch das Gespräch mit Ama hat mich ruhiger gemacht. Alles zu seiner Zeit.

Ich klopfe an Tierras Tür. Sie räumt gerade ihre Klamotten aus dem Wäschekorb in den Schrank. "Hey. Können wir reden?" Ich schiebe mich auf ihr Bett. "Was ist los? Du siehst ernst aus." Ich versuche, eine angenehme Haltung und die richtigen Worte zu finden. Tierra setzt sich zu mir. Meine Schultern fühlen sich verkrampft an. "Ich weiß nicht, wie ich es sagen soll. Es ist vielleicht nur eine vorübergehende Laune. Aber ich wollte, dass du sie kennst." Tierra nimmt meine Hand, was mich wie immer sofort sanft auf den Boden bringt. Meine Muskeln werden weicher. "Ich glaube, ich finde Ama anziehend." Sie antwortet nicht, sondern sieht mich nachdenklich an. Ihr Blick gleitet durch den Raum, als würde sie verschiedene Szenarien in ihrem Kopf durchgehen. Dann hebt und senkt sie ihr Kinn zweimal ganz langsam. "Ich glaube, sie findet dich auch anziehend. Aber sie würde es nicht einmal vor sich selbst zugeben." "Warum denkst du das?" "Sie kann deinem Blick nicht standhalten. Ist es dir nicht aufgefallen?" Es ist mir nicht aufgefallen. "Sie denkt nicht mehr so viel an Miranda und an ihre Zeit in Rom." Ich schüttel den Kopf. "Das liegt an dir." Tierra drückt meine Hand. "Ich glaube, es liegt auch ein wenig an dir." "Willst du deine Gefühle erforschen?" Ich nicke.

Teri

Yales Bekenntnis hat mich nach den vergangenen Wochen nicht im Geringsten überrascht. Ich verstehe, wie die beiden einander positiv beeinflussen. Durch Yale bewegt Ama sich in großen Schritten vorwärts. Sie kann genesen und lernt so viel, ganz besonders über sich selbst. Durch Ama geht auch Yale ihren Bedürfnissen auf den Grund. Obwohl ich Respekt vor der Situation habe, finde ich den Gedanken, dass die beiden eine romantische Verbindung aufbauen könnten, nicht übel. Für Yale ist das eine aufregende Zeit neuer Gefühle und ich fiebere mit ihr. Ich bin in romantischer Hinsicht vollkommen ausgefüllt. Die Vormittage verbringe ich in tiefster Innigkeit mit Ama, die Nachmittage genieße ich mit Yale und je nachdem, wie es um Yales Energiehaushalt steht, bestimmen wir zusammen die Nacht.

Ama

Wir feiern einen letzten Abend lang, bevor Beca und Mai morgen früh abreisen. Ich helfe Teri beim Backen, während Yale den Auflauf vorbereitet. Beca dekoriert das Zimmer mit Kerzen und Lichterketten und Mai klickt die Playlist für den Abend vor und zurück. Teris Wange ist mit Mehl beschmiert, wie damals in Sorrent. Ihre Haut ist nach dem Winter heller geworden. Ich frage mich, ob sie das Meer vermisst. Ich wische mit dem Daumen über die Stelle und sie lächelt breit. Yale legt zufrieden ihre Arme von hinten um Teri und drückt sie an sich. Teri genießt es sichtlich zwischen uns. Eine beinah perfekte Harmonie ist eingekehrt. Yale und ich tauschen einen zufriedenen Blick aus, in dem wir uns einen Moment verfangen. In ihren Augen liegt etwas Liebevolles, dem ich geschickt ausweiche. Ich will mir keinen Fehler erlauben. Wir essen auf der Couch im Kerzenschein. Mai hat zum letzten Mal ihren Punsch gekocht. Der intensive Duft von Ingwer wärmt den Raum. Yale sitzt zwischen ihren Exfreundinnen. Sie versucht, eine fröhliche Miene zu bewahren, aber es ist klar, dass sie die beiden bereits jetzt vermisst. Mai und Beca sind von ihr gelöst und bereit, weiterzureisen. Vielleicht war das der Grund, warum sie den Winter hier verbracht haben. Um sich langsam von ihrer Beziehung zu verabschieden. Mai dreht die Musik lauter und zieht Yale mit sich auf den Teppich. Ein klarer Versuch, sie aus ihren Gedanken zu ziehen. Beca nimmt meine Hand und zerrt mich aus dem Sessel. Teri folgt uns und wir tanzen ausgelassen vor dem Kamin. Umso später es wird, umso wärmer wird der Raum. Yale, Mai und Beca tanzen ganz eng umschlungen. Es ist ihr Ritual, Abschied zu nehmen. "Willst du an die Luft?", frage ich Teri. Sie nickt und wir lassen die drei alleine. Teri lässt sich erschöpft auf die kühle Treppe der Veranda sinken. Die Musik dringt nur ganz leise aus dem Haus. Es ist so dunkel, dass man die Sterne sieht. Zum ersten Mal seit Wochen ist der Himmel klar. "Machst du dir Sorgen um Yale?", frage ich Teri, die ihren Blick in den Himmel richtet. Sie schüttelt den Kopf. "Sie kommt klar. Sie kann jetzt bloß kein Auge mehr auf Beca und Mai haben. Sicherstellen, dass die Beiden okay sind." Ich verstehe. "Machst *du* dir Sorgen?" fragt Teri mich, ohne den Blick vom Himmel zu lösen. "Ich glaube, Beca und Mai geht es gut. Sie wollen auch, dass Yale weitermacht." Dann setze ich mich zu ihr. "Ich meinte, ob du dich um Yale sorgst." Teri wirft mir jetzt einen eindringlichen Blick zu. Für einen Moment erinnere ich mich an Miranda, wie sie mich mit meinen Gefühlen erwischt. Doch Teri erwartet keine Antwort. Stattdessen legt sie ihren Kopf auf meine Schulter. Ich spüre, dass da etwas Ungesagtes zwischen uns ist. Ich habe so viel gelernt, dass ich weiß, dass das ein schlechtes Zeichen ist. "Yale ist beeindruckend.", antworte ich schließlich. "Sie ist viel zu selbstlos. Das macht mir Sorgen." Teri nickt und schweigt. "Wie fühlst du dich? Du bist schon so lange hier." Teri richtet sich auf und schaut mich an. Ihre Augen glänzen in der Dunkelheit wie Sterne. "Seit du bei uns bist, ist alles rund."

Yale

Es ist Mitte Februar und der Tag von Mais und Becas Abreise. Die Sonne scheint zum ersten Mal in diesem Jahr kräftig, während sie nach dem gemeinsamen Mittagessen ihre Sachen in den Van packen. Nicht nur die Beiden konnten abschließen. Auch ich habe weniger das Gefühl, ihnen etwas schuldig zu sein. Sie kommen vorerst klar, auch ohne meine Unterstützung. Bevor sie in den Wagen steigen, liegen wir uns noch für einen Moment in den Armen. Ich versuche, mir das warme Gefühl in Erinnerung zu behalten. Das wird mir fehlen, doch die Zeit mit ihnen gehört der Vergangenheit an und ich werde sie bestimmt irgendwann wieder sehen. Sie verabschieden sich mit einer herzlichen Umarmung von Tierra und Ama und fahren dann los. Ama fragt zuerst, wie es mir geht. Ich denke, ich fühle mich gut, obwohl das Haus viel leerer geworden ist. Tierra und Ama scheinen ohnehin der Kern dieses Ortes zu sein. Obwohl ich das Gefühl habe, dass ich meine Traurigkeit über die Abreise gut überspiele, will Ama, dass ich mit ihr laufen gehe. Zur Ablenkung. Sie ist fürsorglich und Tierra freut sich darüber. Ich willige ein. Auch deshalb, weil ich ihre Nähe zu schätzen weiß.

Unsere Klamotten sind durchtränkt vom Regen und kleben eiskalt auf unserer Haut. Das Anheben der Arme und Beine fällt schwer. Hinter uns grollt der Donner über den dunklen Himmel. Wir haben uns das Laufen zur Routine gemacht, seit wir nur noch zu dritt hier sind. Der heftige Wetterumschwung hat uns diesmal überrascht. Amas Lippen zittern. Das Wasser in ihren Haaren streckt ihre Locken ein wenig länger und tropft dann auf ihr Gesicht. Sie muss dringend ins Trockene, damit sie sich nicht erkältet. Als wir hastig die dunkle Hütte betreten, ist die Stube nur unwesentlich wärmer als der Wald. Zumindest ist es trocken. Auf dem Weg in den Heizraum, der sich im hinteren Teil der Hütte befindet, hinterlassen wir eine breite Spur aus Wassertropfen auf den Holzdielen. Hinten ist die Luft heiß. Der Boiler summt dumpf und gibt dauerhaft Wärme ab. Das orange Licht der nackten Glühbirne ist gerade hell genug, um die Knöpfe der Waschmaschine zu beleuchten. Einige Handtücher und Lappen trocknen auf den Wäscheleinen, die quer durch den Raum gespannt sind. Von draußen dringt kein Licht mehr herein, außer das kurze Aufleuchten der Blitze. Der Donner ist so stark geworden, dass währenddessen die Luft vibriert. Bibbernd und stöhnend vor Kälte und Nässe schälen wir uns im schummrigen Licht die Sachen vom Leib. Erst die durchnässten Schuhe, dann den Rest und stopfen alles in die Waschmaschine. Die Wärme im Raum berührt jetzt endlich wohltuend meine Haut. Hinter mir lehnt Ama sich gegen den Boiler, nimmt ein Handtuch von der Leine und atmet schwer. Ihr Körper ist außergewöhnlich athletisch. Aus ihren Locken tropft das Wasser auf die Schultern, die in diesem Licht satt rot wirken. Auch ich zupfe ein Handtuch von der Schnur und trockne mein Gesicht. Ich will sie nicht anstarren, doch Amas Atem macht mir Sorgen. Er ist tief und schnell. Ihre Schultern sind nach vorne gesunken, ihr Kopf liegt im Handtuch, das über ihre Hände fällt. "Hey, gehts dir gut?" Als ich hinübergehe, sieht sie nicht auf. Ich stütze ihre kantigen Ellbogen, ihre Arme sind kühl. Sie lehnt sich kraftlos zurück, unsere Augen treffen sich und ihr Blick wird tief.

Ama

Es hat angefangen, heftig zu donnern. Ich laufe schneller, immer dicht hinter Yale. Sie kennt den Weg genau. Trotz der Wettersituation fühle ich mich zum ersten Mal seit langem wieder in vollstem Maße frei. Ich sauge die klare, regnerische Waldluft tief in meine Lungen und atme dichte weiße Wolken aus. Der Regen peitscht uns ins Gesicht. Ich versuche, jeden Tropfen zu spüren und mich dem Wetter hinzugeben. Solange, bis es irgendwann unangenehm wird. Meine Haut ist eiskalt, meine Zähne schlagen zitternd aufeinander. Yale führt uns sicher zur Hütte zurück. Zu Hause angekommen, laufen wir triefend in die dämmrige Waschküche. Wir ziehen unsere Klamotten aus und stopfen sie in die Waschmaschine. Die Luft fühlt sich an, wie in einer Sauna. Das bin ich nicht mehr gewöhnt. Der Boiler rauscht und ich drücke meinen Rücken an ihn, während ich mich abtrockne. Ich bin außer Atem, meine Lungen brennen und ich versuche, mich zu fassen. Währenddessen nehme ich meine Umgebung wahr. Der Sturm ist so stark geworden, dass die Balken um uns herum knarren. Die Glühbirne wirft warme Schatten in den Raum. Es riecht nach Holz und sauberer Wäsche. Das Handtuch ist rau und meine Haare sind nass. Ich berühre meine Vorderseite, eiskalt spüre ich meine Haut und mein Rücken wird immer wärmer. So, als wäre ich in der Mitte geteilt in heiß und kalt. Dann wird mir schwindelig. Das Handtuch kühlt meine Wangen, die sich langsam mit Hitze füllen. Kurz wird mir schwarz vor Augen. Eine Sekunde später steht Yale vor mir, ich spüre ihre Hände an meinen Ellenbogen. Sie richtet mich auf. Ich habe nicht gemerkt, dass ich nach vorne gesunken bin. Es ist eigenartig, wie sensibel sie auf winzige Feinheiten reagiert. Ich halte mich für einen Moment an ihr fest, bevor ich nach oben in ihr Gesicht blicke. Yales Miene ist weich und hellwach. Klarheit liegt in ihren Augen. Die Luft lässt ihre Haut feucht schimmern. Meine Finger umfassen ihren Oberarm, der sich ganz glatt und ein wenig nachgiebig anfühlt. Ich sollte jetzt loslassen, aber tue es nicht. Stattdessen vertiefe ich mich in den Duft ihrer Haut und nehme den Moment wahr. Yales markantes Gesicht ist strukturiert von roten Schatten. Ihre Lippen sind pfirsichfarben und voll, ohne dabei ihr Gesicht zu dominieren. Ihre warmen Hände auf meinen kühlen, nackten Armen beschleunigen meinen Herzschlag und meine Knie werden ganz weich. Sie ist so schön, dass ich mich in eine Fantasie verheddere. Ich denke daran, wie sich ihr reflektierender Körper wohl anfühlt. Wie nachgiebig ihre Haut wohl ist. Umso mehr ich versuche, mich gegen diesen Gedanken zu wehren, desto deutlicher reagiert mein Körper auf Yales Nähe. Es donnert. Unsere Intensität ist meistens gleich hoch, doch andersartig. Ihre warm, meine kalt. Sie ist golden, ich bin blau. Die Temperatur im Raum ist ganz ihr Element. Darum fühlt sie sich energievoller an als ich. Es wird warm zwischen uns, weil Yale es ausstrahlt. "Ich würde dich wirklich gerne küssen.", sagt sie. Die Vorstellung durchdringt mich und wie vorhin im Regen gebe ich überraschend nach.

Sie kommt unverhofft nah, meine Lippen öffnen sich für ihre Zunge und mein Körper für ihre Hand. Unsere Vorderseiten berühren sich vollständig und ihre Hitze geht flächendeckend auf meine kalte Haut über. Sie berührt all die Stellen, die noch kühl sind, und hinterlässt nichts als feuchte Hitze. Unser ausgiebiger, langer Kuss schmilzt uns aneinander. Es ist unmöglich, dem hier zu widerstehen. Wir sind Naturgewalten, viel zu stolz, einander nachzugeben. Doch hier in ihrer Welt sieht niemand, welch leichtes Spiel sie mit mir hat. Meine angestrengten Muskeln entspannen sich, ich lasse sie rein und sie schließlich mich. Draußen wird der Sturm immer heftiger und baut sich tosend auf. Nichts, das sich nicht in seinen Winden bewegt. Der Regen lässt keinen Zentimeter trocken. Er beugt die Äste hin und her wie unsere Körper einander. Mit jedem Atemzug, den ich durch meine Lippen presse, entweicht mehr des aufgestauten Begehrens in den Raum. Das Geräusch des Donners ist in den Hintergrund gedrungen. Der Raum ist voll von uns. Feucht und heiß.

Yales Lippen sind anders, als die Lippen meiner Frauen in Rom. Keine Süße, kein Lippenstift. Lippen sind dann am schönsten, wenn sie den Eindruck erwecken, man könne sie küssen, ohne dass sie Spuren hinterlassen. Yales Lippen sind genau so. Doch der Schein trügt. Ihre Spuren sind heiß und tief und verbrennen meine Haut und mein Herz. In einer schrecklichen Sekunde wird mir klar, was das bedeutet. Was das bedeutet, was wir getan haben. Alle meine Muster sind zurück, präsenter als zuvor. Ich löse mich schwermütig von unserem letzten Kuss und Yales sanften Händen. Als wäre ich an ihn gekettet, drücke ich mich vom warmen Boden ab. Ich wage nicht, Yale dabei anzusehen und flüchte aus dem heißen Raum. Die Treppe poltert laut, als ich stürmisch hinauflaufe. Die Dusche halte ich kurz. Dann ziehe ich hinter mir die Tür zu meinem Zimmer zu. Hier drinnen ist es dunkel und kühl. Der Regen peitscht an die Fensterbank und tropft in die Pfützen hinter dem Haus. Durch die Dielen summt der Wind in die Dachwinkel. Das frische T-Shirt hängt weit über meinen Schultern. Ich laufe auf und ab wie ein ruheloses Raubtier. Yales Duft verweilt auf meiner Haut und die Spuren ihrer Hände sind frisch und glutheiß. Ich presse mich gegen die hölzerne Wand. Es dauert, bis aus der Hitze wieder Wärme geworden ist. Mein Inneres rast vor Lust und Scham. Ich habe versagt. Draußen im Flur öffnet Teri die Tür ihres Zimmers. Die Treppen knarren, als sie in schnellen Schritten hinunter ins Wohnzimmer geht. Yale muss noch dort sein, ich konnte sie nicht nach oben kommen hören. Die Handtücher müssen noch am Boden des Waschraums liegen, wie die Beweise unseres Vergehens. Ich denke an Yales Körper unter meinem, wie sie mich gierig küsst. Ich habe meine Chance vertan und vielleicht sogar Teris Zukunft mit Yale zerstört. Womöglich bricht jetzt gerade in diesem Moment ihr Herz ein weiteres Mal. Während sich die Vorstellung weiter in meine Gedanken bohrt, sinke ich zu Boden und halte die Tränen zurück. All diese Gefühle überwältigen mich. Ich habe es viel zu sehr genossen, als dass ich Yale weiterhin mit unterdrücktem Begehren begegnen könnte. Ich muss Verantwortung übernehmen.

Teri

Der Sex klang leidenschaftlich und tief verbunden. Ich bin zufrieden und lächle in mich hinein, während ich mein Buch schließe. Es ist Ama, deren Schritte ich zuerst höre. Sie hat es eilig, unter die Dusche zu kommen und wäscht sich dann sehr schnell, bevor sie auf ihr Zimmer geht. Von Yale gibt es kein Zeichen. Für Yale ist es unüblich, Sex so abrupt zu beenden. Ich gehe nachsehen. Im Waschzimmer brennt Licht. Yale sitzt, mit einem Handtuch um den Körper gewickelt, auf dem Sofa. Sie wirkt traurig und nachdenklich. "Yale? Alles in Ordnung?" Sie sieht auf. Ihr Blick ist verzerrt. Sie hat geweint und versucht, es zu verstecken. "Alles okay." Das ist eine offensichtliche Lüge. Ich lege mich hinter sie und ziehe sie in meine Umarmung. Sie schlingt ihre langen Arme und Beine um mich und vergräbt ihr Gesicht in meiner Armbeuge. Ich küsse ihre weiche Stirn, ziehe eine Decke über sie und streichle ihre nackte Haut, so, als wäre ich es gewesen, die sie gerade geliebt hat. Yale wirkt oft so locker, cool und stets gefasst. In Wahrheit ist sie sanftmütig und tief fühlend. Yale braucht die liebevollen Streicheleinheiten hinterher. Im Waschraum sehe ich ihre beiden Klamotten auf der Ablage liegen. Die Handtücher sind auf dem Boden verteilt. Ich versuche, zu ergründen, was passiert ist. Langsam beruhigt sie sich. "Willst du darüber sprechen?" Yales leichter Körper regt sich. "Ich dachte, sie wäre so weit. Nach all den Gesprächen mit Mai und Beca." "War sie nicht?" Yale schüttelt den Kopf. "Sie ist weggelaufen. Ich glaube, ich habe es vermasselt." Ich denke einen Moment nach, während ich über Yales Kopf streiche. Von hinten nach vorne sind ihre Haare ganz weich. In die andere Richtung borstig und süchtig machend. Selbst Yale, die immer bei den Bedürfnissen der anderen ist, konnte ihre eigenen heute nicht zurückhalten. Ama hingegen hat sich noch nicht getraut, sich oder mir ihre Gefühle einzugestehen. Auch wenn sie im Raum liegen wie die Blätter im Wald. Yale konnte das nicht ahnen. Nun ist sie verletzt. Wenn Ama Angst davor hat, zu versagen, flüchtet sie wie ein Reh. Darum blieb Yale heute zurück ohne die liebevolle Innigkeit, die sie braucht. "Sie ist weggelaufen, als hätte ich sie in eine Falle gelockt. Sie hat sich so geschämt, als wäre da etwas abgrundtief Schlechtes passiert. Nach allem, was Mai ihr beigebracht hat. Sie hat mich abgewiesen." "Vielleicht solltest du mit ihr sprechen. Versuch es. Es ist vielleicht nicht so, wie du denkst." Erst huscht eine besorgte Miene über Yales Gesicht, dann nickt sie doch.

Ama

Die Tür öffnet sich mit einem Knarren. Als ich durch meine tränenbenetzten Wimpern blicke, erkenne ich Yales Silhouette in der Dunkelheit. Gegen das warme Licht im Flur wirkt ihre Körperhaltung gebückt. "Darf ich reinkommen?" Sie wartet nicht auf eine Antwort, sondern schließt die Tür hinter sich. Ich richte mich etwas auf und lehne mich mit dem Rücken gegen das Bett. "Du bist weggelaufen.", stellt Yale ganz ruhig, mit gesenktem Blick fest. Ich antworte nicht, denn es liegt auf der Hand. "Wir haben wirklich Mist gebaut. Das hätte nicht passieren dürfen." Ich wische mir die Tränen aus dem Gesicht. "Du empfindest also tatsächlich nichts für mich?" Yales Augen füllen sich mit einem traurigen Glänzen. Ich weiche ihrem Blick aus. Zu gerne würde ich ihr widersprechen. "Es war wirklich nicht meine Absicht, dich heimtückisch zu verführen. Ich dachte, du wolltest den Kuss." Sie pausiert und presst ihre Lippen aufeinander, um nicht zu weinen. "Und alles, was dann folgte. Ich habe mich getäuscht." "Nein." Mein Körper macht einen Satz. "Nein. Du hast dich nicht getäuscht. Genau das ist es ja. Du bist so umwerfend und schön. Du bist ein aufregender Mensch. Doch wir lieben Teri. Ich wollte sie nicht schon wieder enttäuschen, doch das habe ich jetzt getan." "Und was ist mit mir? Schämst du dich denn wirklich so sehr?" Ihre Stimme klingt zum ersten Mal zerbrechlich und emotional. "Schämst du dich für deine Gefühle zu mir?" Plötzlich wandert mein Fokus auf sie und mich. Nach allem, was Mai mich gelehrt hat, habe ich Yale verletzt. Ich habe Yale die ganze Zeit als diejenige angesehen, die die Fäden in der Hand hält. Die, die alle Regeln kennt und die Kontrolle besitzt. Aber was, wenn in Wahrheit *sie* nicht anders konnte? Ich stehe auf. Zum ersten Mal nehme ich wahr, dass es jetzt auch zwischen uns ein *wir* gibt. "Es tut mir leid. So habe ich das nicht gemeint." Wir stehen uns gegenüber und ich muss an ihre Haut denken, die wärmer ist als alles, was ich bisher kannte. Ich strecke meine Hand versöhnend nach ihr aus, doch sie nimmt sie nicht. "Du warst es, die mich gefragt hat, was ich eigentlich will. Und hier hast du es." Sie dreht ihre Handflächen nach außen und blickt mich direkt an. "Ich will Tierra. Und ich will dich für Tierra. Und vielleicht will ich auch ein wenig dich." Die Luft im Raum füllt sich mit Wahrheit. Ich schlucke. Meine Wangen werden warm. "Ist es denn wirklich so schamhaft, uns beide zu wollen?" Yales Hitze ist eine wütende. Eine verletzte. Was sie sagt, kommt überraschend. Unser Sex war keine Laune für sie. Ich denke an Teri. Ich sehe Yales unendlich tiefen Blick. Für mich war es auch kein Spiel. Ich versuche noch einmal, mich ihr zu nähern. Diesmal nehme ich ihre Hand in meine. "Nein. Nein, es ist nicht schamhaft." Yale drückt sanft meine Finger. "Komm, wir setzen uns."

Yale

Amas Verzweiflung ist in Anspannung und Reue übergelaufen. Auch ich beruhige langsam mein verletztes Herz. Wir setzen uns auf ihr Bett. Ihre Haare sind feucht und zerzaust, ihre Haut glänzt dort, wo das Licht des Flurs, das unter der Tür hereinkriecht, ihr Gesicht berührt. Sie hat geweint. Ihre Augen wirken noch geschwollen. Ich kann mich in Ama hineinversetzen und fühle ihren Konflikt mit sich selbst. Sie hat meinen Knoten gelöst, nun versuche ich, ihren zu lockern. "Womit vergleichst du das hier?" Ich streiche beruhigend über ihr Bein. Ama schüttelt den Kopf, weicht meinem Blick aus und knabbert kopfschüttelnd an ihrem Daumen. Ihr Körper ist angespannt, ihre Blicke rasen über den gemusterten Stoff der Bettdecke. Der Regen wird allmählich leiser. "Es ist doch offensichtlich." Ama antwortet leise und indirekt. "Miranda." "Miranda." Sie nickt abwesend. "Ja, du hast Miranda mit Tierra betrogen.", sage ich klar und sie schaut mich schließlich direkt und unsicher an. "Aber dein Fehler definiert dich nicht." "Und warum habe ich es dann schon wieder gemacht? In meine alten Muster zurückfallen? Ich bin so unkontrolliert." Sie stützt die Stirn auf ihre Hände. "Vorhin im Waschraum warst du da nicht zum ersten Mal frei? Du denkst, es war Betrug? Nein. Wenn etwas Betrug war, dann das, was du vor uns versucht hast, zu sein." Ich habe Angst, zu direkt zu werden und nehme mich zurück. Kurz sagen wir beide nichts. Sie lehnt sich an den Bettrahmen und ich mich ans Fußende. Unsere Zehen berühren sich. "Ich gebe dir recht. Wir haben einen Fehler gemacht." Ama hebt den Kopf und horcht auf. "Wir hätten zuerst darüber sprechen müssen. Es hätte nicht so spontan passieren sollen. Tierra weiß, dass wir etwas füreinander empfinden – und streite es ab, wenn du willst, aber mir machst du nichts vor …" "Sie weiß es?" Ich nicke.

"Und das ist der Unterschied zwischen deiner Situation mit Miranda und der Situation mit uns."

Ama

"Ach ihr zwei." Teris sanfte Stimme lässt uns aufhorchen. Sie späht durch den Spalt zwischen Tür und Rahmen. Auch Yale ist überrascht, doch ihre Körperhaltung bleibt cool. Ich will mich entschuldigen, doch bevor ich auch nur ein Wort sagen kann, kommt sie mir zuvor. "Entschuldige dich nicht dafür, eine so atemberaubende Frau zu lieben." Sie blickt mich ganz direkt an und zeigt auf Yale, als sie sich zu uns ins Bett setzt. Dabei klingt sie bestimmt und streng. Yale lächelt verlegen und ihre freche Ausstrahlung kehrt zurück. Teri schlägt die Decke zurück und zieht Yale an mein Ende des Bettes, sodass sie mich jetzt in ihre Mitte nehmen. So nah war mir Yale noch nie in Teris Anwesenheit. Es macht mich nervös. "Das ist okay.", besänftigt Teri meine Angespanntheit. Sie stupst meine gerötete Wange mit ihrer Nase. Ich erlaube mir einen Blick in Yales ausdrucksstarke Augen. Manchmal sucht man etwas in einem Menschen, das nie da war. Manchmal sucht man nach gar nichts, aber findet alles. Yale lächelt und ich lasse meine Stirn an ihre sinken. "Es tut mir leid, dass ich weggelaufen bin." Ich spüre ihren Atem an meinen Lippen. Ihr Körper wird weich. Mit ihrer Hand berührt sie liebevoll meine Wange und lädt mich zum Kuss ein. Erst bin ich unsicher, weil Teri da ist, doch dann gehe ich darauf ein. Yale bewegt sich anschmiegsam und kraftvoll. Noch bevor wir uns voneinander lösen, spüre ich Teris Mund an meinem Hals. Die Zeit bleibt stehen, in Ehrerbietung dieses perfekten Moments. Yale spürt sofort, wie geborgen ich mich zwischen ihnen beiden fühle und ihr Mund öffnet sich zu ihrem breitesten Lächeln. Es verwandelt die Energie im Raum zu einer warmen, strahlenden.

Teri

Die folgenden Tage sind intensiver denn je. Unsere bisherigen Abläufe und Strukturen sind wie weggespült und ordnen sich jetzt neu an. Ama tastet sich noch an das Konzept unserer Beziehung heran, doch sie lernt schnell. Fast, als wäre es ihre Natur. Um die Gestaltung des Morgens kümmere ich mich weiterhin, während Ama und Yale zuerst gemeinsam laufen und dann duschen gehen. Anschließend sucht Yale wie sonst auch ihren Freiraum, bis sie mit der Arbeit fertig ist. Ich habe eine Veränderung in Ama beobachtet. Sie ist emotionaler geworden, gefühlvoller und aufgeschlossener. Manchmal, wenn wir alleine sind, weint sie, als würde sie sich reinwaschen von allem, was passiert ist. Sie lässt ihre Zerbrechlichkeit zu, ganz anders als letzten Sommer. Das bringt mich ihr noch viel näher. Ama hat begonnen, freier über ihre Gedanken und Gefühle zu sprechen. Sie lernt gerade, dass die Beziehung mit Yale sie nicht zu einem schlechten Menschen macht. Im Gegenteil. Ich sehe in ihrem Blick, wie sehr sie Yale liebt. Ich erkenne die Fürsorge darin. Darüber hinaus erkenne ich, wie Yale diese Geborgenheit genießt. Yale gibt ihr Mut und steckt sie mit ihrem Strahlen an. Ama ist gut für Yale. Manchmal höre ich sie in ihrem Zimmer reden. Yale spricht über Dinge, die schwer für sie sind und Ama hört zu. Yale traut sich, in die Tiefe zu gehen und über die Zukunft zu fantasieren. Manchmal kuschelt Yale sich zärtlich an uns beide, wenn wir Abends vorm Kamin liegen, der das Zimmer schon fast zu warm werden lässt. Der Frühling ist da.

Yale

An Amas Brust geschmiegt fange ich an, mein Herz zu hören. Jetzt kann ich mich darauf konzentrieren, wonach ich mich sehne. Ich schiebe meine Hand zwischen Matratze und ihren weichen Rücken, der sich sanft aufwölbt. Ihre Arme sinken auf meinen Rücken, und sie beginnt, mich an genau den richtigen Stellen zu streicheln. Ihre Fingerkuppen fühlen sich wie Perlen an, die über meinen Nacken rollen und alle Anspannung hinfort tragen. Zuerst dachte ich, was wir beide vor allem gemeinsam hätten, wäre unsere Lust und die Art, wie unsere Körper gemacht sind. Doch ich habe mich geirrt. Ihr Körper funktioniert ganz anders als meiner. Ich bin ausdauernd, sie hat Kraft. Ich bin warm, sie ist kalt. Das erzeugt Reibung und Spannung zwischen uns. Weil sie so anders ist als ich, bin ich gezwungen, ihr meine Gedanken zu erklären. Einmal beschreibe ich ihr detailliert das Wald-Aufforstungsprogramm, das Anna und Leon so am Herzen liegt. Ich finde es auch gut und wichtig. Ich könnte viel bewirken. An einem anderen Tag erzähle ich ihr von Becas Modebusiness, von ihrer kreativen Ader und wie sehr mich ihre Arbeit fasziniert. "Ich habe so Angst, das Falsche zu tun. Ich habe Angst, nicht fair zu sein.", sage ich. "Wenn es dir wichtig ist, dann unterstütze es." antwortet Ama. Ihr Körper hebt sich, ich halte mich an ihr fest. Sie dreht mich herum und ich lande sanft unter ihr. Amas Locken fallen auf meine Wangen und ihr dunkler Blick haftet sich an meinen. "Ich unterstütze dich, egal was du tust. Du bist mir wichtig." Sie streicht über meinen Kopf und ich höre das sanfte Rauschen ihrer Finger, das entsteht, wenn sie über meine stoppelkurzen Haare streifen. "Ich hoffe nur, du bist dir selbst wichtig genug und findest heraus, was du für dich willst." Darüber denke ich nach. "Ich habe dich und Tierra. Was könnte ich mehr wollen?" "Das ist die Frage." Das ist die Frage.

Teri

Es ist einer der Sonntage, an dem sich die Tropfen wie Perlenketten auf den Grashalmen anordnen. Die Sonnenstrahlen fallen definiert und golden durch die immer grüner werdenden Bäume und dann in die Fenster. Ama hilft mir, den Tisch abzuräumen und Yale ist bereits in ihrer Arbeit versunken. Ich spüle die Tassen, als mir auffällt, wie Ama an die Decke starrt, genau an die Stelle, hinter der sich Yales Zimmer befindet. "Wofür sie es wohl macht?" Ich stelle das Geschirr hin und lege meine Hände von hinten auf ihren Bauch. "Harte Arbeit ist ihre Natur. Und ich glaube, sie will Sicherheit und Unabhängigkeit. Überleg doch, wie lange sie mit Mai und Beca gereist ist. Wie lange sie einfach in den Tag hinein gelebt hat." "Sie sollte eine Pause einlegen." Amas Blick harrt noch einen Moment auf der Stelle aus. Dann nimmt sie meine Hand und zieht mich hinter sich die Treppe hinauf. In ihrem Zimmer sitzt Yale mit der Brille auf der Nase am Schreibtisch und tippt. Sie ist konzentriert und auf ihren Bildschirm fokussiert. Man erkennt es daran, wie sie an ihrer Unterlippe kaut, während ihr Kinn auf ihrem Daumen ruht. Ama küsst Yales Nacken und sie lächelt. "Hey, lass uns etwas unternehmen. Die Sonne scheint." Ich ziehe ihren Stuhl zurück und drehe sie herum. "Ja, lass uns rausgehen. Wir fahren in die Stadt." "Du hast genug gearbeitet." Yale legt ihren Kopf angestrengt zurück und sonnt sich in unserem Betteln. Ich nehme ihr die Brille von der Nase. Nach ein paar wenigen Küssen willigt sie ein.

Ich fahre. Die Beiden reden auf der Rückbank über technische Dinge, die ich nicht verstehe. Was ich verstehe ist, dass Ama vom Meer redet und Yale mich bittet, einen Umweg an die Küste zu fahren. Zuerst mache ich Halt an einem Supermarkt. Das Schild und die Reklamen sind bleich von der Meeresluft. Über den Winter scheinen sie seltener ausgetauscht worden zu sein. Es beginnt, wie zu Hause zu riechen: salzig und nach Sonne. Wir kaufen Melonenspalten, Käse, Baguette und wonach uns sonst der Appetit steht. Ama hatte eine gute Idee, Yale heute aus ihrer fordernden Arbeit zu holen. Sie albern am Süßigkeitenregal herum und ich kann nicht anders, als sie zu bestaunen, wie ein romantisches Foto. Ich präge mir die Szene ein, damit sie niemals verblasst. Ama bemerkt meinen Blick und das erste Mal fällt mir auf, dass es ihr kein Unbehagen mehr bereitet, vor meinen Augen innig mit Yale zu sein. Sie lacht ausgelassen über etwas, was Yale gesagt hat, und streicht ihre Locken hinters Ohr. Schließlich kommen sie zu mir herüber. In den Korb, der an meinem Unterarm hängt, packen sie die Einkäufe. Yale nimmt ihn mir ab und Ama legt ihren Arm um mich, als wir zur Kasse gehen.

Ama

Der Sand ist hell und die Gischt heller. Wir erkennen zwei leuchtend gelbe Bojen in der trüben Ferne, die im Wellengang sanft hin und her schwanken. Über unseren Köpfen kreisen schnatternde Möwen und die Sonne strahlt warm auf meine Haut. Die Luft riecht wie Teri. Salzig und rein. Ihre warmen Arme sind um mich geschlungen, während ich mich auf der Picknickdecke liegend an sie schmiege. Der Tag ist noch kühl, wir haben Decken über uns gelegt. Teris Arme sind von feinen weißen Härchen übersät. Ich beobachte sie genau. Wir essen köstlich belegte Baguettes, Teri streicht mit ihren Fingern durch mein Haar und Yale stellt mir Fragen zum Meer. Wir sprechen über Strömungen und die Wassertemperatur. Yale lauscht mit großem Interesse. Teri sonnt ihre Wangen, die eine blütenzarte Farbe annehmen. Ich betrachte die Beiden und fühle mich ihnen tiefer verbunden, als jemals jemandem zuvor. "Sehnst du dich danach, am Meer zu arbeiten?" Yales Blick streift über das Wasser. Der Gedanke daran macht mich wehmütig. Ich wollte erfolgreich sein und habe es nicht geschafft. "Du hast schon lange nicht mehr über Neapel gesprochen. Oder über Miranda.", stellt Yale fest. Teri hört auf zu kauen. Ich weiß nicht, wie ich antworten soll. Wir sehen Yale an, als hätte sie eine Bombe platzen lassen. "Es tut mir leid, ich wollte die Stimmung nicht verderben. Ich meine nur, dass es mir aufgefallen ist. Das war es doch, was du in Neapel tun wolltest. Du musstest auch diesen Job aufgeben." "Manchmal weiß ich nicht, was von mir kam und was von Miranda.", antworte ich ruhig und offen. Teri entspannt sich. "Manchmal weiß ich nicht, was ich tun wollte, weil ich es wollte. Und was ich tun wollte, um Erwartungen zu erfüllen. Ich wollte so erfolgreich sein wie Miranda, um alle glücklich zu machen." "Macht dich das Meer glücklich?", fragt Teri. Mein

Blick wandert über den milchigen Horizont. Das Rauschen der Wellen schmeichelt meinen Ohren. Ich nicke.

Yale

In der Stadt bestellen wir Eis. Eigentlich ist es zu kalt dafür, doch wir sehnen uns nach dem Gefühl von Sommer. Nur ein kleiner Eisladen hat geöffnet und bietet ein paar Sorten an. Wir raten, welche Geschmacksrichtungen den anderen am besten schmecken. "Pistazie für Tierra.", vermute ich. Ama nickt heftig. "Ja, Pistazie." Tierra lacht laut und fühlt sich ertappt. "Woher wusstet ihr das?" Wir zucken die Schultern und ich bestelle glücklich eine Kugel für sie. "Und eine Kugel Vanille für Ama." Der Eisverkäufer reicht mir die zwei Tüten. "Du hast recht, Vanille habe ich immer geliebt." "Und was ist mit dir?" Tierra leckt an ihrer Kugel und genießt. "Pfirsich? Die Farbe von deinem Mund." Ama zeigt auf die Sorte in der Vitrine. "Oder Erdbeere." vermutet Tierra. Tatsächlich kann ich mich nicht entscheiden. Ich weiß nicht, welche Sorte ich am liebsten mag. "Ich wechsel immer ab.", sage ich, während die beiden mich mustern. "Du hast keine Lieblingssorte?" "Das gibt es nicht." Sie schütteln den Kopf und ich weiß nicht, ob ich weinen oder lachen soll. Die Situation macht etwas mit mir. Wegen einer Kugel Eis fühle ich mich plötzlich orientierungslos. So wie ich mich nicht für eine Sache entscheiden kann, für die ich mein Geld ausgeben will, stehe ich jetzt vor diesem Eisladen. *Kein Eis für mich,* denke ich. Ama greift nach meiner Hand. "Du solltest Zitrone probieren." Tierra bestellt eine Kugel in der leuchtendsten Farbe und hält sie mir hin. "Sei nicht traurig. Hier, probier mal." Die Eiskugel erinnert mich an mich. Sie sieht aus wie die Sonne. Heute habe ich meine Lieblingsorte gefunden.

Ama

"Dieses Leben hier ist fast schon zu perfekt. Als wäre es ein Puppenhaus.", flüstere ich in Teris Ohr, die schon beinah eingeschlafen ist. Ich kann noch kein Auge zu tun. Die letzte Glut im Kamin verglimmt. Ich starre in die tiefroten Funken und fühle mich endlich zu Hause. Hier, in dieser Abgeschiedenheit, fernab vom echten Leben. Der Februar ist der kürzeste Monat des Jahres. Trotzdem ist so viel passiert, dass es kaum in meinem Körper Platz findet. Hier traue ich mir plötzlich alles zu und ich werde in jedem Moment für voll genommen. Beinah hätte ich eine Frau geheiratet, die zweifellos umwerfend, aber nicht meine Liebe ist. Ich bin aus Neapel weggelaufen, habe wie zu Teenie-Zeiten in Rom gefeiert und gehaust. Meine Vergangenheit ist verworren. Ich bin all dem Chaos entronnen. Und jetzt bin ich hier. Zwar geflüchtet – aber zum ersten Mal angekommen. In einer Waldhütte in Frankreich, mit nicht nur einer Frau an meiner Seite, die ich himmelhoch anbete, sondern gleich zwei. Yale hat ihre Arme um mein Bein geschlungen, ihr Kopf schimmert warm im Restlicht. Yale will es selbst machen: ihr Geld und ihr Leben. Ihr ist bewusst, wie privilegiert sie ist und sie will nichts geschenkt. Das bewundere ich an ihr. Ich schaue insgeheim zu ihr auf. Sie scheint diese endlose Energie zu haben. Das hat mich angespornt, zu lernen. Seit das Haus leer geworden ist, kann sie sich noch besser fokussieren. Ich bin dankbar dafür, dass sie ihren ehrgeizigen Körper genau hier bei uns ausruht und uns an ihrer Verletzlichkeit teilhaben lässt. Ich weiß, was Yale braucht. Menschen, die so sensibel auf sie reagieren, wie sie es sonst auf andere tut. Teri trägt die nötige Milde in sich. Die zwei sind perfekt eingespielt. Ich gebe mein Bestes, auch für Yale da zu sein und es fällt mir nicht schwer. Sie beide zu lieben, fällt mir nicht schwer. Teris Umriss leuchtet magisch in der Dunkelheit. In ihr liegt eine perfekte Balance. Sie ist nicht zu sanft, nicht zu hart zu mir. Sie bestraft mich nicht und redet auch nicht schön, was passiert ist. Teri lässt einfach sein, was nicht geändert werden kann und gibt mir Raum. Nicht dafür, mich zu verändern, sondern dafür, mich weiterzuentwickeln. Ich streiche ihr weißes Haar von ihrer Wange. Ich frage mich, was Teri braucht, wovon sie träumt. Wir haben ihr noch immer keine Töpferscheibe besorgt.

Teri

"Dieses Leben hier ist fast schon zu perfekt. Als wäre es ein Puppenhaus.", haucht Ama nachdenklich. Ihre Hand liegt in meiner, der Kamin wärmt meine rechte Wange und Yales schlummernder Körper meine Beine. Ich antworte nicht und tue, als würde ich schlafen. Die Nähe der beiden macht meinen Körper schwer und entspannt. Ich will nicht darüber nachdenken, ob wir uns in einem Puppenhaus befinden. Ob es so bleiben kann. Tief in mir weiß ich: Das kann es nicht. Yale muss lernen, sich selbst an erste Stelle zu setzen. Sie muss ihre eigenen Bedürfnisse erkunden gehen. Ama hat ihr dabei geholfen und ich habe ihr den Raum bereitgestellt. Doch dieser Mikrokosmos reicht einem heißen Himmelskörper wie Yale nicht aus. Er reicht auch nicht aus für Ama. Sie spürt, dass die Lösung ihrer Probleme nicht in diesem Zimmer liegt. Sie wurde gezähmt. Doch so liebevoll wir die Wunden ihrer Vergangenheit auch lecken: nur durch meine und Yales Zunge heilen sie nicht vollständig. Hier kann sie wild sein. Sie kann ihrer Anziehung freien Lauf lassen. Hier muss sie sich vor niemandem beweisen. Zwar wird sie mich und Yale hier finden, aber nicht sich selbst. Zu gehen, wäre das Beste für die Beiden. Ich hoffe, sie merken es später als früher. Ich will sie nicht verlieren, wie ich Inéz verloren habe. Ich will die Gegenwart in die Länge ziehen. Wenn sie gehen, hätte ich nichts, wohin ich meine Trauer darüber richten könnte: keine Bäckerei, keine Töpferscheibe.

Yale

Ich höre im Halbschlaf Amas Stimme. "Dieses Leben hier ist fast schon zu perfekt. Als wäre es ein Puppenhaus." Unser Ausflug hat mich so müde gemacht, die Schwerkraft zieht mich tiefer in die Couch. Amas und Tierras Körper halten mich warm und sicher. Doch was Ama sagt, ist wahr. Wir sind hier gestrandet in völliger Abgeschiedenheit. Ich hätte schon vor Monaten abreisen können, doch ich hatte nicht den Mut, Pläne für die Zukunft zu schmieden. Ich habe ihn heute noch nicht. Ich müsste mich für einen Weg entscheiden, so wie Tierra es getan hat. Tierra hat ihr ganzes Leben hinter sich gelassen und ist mit mir gekommen. Sie ist mutig und sanft und sensibel genug, um mich in vollkommener Sicherheit zu wiegen. Ich will diesen behüteten Ort nicht verlassen. Besonders jetzt nicht, wo alles so vollkommen anders gekommen ist. Nicht nur Amas Anziehung ist überwältigend, sondern auch die Verbindung, die ich zu ihr aufgebaut habe. Sie hört aufmerksam zu, versucht, meine Gedankengänge zu verstehen und bringt mich immer einen kleinen Schritt weiter. Sie stabilisiert mich. Und auch die Beziehung, die ich zu Tierra habe, tut das. Die Beziehung zu ihr war von Anfang an pure

Intuition. Wir fügen uns in jeder Hinsicht perfekt ineinander. Ich frage mich, wie es die beiden beeinflussen würde, wenn ich beginnen würde, an die Zukunft zu denken.

Ama

Wir putzen die Fenster. Yale und Teri albern herum und besprühen sich mit Wasser. Ich bedecke das Gesicht mit meinem Lappen und werfe ihn nach Yale, die sich duckt und sauber ausweicht. Sie zieht eine Grimasse. Wir lachen. Selbst die unangenehmsten Aufgaben fallen mit den Beiden leicht und machen Spaß. Teris Haare sind nass. Ich liebe die kleinen Falten, die sich über ihren Nasenrücken ziehen, wenn sie die Nase rümpft und sich dabei auf die Lippen beißt. Yale bringt sie zum Strahlen und Teris Strahlen erfüllt mich vollkommen. Wenn Yale spielt, ist sie attraktiv. Teri und ich bringen sie dazu. In Momenten wie diesen lässt sie ihre Konzentration fallen. Das macht ihre Augen wach und hell und ihr Gesicht weicher. Ich wünschte, solche Momente könnten ewig dauern. Mein Gehirn täuscht mir eine sinnliche Zeitlupe vor. Schon seit einigen Augenblicken vibriert das Handy in meiner Hand. Die beiden haben das Geräusch nicht bemerkt. Auf dem Display steht *"Mum ruft an"*. Ich hätte nicht gedacht, dass es so einfach sein könnte, mich aus der Idylle zu katapultieren, die wir uns geschaffen haben. Teri verschüttet Wasser auf dem Teppich. Yale springt auf und sie beginnen heiter, die Pfütze aufzuwischen. Ich ergreife die Gelegenheit, um auf die Veranda zu gehen und den Anruf anzunehmen. Ich habe Mums Stimme lange nicht mehr gehört. Sie scheint gerade zu kochen. Ein prasselndes Geräusch ist im Hintergrund wahrzunehmen. Wahrscheinlich hat sie das Telefon zwischen Ohr und Schulter geklemmt und rührt in der Pfanne. "In ein paar Wochen ist Ostern. Wir erwarten dich.", sagt sie. Ich denke darüber nach, wie spät es gerade in Finnland sein muss. Ich rechne. "Miranda sagt, du warst in Rom über die Weihnachtsfeiertage." Es muss Abend sein. Dad kommt bestimmt bald von der Arbeit. Ich frage nach dem Wetter. Mum sagt, es regnet etwas, nachts sei es sehr nebelig. Ich taste mich durch das Telefonat, als wäre es tatsächlich nebelig. Die Tatsache, dass Miranda mit ihr gesprochen hat, lässt mich unsicher werden. Miranda war die einzige Frau, die meine Eltern jemals an meiner Seite akzeptiert haben. Was weiß Mum über mich und Miranda? "Was hat Miranda dir erzählt?" "Über euren Streit?" *Streit.* "Komm Ostern einfach nach Hause. Dein Bruder ist auch für ein paar Tage da." Damit ist das Gespräch beendet. Ich blicke zurück zum Haus. Teri und Yale küssen sich leidenschaftlich hinter dem offenen Fenster. Wie soll ich diese Beziehung erklären? Ich möchte nichts erklären. Ich möchte einfach bleiben. Doch ich kann nicht.

Ich mache gute Miene zum bösen Spiel. Meine plötzlich einsetzende Nervosität soll die Stimmung nicht verderben. Das Abendessen hat großartig geschmeckt. Teri ist fröhlich und Yale weiß, dass etwas nicht stimmt, so wie sie immer genau weiß, was andere fühlen. Ich habe ihr noch nicht gesagt, dass ich sie liebe. Aber sie muss es wissen. Diesen einen Blick kann ich am wenigsten vor ihr verbergen. Nach dem Essen spielen wir Brettspiele auf der Couch. Ich verliere, denn ich bin unkonzentriert. Plötzlich fühlt es sich so an, als würde uns die Zeit davonlaufen. Yale küsst mich intensiv in die Halsbeuge, als Teri gewinnt und sie den zweiten Platz belegt. Erneut setzt eine geistige Zeitlupe ein, die den Moment für mich einfangen und festhalten will. Teri lacht siegreich, ihre weißen Zähne blitzen hinter ihren vollen Lippen hervor. Yales Mund glüht und ist so perfekt platziert, dass es mir Gänsehaut bereitet. "Geht's dir gut?", fragt Yale, sodass Teri es hören kann. Ihr Lachen verstummt. Dann mustern sie mich beide. "Ich bin nur etwas unruhig.", sage ich. Yale zieht eine Augenbraue hoch. Sie hat beschlossen, dass wir jetzt darüber sprechen. Teri schiebt das Spielbrett zur Seite und rutscht nah an mich heran. Sie legt ihre Hand auf meinen Bauch, weil sie weiß, dass mich das entspannt. Yale wirft mir einen Blick zu, der sagt, *raus damit, ich weiß, dass da noch mehr ist*. "Meine Mutter hat angerufen. Sie will, dass ich Ostern in Helsinki verbringe."

Yale

Wir haben nach Amas Nachricht zu viel Wein getrunken. Die Dinge, die wir hinuntergeschluckt haben, tropfen jetzt von unseren Lippen. "Wovor habt ihr am meisten Angst?", frage ich und starre an die hölzerne Decke. Ama nimmt einen großen Schluck von ihrem Glas und legt den Kopf zurück in meinen Schoß. Der Kamin knistert. "Ich habe Angst, meine Eltern zu enttäuschen. Sie lieben Miranda." Amas Lippen haben sich rot gefärbt. Ich trinke auch. "Denkst du, sie könnten uns lieben?", fragt Tierra, die mit angezogenen Knien im Sessel sitzt. Sie fragt es so, wie sie immer eine Möglichkeit zu finden versucht, den Moment derart perfekt zu halten. Ama denkt schweigend nach. Ich glaube, zu bemerken, wie sie den Kopf abwesend von links nach rechts gleiten lässt. Es ist ein *nein*. Tierra muss es auch wahrgenommen haben. Ihre Augen werden feucht. Sie trinkt aus. Es bricht mir das Herz. "Ich habe Angst davor, dass wir nicht das Richtige füreinander sein könnten." Die Gedanken haben sich zu ungeschickten Worten geformt. Ama schnellt hoch und stützt sich auf ihre wackeligen Arme. "Denkst du das?" Da ist nahezu ein Zorn in ihrer Stimme und ganz gewiss in ihrem durchdringenden Blick. "Nein. *Jetzt* denke ich das nicht." Auch ich klinge zu energisch. "Doch wie wird es sein, wenn sich alles verändert? Wählen wir uns dann immer noch?" Ama wühlt in Gedanken. Das Glas berührt meine Lippen, denn ich will nichts Falsches mehr sagen. "Ich habe Angst davor, in Tausend Scherben zu zerbrechen, wenn ich euch nicht mehr an meiner Seite habe." Wir wenden uns Tierra zu. Ihre Augen sind starr, eine Träne rollt über ihre Wange. Ihre langen weißen Haare liegen wie ein weicher Schleier über ihren Schultern. Wie immer lässt sie uns im Moment ankommen. Diesmal in Trauer.

Teri

Und plötzlich ist der Tag da, an dem alle aus dem Traum erwachen. Ich weiß schon seit einer Weile, was für alle das Beste ist. Doch gesagt habe ich kein Wort. Yales Selbstlosigkeit und Mitgefühl zeigt mir, wie selbstsüchtig ich mich verhalte. Seit Monaten versucht sie, einen Weg zu finden, uns alle hier festzuhalten. Die Bemühung, nicht mit meiner Verlustangst in Berührung zu kommen, hindert Yale am Planen ihrer Zukunft und daran, nach ihren Wünschen zu handeln. Und es hindert Ama daran, ihre Vergangenheit zu ergründen. An meiner Seite kann sie das nicht. Bei mir zu sein, wird immer eine einfachere Wahl darstellen, als ihre Erfahrungen mit Miranda aufzuarbeiten. Ich muss sie loslassen, damit sie ihre Flügel ausbreiten können. Der Teich liegt rein und ruhig wie die glatt polierte Fläche eines Spiegels in den Hügeln. Die Luft ist klar und kalt. Wir haben die Wanderung gemacht, um uns aus der staubigen Hütte zu befreien, in der wir uns verstecken wie Kaninchen im Winter. Yale und Ama sitzen jeweils auf einer Seite der hölzernen Bank am Rand der dunklen Grasfläche. Yale wirkt wie immer weich und flexibel. Ihr Knöchel liegt auf ihrem anderen Oberschenkel. Ihr Knie wippt auf und ab. Die Finger hat sie hinter dem Kopf verflochten, die Ellenbogen weit abgespreizt. Nur an dem hektisch bewegten Grashalm in ihrem Mundwinkel erkennt man ihre innere Unruhe. Amas gerader Rücken lehnt an dem Holzbalken der Bank, ihre Beine und Arme sind überkreuzt, fast schon spiralförmig gewickelt. Ihre Aufgewühltheit ist immer an der Abwesenheit von Bewegung zu erkennen. Je unruhiger ihr Meer wird, desto stiller versucht sie, sich zu verhalten. Während Ama an den klebrigen Weben ihrer Vergangenheit haftet, ziehen Yales Gedanken sie über alle imaginären Wege ihrer ausgemalten Zukunft. Die Spannung und das Flirren zwischen den Beiden zerreißt mich beinah, bis ich schließlich aufstehe. Es passiert ein wenig energischer als gehofft, sodass Ama ihre verschränkten Arme löst und Yales Grashalm aufhört, sich wild zu drehen. Ich will mich löschen von der Hitze der Beiden und ziehe mein Kleid aus. Doch die Glut ist noch da. Das Gras ist angenehm feucht an meinen voranschreitenden Fußsohlen und bald berühre ich das steinige Seeufer. Das walblaue Wasser ist eisig. Ich steige hinein, die großen Kiesel fühlen sich wie Eiswürfel an. Ob die Glut auf meiner Haut Dampf hinterlässt, an den Stellen, an denen die Wasseroberfläche sie berührt? Ich fühle es knistern. Der Atem stockt mir, als ich mit dem Hals eintauche und einige Züge mache. Die glatte

Wasseroberfläche wird von konzentrischen Wellen aufgebrochen. Wenn heiße Lava ins Meer läuft, erlischt sie und wird zu Stein. Ich drehe mich auf den Rücken und lasse mich treiben. Ich bin noch kein Stein. Doch ich will verweilen wie einer. Am Rande meines Sichtfeldes sehe ich die Anhöhen. Ich bin neidisch auf sie. Ich will noch nicht von hier weg.

Kapitel 5

Gute Tochter

April, Helsinki, Finnland

Ama

Statt meinem Hemd trage ich eine kragenlose Bluse, weil Mum denkt, ich sähe sonst zu burschenhaft aus. Meine Haare sind mittlerweile lang genug für einen kompakten Zopf. Der Gummi ziept an meiner Kopfhaut, doch der Look lässt mich femininer wirken. "Rühr etwas schneller, sonst brennt es noch an." Ich stehe in der Küche am Herd, die warme dampfige Luft macht mein Gesicht und die beigen Fliesen feucht. Es ist Abend und die Dämmerung hat bereits eingesetzt. Durch das kleine Küchenfenster sehe ich den orangenen Streifen Himmel hinter den Nachbarhäusern hervorblitzen. Endlich ein kleiner Streifen Sonne, es regnet seit Tagen. Meine Mutter übernimmt die meiste Zeit das Reden, während sie am Tisch sitzend Brot in Scheiben schneidet. "Es ist schade, dass du Miranda nicht mitgebracht hast." "Mum, ich sagte doch, wir sind nicht mehr zusammen." Sie schnalzt mit der Zunge und drückt mit einer abweisenden Handbewegung aus, dass sie nicht überzeugt ist. "Sag das nicht, das macht es nur schlimmer." Ich schüttel den Kopf und die Suppe vor mir kocht auf. Ich rühre schneller und nehme sie vom Herd. Als hätte er es gehört, trabt Pa die Treppen hinunter und bringt einen frisch geduschten Duftschleier mit. Er nimmt die Teller aus dem Schrank und deckt den Tisch, während Mum das Brot liebevoll in einen Korb bettet. "Wo Jon wohl bleibt?" Pa sieht auf die Uhr, deren Zeiger schon immer in gleicher intensiver Lautstärke ticken. "Die Bahn ist bestimmt nur spät dran.", beschwichtigt Mum. Sie soll recht behalten. Gerade als sie vom Sessel aufsteht und ihren Rock richtet, klingelt es an der Tür. Ein freudiger Schauer treibt ihr augenblicklich ein Lachen in das sonst kritische Gesicht. Sie tippelt zur Tür, da der Weg zu kurz ist, um ihn zu rennen. "Frohe Ostern, Mum!" Mein

Bruder betritt das Haus und ich höre, wie seine Jacke knistert, als sie sich umarmen. Ich nehme die Suppe vom Herd und stelle den Topf auf den Untersetzer in der Mitte des Tisches. "Hi Amaris, frohe Ostern!", begrüßt Jon mich, als er sich aus der Umarmung meines Vaters löst. Wir drücken uns. "Nette Frisur." Ich ziehe meinen Zopf zurecht, in der Hoffnung, ordentlich auszusehen. Kurze Zeit später sitzen wir am Tisch und löffeln unsere Teller leer. Die Stimmung ist durch die heiße Mahlzeit etwas lockerer geworden. Mein Bruder erzählt ausschweifend von der Uni und seinen Freizeitaktivitäten. Ich höre zu, um die Aufmerksamkeit nicht zu sehr auf mich zu lenken. Jon ist zwei Jahre jünger als ich und das Goldstück der Familie — im Gegensatz zu mir. Er studiert Pharmazie und spielt in seiner Freizeit Hockey. Jon hat eine kleine Wohnung in der Nähe der Universität, nicht mal eine Stunde von hier entfernt. Er besucht meine Eltern mehrmals die Woche und beglückt sie mit guten Noten. Als Erste-Hilfe-Kurs Leiter und Nachhilfelehrer verdient er sich Ende der Woche etwas Geld dazu. Ich habe mein Studium erst im letzten Jahr beendet, nur acht Monate später ist auch Jon beinahe fertig. Auch hier hinke ich hinterher. Ich habe mich damals dazu entschieden, Helsinki zu verlassen, was zu einem Loch in meinem Lebenslauf führte. Meine portugiesische Mum ist konservativ aufgewachsen und konnte meinen Lebensstil noch nie ausstehen: die Gedanken am Horizont anstatt in der Heimat und der Blick auf den Mädchen anstatt auf den Jungs. Das hat zu Reibungen geführt. Ich habe viele Nächte draußen verbracht, von Zeit zu Zeit ein Mädchen in mein Schlafzimmer geschmuggelt und mir letztendlich die Haare geschnitten. Alles davon hat in der Nachbarschaft für reichlich Gesprächsstoff gesorgt. "Und wie läuft es in Neapel?", fragt mein Bruder, der mein Schweigen bemerkt. Ich zucke mit den

Schultern. "Wir sind nicht mehr zusammen." Wo gerade noch gelacht wurde, kehrt eine lange Sekunde Schweigen ein. Das einzig Gute, das ich auf die Beine gestellt habe, gibt es nicht mehr: die Beziehung mit der wohlerzogenen, bildhübschen, italienischen Anwältin. "Ihr vertragt euch schon wieder." Mum steht auf und holt Schnapsgläser aus der Vitrine. "Und wie ist die Arbeit am Hafen?" Pa schenkt uns ein. Ich richte meinen Blick auf die Gläser anstatt in seine Augen. "Ich arbeite nicht am Hafen." Meine Antwort ist zögerlich, ich will nicht zu tief in das Gespräch über meine Arbeitslosigkeit eintauchen. "Ich war über die Weihnachtsfeiertage in Rom und zuletzt mit Freunden in Frankreich. Um das Land etwas kennenzulernen." Den zweiten Satz schiebe ich nach, um den vergangenen Monaten Sinn zu verleihen. "Vielleicht suche ich mir aber vorübergehend eine Arbeit hier in Helsinki." Pa's Blick ist erst unterdrückt entsetzt, dann kritisch. "Und Miranda bezahlt die Wohnung gerade allein?" Ich antworte nicht. Wir stoßen in eisiger Stimmung an und mein Bruder trinkt zuerst.

Ostern ist vorbei, doch Jon bleibt noch ein paar Tage länger. Seine Anwesenheit gibt mir Schutz, denn die Aufmerksamkeit meiner Eltern ist dadurch geteilt. Ich bin vor allem hier, weil es sich gehört, als Tochter regelmäßig bei den Eltern vorbeizuschauen. Willkommen fühle ich mich nicht. Ich spüre die Anspannung, die herrscht, wenn ich notgedrungen etwas aus den letzten Monaten erzählen muss. Ich verzichte darauf, Teri und Yale zu erwähnen. Mum und Pa würden es nur missverstehen. Während Jon und ich in unseren Pyjamas vorm Fernseher sitzen, reden unsere Eltern noch in der Küche. Ich kann mich nicht auf den Film konzentrieren, sondern schweife mit den Gedanken an einen Ort der Geborgenheit ab. Teri ist zuerst abgereist. Einige Tage lang war sie ganz in Gedanken versunken, so wie ich jetzt. Sie hat Yale und mich betrachtet, als würde sie uns bereits vermissen. Das hat dafür gesorgt, dass auch wir sie vermisst und jede Sekunde unserer letzten Tage mit Leib und Seele aufgesaugt haben. Sie verbrachte regelmäßig Zeit an Yales Computer, bevor sie dann eines Morgens abgereist ist. So wie ich in diesem Moment muss sie sich gefühlt haben, als ich sie in Sorrent allein zurückgelassen habe. Zwei Tage vor Ostern habe ich den günstigsten Flug genommen. Ich vermisse den Duft von Teris Haut und die Weichheit ihrer Hände. Ich vermisse ihren fröhlichen Blick, der mich immer an sie gebunden hat. In der ersten Nacht in Helsinki bin ich aufgewacht, weil ich dachte, ihre Haare würden mein Gesicht kitzeln. Doch es waren bloß meine eigenen, die so lang geworden sind. Wo Yale ist, weiß ich genauso wenig, wie ich den Aufenthaltsort von Teri kenne. Das macht mich unausgeglichen. Doch all das kann ich nicht erzählen. Eigentlich sollte ich gerade mitten in der Planung meiner Hochzeit mit Miranda stecken. Eigentlich sollte ich einen stabilen Job und eine luxuriöse Wohnung in Neapel mein Eigen nennen. Stattdessen habe ich meine Ex-Verlobte betrogen und sie hat mich verletzt. Eigentlich vermisse ich nicht Miranda, sondern das Leben, das wir hatten und die Zukunft, die wir angestrebt haben. Auch das kann ich nicht erzählen. "Ich hab sie nie sonderlich gemocht." Jon stößt mir mit dem Ellbogen in die Rippen und reißt mich aus meinen melancholischen Gedanken. "Miranda?" Er nickt, ohne seinen Blick vom Fernseher zu lösen. Das zu hören, verschafft mir ein wenig Erleichterung. Die flimmernden Farben des Bildschirms rauschen über sein Gesicht. "Trotzdem solltest du echt dein Leben wieder auf die Reihe bekommen." Er äußert den Satz mit einer treffenden Härte, wie es nur Brüder können. Ich rolle die Augen, wie es nur eine Schwester kann. Doch ich weiß, dass er recht hat. Jon ist die bessere Version von mir.

In meinem Kinderzimmer sieht es aus wie früher. Die Postkarten und Bilder an den Wänden wurden nie abgenommen. Die Möbel sind dieselben wie vor fünfzehn Jahren. Der Regen fällt monoton auf die Fensterbank. Der Tee auf meinem Schreibtisch kühlt nur ganz langsam aus. Ich habe mich aus dem Familiengeschehen zurückgezogen, um Pläne zu schmieden, so wie Jon es verlangt hat. Ich starte den alten Computer. Auf meinem Konto ist kaum mehr Geld. Es reicht nicht für einen weiteren Flug, ganz egal wo hin – ich habe es gegoogelt. Ich bin in Helsinki gestrandet. Ein einengendes Gefühl macht sich in meiner Brust breit. Ich kann nicht weg von hier, nicht einfach zurück zu Teri und Yale. Panik steigt in mir auf. Mit einem Schlag wird meine Situation ganz real. Werde ich die beiden überhaupt je wieder sehen? Was habe ich mir eigentlich dabei gedacht, abzureisen? Ich hole mein Telefon hervor und öffne den Chat mit Yale. Einen Moment lang denke ich darüber nach, ihr zu schreiben, sie um Rat zu bitten. Doch dann lasse ich es sein. Einmal im Leben will ich es selbst auf die Reihe bekommen. Das Telefon verschwindet in der Schublade und ich beginne, nach Jobs zu suchen. Was ich am meisten brauche, ist Geld.

❖

Helsinki besteht aus über dreihundert Inseln. Unzählige Fährverbindungen bringen Einheimische und Touristen hin und her. Am ersten richtig sonnigen Tag seit meiner Ankunft ist es bereits April. Zum ersten Mal seit der Zeit in Sorrent kommt meine Sonnenbrille wieder zum Einsatz. Ich lasse die Läden und Häuser hinter mir und schlendere an der Küste entlang. Hier habe ich schon damals immer den Kopf frei bekommen. Wenn die Sonne hinter den Wolken hervorleuchtet, fällt sie auf die Lederjacke, die um meine Schultern liegt. Es wird warm und das hebt meine Stimmung. Die Strecke am Park entlang ist wie üblich gut besucht. Auf einer Bank lege ich eine kurze Pause ein, strecke das Gesicht ins Licht und genieße zum ersten Mal die Umgebung. Ich beobachte die Schiffe, die zu den Inseln hinausfahren. Bei einigen Fährverbindungen habe ich mich beworben. Ich kenne mich aus mit den Inseln und könnte den Touristen einiges erzählen. In meiner Jugend habe ich mich in den Nächten, in denen ich nicht nach Hause gekommen bin, oft auf die Inseln zurückgezogen. Dort habe ich mit Freunden gecampt, die Nächte durchgefeiert oder mit meinen Flammen lange romantische Spaziergänge unternommen. Vielleicht kommt daher meine Leidenschaft für das Meer und die Küsten. Niemand von meinen Jugendfreunden ist in meinem Leben geblieben. Doch das ist kein Wunder. Schließlich bin ich sehr weit weg gegangen. "Amaris?" Jemand spricht mich an und reißt mich damit aus den Gedanken. Niemand sonst in Helsinki trägt diesen Namen. Es dauert eine Weile, bis ich die Frau entdecke, die von links auf mich zukommt und winkt. Sie trägt dunkle, spitz zulaufende Stiefel, die von einer hellen Jeans überdeckt werden. Dazu eine gepunktete Seidenbluse unter einem Wollmantel. Die rote Tasche passt zu den lackierten Nägeln. Ich blicke über den Rahmen meiner abgedunkelten Brille und erkenne Emma sofort. "Hey!" Emma setzt sich neben mich, denn der Platz ist offensichtlich frei. Sie umarmt mich herzlich und fest. Dabei wiegt sie uns von links nach rechts. "Du bist zurück? Wir haben uns ewig nicht mehr gesehen." "Ja, erst seit einer Weile. Schön, dich zu sehen." Emma hat ihre Haare heller gefärbt, doch sie sind immer noch so lang wie damals. Ein Pony fällt über ihre Stirn. "Wie geht es dir? Ich hoffe, ich störe nicht. Du wartest doch nicht etwa auf jemanden?" Sie sieht sich um. "Nein, ich habe nur einen Spaziergang gemacht." Emma wirft mir mit ihren stahlblauen Augen einen tiefen Blick zu. "Es hat sich also nichts geändert." Für einen Moment überlege ich. Eigentlich hat sich alles geändert, aber das muss sie nicht wissen. Also lächle ich. Mit Emma hatte ich noch vor meinem Umzug damals einige Dates. Wir haben eine einzige Nacht miteinander verbracht. Ich kann mich nicht daran erinnern, warum es zu keiner weiteren kam. "Ich bin auch seit einer Weile wieder hier. Lass uns doch auf einen Kaffee gehen. Ich geb dir meine Nummer." Ich überlasse ihr mein Telefonbuch und Emma tippt ihren Kontakt ein. Nach einem kurzen Plausch muss sie auch schon weiter ins Büro. Ich bin überrascht. Es tut gut, sie getroffen zu haben.

❖

Die Küche ist an diesem Samstagabend warm und erfüllt vom Duft des Abendessens. Ich nehme mir einen Nachschlag Gemüse. Jon hat bereits seine Tasche gepackt und fährt morgen früh wieder zurück in seine Wohnung. "Wann geht's für dich zurück nach Italien?" Jon spricht mit vollem Mund, was ihm nicht zu verdenken ist. Das Essen schmeckt herrlich. Ich kaue langsam, denn ich habe den Eindruck, meine verlängerte Anwesenheit wird keinen positiven Eindruck hinterlassen. "Ich dachte, ich bleibe noch ein paar Wochen. Ich will mir am Hafen ein wenig Geld dazuverdienen, bevor ich weiterreise." Ich habe mich noch nicht entschieden, wohin ich gehe. Zurück nach Rom scheint mir die einfachste Möglichkeit. Doch eigentlich habe ich keine Lust auf alte Bekannte. Die Partys mit Max haben meinen Körper ausgelaugt. Das ist mir erst im Nachhinein aufgefallen, als Yale und Teri mir wieder zurück auf die Beine geholfen haben. Außerdem vermisse ich das Meer. "Wo willst du arbeiten?" Mum stochert in ihrem Fisch herum. "Ich fange am Montag auf einer Fähre an." Mum nickt mit faltiger Stirn, mein Vater schweigt. "Wolltest du nicht mehr von deinem Studium?" Letztendlich muss er doch immer etwas zu meinen Plänen sagen. "Es ist doch nur vorübergehend. In ein paar Wochen bin ich weg." Das ganze Haus birgt eine passive Art von Ablehnung und es würgt mich aus. "Versprochen.", schiebe ich hinterher und betone es mit einem direkten Blick. In dem Moment, als er weitersprechen will, vibriert mein Telefon. Es ist eine Nachricht von Emma, die sich zum Kaffee treffen will.

An das Schaukeln des Schiffes muss ich mich erst noch gewöhnen. Meine Beine sind jedes Mal weich, wenn ich über die Rampe zurück auf festen Boden trete. Ansonsten verliefen meine ersten Arbeitstage nicht übel. Es sind erst wenige Touristen in Helsinki, was mir die Möglichkeit gibt, während der Fahrt auf alle ihre Fragen einzugehen. Eine gute Strategie, um mich bei meinem Chef zu beweisen. Das Wetter spielt gut mit, die Sonne zeigt sich immer häufiger und ich genieße die frische Luft. In weniger als vier Wochen sollte ich mir bereits einen Flug leisten können, es fragt sich nur, wohin. Meine Schicht ist um achtzehn Uhr beendet. Ich treffe mich mit Emma in einem Café ganz in der Nähe des Hafens. Sie trägt roten Lippenstift und ein schwarzes Kleid, das trotz der eleganten Farbe gemütlich wirkt. Sie begrüßt mich mit einem Kuss links und rechts. Dann bestellen wir Kaffee und sie erzählt mir, dass sie in der IT-Branche tätig ist. Seit drei Monaten ist sie aus England zurück. "Erst haben wir es mit der Fernbeziehung versucht. Es sollte immerhin nicht für immer sein. Weil es in Frederiks Job so gut lief, bin ich dann doch nach London gezogen." "Und woran ist es gescheitert?" "Er hatte sein Leben dort bereits aufgebaut und ich habe mich nur wie ein Gast gefühlt. Als sich die Situation nach sechs Monaten immer noch nicht gebessert hatte, habe ich ihn verlassen." Ich erinnere mich wieder, warum wir nur das eine Mal miteinander geschlafen haben. Emma hatte nie Interesse an Frauen. Nach unserer Nacht bekam sie Panik wegen ihrem Freund und ich habe sie nie wieder gesehen. Bis sie vor einer

Woche vor mir stand. "Was ist mit *dir*?", fragt sie und nippt an ihrem Tee. Ich erzähle ihr von meinem Studium in Rom und meiner Verlobung. Ich erzähle ihr, dass ich Miranda für eine andere verlassen habe, nun aber doch wieder alleine bin. "Hey,", sagt sie und schiebt ihre Hand auf meine. "Wenn du darüber reden willst, kannst du jederzeit vorbeikommen." Ihre Hand liegt einige Sekunden auf meinen Fingern und ihr Blick nimmt erneut diese eindringliche Tiefe an. Es hat gut getan, mich mit jemandem auszutauschen. Auch, wenn es wieder einmal nur die halbe Wahrheit war. Meine Beziehung mit Teri und Yale würde auch sie nicht verstehen, trotzdem sage ich "Okay."

"Du kommst spät." Mum und Pa sitzen in ihren identischen Sesseln am Kamin und lesen. Ich nehme auf der Couch Platz. "Ich habe eine alte Freundin getroffen. Wir waren noch Kaffee trinken." Mum hebt ihren Körper angespannt aus dem Sitz, presst die Lippen aufeinander und überschlägt die Beine andersherum. Sie zupft unruhig an der Bluse und wendet die Augen dabei nicht von ihrem Buch ab. Auch, wenn ich nichts Anstößiges gesagt oder getan habe, sagt der Körper meiner Mutter, dass sie nichts *darüber* wissen will. Meine Sexualität ist wie ein fremder Hund. Man sieht ihn nicht an, tut, als wäre er nicht da, um ihn nicht zu provozieren und so vor ihm in Sicherheit zu bleiben. Man wird schon nervös, wenn er sich nur bewegt. Sicher fühlt man sich nur weit weg von ihm — oder man legt ihm eine Leine an. Mir fällt auf, dass ich heute meine Lieblingsjeans trage. Sie sieht gar nicht feminin aus. Dazu noch ein schwarzes T-Shirt. Plötzlich ist mir mein androgyner Look unangenehm. Er erklärt auch den Missmut in Mums Gesicht. "Es war nur ein *Kaffee*." Ich richte meinen Rücken auf und überschlage die Beine. Die Haltung macht mich kaum mädchenhafter. Meine Mum entgegnet wie immer, wenn sie mich nicht für voll nimmt, mit einer abwinkenden Handbewegung. Pa fragt, wie die Arbeit war. Ein gutes Ablenkungsmanöver. "Sehr gut. Es macht Spaß." Nach ein paar angespannten Minuten mache ich mich auf in mein Zimmer und lege mich schlafen.

In den nächsten Tagen nutze ich mein Wiedersehen mit Emma immer öfter dazu, meinen Eltern zu entrinnen. Zeit alleine mit ihnen sorgt jedes Mal für Reibungspunkte. Natürlich ist mir klar, dass ich selbst schuld an der Situation bin. Pleite, Single und ohne Perspektive. Wenn ich Abends etwas später auftauche, haben sie zumindest das Haus länger für sich alleine. Emma hat Mitteilungsbedarf. In allen Facetten beschreibt sie mir die zu Ende gegangene Beziehung mit Frederik und analysiert vergangene Situationen. Sie sucht vor allem Zuspruch. Manchmal treffen wir uns in ihrer Wohnung. Sie liegt in einem modernen Gebäude, ist hell und lichtdurchflutet. Dann kocht sie Pasta oder präsentiert ihre Cocktailkünste. Es tut gut, nicht alleine zu sein, auch, wenn ich nicht so detailliert über mein Leben berichte wie Emma. Auch die zweite Woche in meinem Job ist wie am Schnürchen verlaufen. Mein Chef lobt mich regelmäßig wegen meiner offenen Art und des Fachwissens über die Inseln und Küsten, die ich durch mein Studium mitbringe. Manchmal kann ich eine extra Tour übernehmen und mir so noch etwas mehr dazuverdienen. So kann mein Aufenthalt getrost weitergehen.

❖

"Amaris, wir möchten mit dir sprechen." Mit diesen Worten beendet meine Mutter das Abendessen am Sonntag. Sie tupft sich mit der Serviette den Mundwinkel und faltet sie unter ihren Teller. Pa isst sein Brot ruhig und mit gesenktem Blick zu Ende. Um ihn herum bildet sich eine Front aus Anspannung. "Nun ja, uns ist klar, dass du wohl diese neue Arbeit machst, weil du kein Geld mehr hast." Pa hat recht. Ich fühle mich beschämt, weil er die Tatsache so direkt ausspricht. Ich habe nichts zu erwidern. "Ist diese Arbeit wirklich das, wofür du studiert hast?" Pa schiebt seinen Teller zur Seite und sieht mich vorwurfsvoll an. "Nein, natürlich nicht. Aber – wie gesagt – mache ich diese Bootstouren nicht auf Dauer." Mit bestimmter Wortkraft mischt Mum sich ein, faltet ihre Hände und setzt zum Vortrag an. "Warum ist es überhaupt nötig? Diese Anstellung in Helsinki? Es ist genug Zeit vergangen, um erwachsen zu sein. Ich denke, du solltest Miranda anrufen und dich endlich wieder mit ihr versöhnen. Entschuldige dich einfach. Sie hat zu Weihnachten so oft nach dir gefragt. Bestimmt wärst du in Neapel willkommen. Die Hochzeit muss nicht ausfallen." "Ihr habt miteinander gesprochen?" Mum hält einen Moment inne und antwortet in leiserem, jedoch autoritärem Tonfall. "Natürlich. Es war Weihnachten. Sie hat die Feiertage mit uns verbracht." Beim Weitersprechen hebt sich ihre Stimme dann aber doch. "*Du* warst ja nicht da." Ihr Körper hebt sich nach vorne und der Tisch bewegt sich etwas mit. "Mum, ich kann es nicht glauben! Warum war Miranda hier?" Die Vorstellung, dass meine Eltern diesen Fakt die letzten Wochen über vor mir verheimlicht haben, lässt mich erbeben. "Aber Schatz, sie war so ein guter Einfluss. Sieh, wohin du es mit ihr geschafft hast und schau, was jetzt aus dir geworden ist." Mutter gestikuliert und Pa nickt beipflichtend. "Du kannst dir nicht einmal den Flug nach Hause leisten. Wenn du dir doch nur eine Scheibe von ihrem Ehrgeiz abschneiden könntest." *Nach Hause.* Sie will mir sagen, dass ich hier nicht mehr hingehöre. "Die blauen Flecke waren auch sehr ehrgeizig von ihr.", bricht es plötzlich aus mir heraus. Die Tischdecke knüllt sich in meinen geballten Fäusten und mein Nacken härtet sich spürbar. Pa richtet seinen Blick plötzlich starr auf mich. Das Thema, das ich aus Versehen auf den Tisch fallen lassen habe, saugt die Luft aus ihm heraus. Nur Mum lässt sich nicht nachdenklich stimmen. Das Kopfschütteln unterbricht ihren Blickkontakt mit mir. Ihre allzeit bereite abweisende Handbewegung wischt die Anschuldigung geschickt beiseite und gibt ihr keine Sekunde Raum. Ich frage mich, ob sie meinen Satz überhaupt gehört hat, denn sie spricht unbeirrt weiter. "Ach was, so etwas kann in der Rage passieren. Was ist bloß so falsch an Miranda? Sie war so eine gute Tochter." "*Eine gute Tochter?*" Ich springe vom Stuhl auf. Das Schlagen der Lehne auf den Fußboden lässt Mutter endlich verstummen. Ihre Fingerspitzen gleiten über ihren Mund, der offen bleibt. Hilfesuchend sieht sie sich nach Pa um, der kopfschüttelnd seinen Teller mustert. "Das war nicht so gemeint.", flüstert sie. Doch ich verlasse den Raum bereits in langsamen Schritten. Ich denke, genau so war es gemeint. Ich weiß, dass sie sich eine perfekte Tochter wünscht, aber ich bin es nicht. Miranda schon.

❖

Die Welt denkt, ich bin zu groß für mein Jugendbett. Ich fühle mich viel zu klein dafür. Ich wende mich umher und liege unbequem. Es liegt nicht unbedingt am Bett, sondern an der Anspannung in meinen Schultern und der kalten Luft an den Armen. Das Licht im Flur scheint durch das Schlüsselloch. Ich gehöre nicht hierher. *Schau, was jetzt aus dir geworden ist.* Der Satz meiner Mutter liegt mir schwer im Magen. Ohne Miranda bin ich nichts. Soll es wirklich der erwachsene Weg sein, zu ihr zurückzugehen? Ist es möglich, für den Rest meines Lebens den Schein einer perfekten Beziehung zu wahren? Das Gefühl, fehlerhaft zu sein und schlechte Gewohnheiten zu pflegen, ist wieder so nah wie in meiner Jugend. Ich dachte, Teri und Yale hätten mir diese Meinung von mir selbst genommen. Aber sie sind nicht da. Immer, wenn ich nach Helsinki zurückkomme, spüre ich, warum ich ursprünglich gegangen bin. Es sind die Erwartungen, die ich nicht erfüllen kann. Wünsche, die ich nicht erfüllen kann. *Ist diese Arbeit wirklich das, wofür du studiert hast?* Ich habe mich nicht verteidigt, obwohl ich nicht verstehe, was so schlimm daran wäre, die Anstellung beizubehalten. Es ist kein mieser Job und er kann mich ans Ziel bringen. Wenn ich nur wüsste, was mein Ziel ist. Ich drehe mich auf den Rücken, das Bett quietscht. Ich lasse den Blick über die blauen Tapeten schweifen. An den Wänden hängen nach all den Jahren immer noch Fotografien vom Meer. Schnipsel, die ich aus Magazinen und Zeitungen ausgeschnitten habe, zeigen Strände. Da sind immer noch Polaroids von Küsten, die ich in meiner Jugend aufgenommen habe. Selten findet sich ein Foto von anderen Personen oder Freundesgruppen dazwischen. Die Zeit hat die Szenen grau und fahl gemacht. Die tapezierten Wände sind Relikte aus einer Zeit weit vor Miranda. Ich jage dem Traum vom Meer wohl schon länger nach, als es mir bewusst ist. Miranda hatte rein gar nichts damit zu tun, dass ich mich für die Anstellung in Neapel interessiert habe. Oder dafür, nach Italien zu gehen. Es gab einen Menschen vor ihrer Zeit, der sich nach dem Meer gesehnt hat und er ist immer noch da. Vielleicht sollte ich mich an diesem alten Ziel orientieren.

Es ist spät, doch ich packe meinen Koffer. Alles, was ich besitze, passt hinein. Die feminine Bluse lasse ich auf dem Bett zurück und schleiche die Treppen hinunter. Der Fernseher läuft im Wohnzimmer. Kurz lausche ich, dann bin ich aus der Tür, noch ehe meine Eltern es hätten bemerken können. Im letzten Bus sitzend schreibe ich Emma. Sie ist noch wach und ich bin auf dem Weg zu ihr.

"Schneidest du mir die Haare?", frage ich sie, als ich mir im Flur die Schuhe ausziehe. Nur das kleine Licht ist an, Emma muss schon auf dem Weg ins Bett gewesen sein. "Jetzt?" Emma lacht gedämpft und rollt meinen Koffer zur Seite.

"Willst du denn nicht erst mal ankommen?" Ich werfe ihr einen flehenden Blick zu. Sie lehnt sich an die Wand. Ich erkenne, dass sie ihren Pyjama trägt. Der lockere Look steht ihr. "Okay, aber erstmal einen Drink." Kurze Zeit später sitzen wir mit zwei Gläsern Whiskey auf dem Boden in ihrem winzigen Badezimmer. Das metallische Geräusch der Schere ist alles, was zu hören ist. Locke für Locke gleitet zu Boden, bis sich mein Kopf leichter anfühlt als zuvor. Emmas Finger wuscheln durch den Rest Frisur, die nun im Nacken endet. "Jetzt siehst du fast wieder aus, wie damals." Emma reicht mir einen verbeulten Handspiegel. Ich sehe mich selbst. Erleichtert lasse ich meinen Kopf nach hinten in ihre Hände sinken. "Danke sehr." Sie lächelt, weil es mir gefällt. Dann trinkt sie aus und verlässt das Bad. "Ich mach' dir das Bett fertig. Mach den Fußboden sauber." Ich tue, was sie sagt und bin für die Nacht angekommen.

Mein Plan ist es, hart zu arbeiten. Längere Schichten, mehr Touren. Ich will Finnland so schnell wie möglich verlassen. Jeden Tag durchforste ich Stellenangebote und telefoniere mich durch alte Kontakte aus dem Studium. Bisher ohne Erfolg, doch ich verliere mein Ziel nicht aus den Augen. Ich fokussiere mich auf wärmere Gebiete, denn ich will Abstand vom Norden. Wie immer muss es kein Traumjob sein: Ich kam mit Saisonarbeit immer gut über die Runden. Auch mein Konto füllt sich langsam, aber stetig. Emma ist gastfreundlich und versucht, mich auf andere Gedanken zu bringen. Wir gehen feiern, beinah jeden Abend. Unterwegs trinke ich wenig, um Geld zu sparen. Wir glühen stattdessen in der Wohnung vor und schwelgen von Zeit zu Zeit in der Vergangenheit. Die Musik klingt aus den Lautsprechern, das indirekte Licht lässt die dunklen Gläser in der Vitrine glänzen. Mein Kopf liegt auf Emmas Schoß, ich betrachte die warme Beleuchtung vor den dunklen Wänden. "Ich habe nicht geglaubt, dich je wiederzusehen. Es ist schon verrückt, dass du in Helsinki bist." "Geht mir auch so." Ich nippe an meinem Bier. "Tut mir echt leid, dass ich damals einfach so abgehauen bin, nachdem, ..." Emma presst die Lippen zusammen. Ihre Scham amüsiert mich. "Nachdem?" Ich blinzle ihr zu und trinke. "Naja, du weißt schon." Der Versuch, mir das Lächeln zu verkneifen, scheitert. "Nachdem wir Sex hatten möchtest du wohl sagen." Sie trinkt. "Ja." Jetzt lache ich laut. "Schon okay. Du hattest einen Freund. Es war doch nur ein Experiment." Sie nickt und ihre Zähne blitzen hinter ihren Lippen hervor. Dass sie unsere Nacht angesprochen hat, zeigt mir, dass wir über alles sprechen können. Das Licht von draußen streift ihre Wange, als sie durchs Fenster blickt. Sie ist schön. Wäre ich eine jüngere Version meiner selbst, würde ich jetzt meine Hand ihren Nacken hinauf schieben, sie zu mir ziehen und langsam küssen. Heute ist mein Bedürfnis danach gedämpft. Es gibt keine Notwendigkeit für diesen Schritt. Sie wickelt meine Locken um ihre Finger und lehnt sich entspannt zurück.

Seit zwei Wochen lebe ich bereits bei Emma. Die Situation hat sich kaum verändert. Es ist noch kein Job außerhalb von Helsinki in Aussicht, wir arbeiten tagsüber, nachts trinken und tanzen wir. Die Wohnung ist chaotischer geworden, an das Zusammenleben müssen wir uns erst gewöhnen. Ich habe Emma nicht so extrovertiert eingeschätzt. Ich nahm an, sie wäre ein ruhiger Typ geworden. Zwar nicht bieder, aber bodenständig. Jetzt kann sie es gar nicht erwarten, am Abend durch die Clubs zu ziehen, zu flirten und sich letztendlich dann doch von mir nach Hause bringen zu lassen. Ich bin zurück im Partymodus, ich habe das Gefühl, als hätte ich den Rausch der Nächte verdient. Doch ich übertreibe nicht. Oft empfinde ich Emmas Alkoholkonsum als besorgniserregend. Das liegt vielleicht mehr an mir als an ihr. Max' Verhalten fand ich nie bedenklich – oder meines, das seinem glich. Ich habe mich wohl verändert. Emma erinnert mich an mich selbst, als ich in Rom gestrandet war. Ihre Trennung beschäftigt sie wohl mehr, als sie zugibt. Doch zumindest scheint es in ihr zu arbeiten. Nachdem wir dann vom Feiern nach Hause getorkelt sind, müde vom Tanzen und Singen, bringe ich sie ins Bett und liege anschließend auf der Couch wach. Weg von meinem Elternhaus fühle ich mich befreit. Alles, was ich in Frankreich gelernt habe, kehrt in mich zurück. Langsam werde ich zu mir selbst. Ich bin nicht die Tochter meiner Mutter. Miranda hat diesen Platz eingenommen und ich akzeptiere das Ausscheiden aus der Familie langsam aber stetig. Sollte ich mein Können durch das Studium nicht maximal ausschöpfen, werde ich für Pa immer minderwertig sein. Doch je mehr Zeit vergeht, desto mehr genüge ich mir selbst. Je mehr ich zu mir finde, desto mehr sehne ich mich nach Teri und Yale. Auch sie gehören zu mir. Sie haben mir gezeigt, wie viel Liebe ich empfinden und leben kann, dass meine Muster nicht schlecht, sondern aufrichtig und gut sind. Ich erkenne, dass ich nicht chronisch untreu und mangelhaft war. Meine Gefühle für mehrere Menschen passten einfach nicht in diese Welt.

Eigentlich ist die Nacht kalt und die Luft rein und klirrend. Aber wir frieren kaum. Die dicke, warme Luft des Clubs drückt uns auf die leere Straße hinaus, unter den mit Sternen gesprenkelten Himmel. Emma schwingt ihren Arm um meinen Nacken, ich hake meine Finger zwischen ihre. Auf dem Weg nach Hause gluckst sie und schwelgt in unserer Jugend. "Erinnerst du dich an Professor Koskela?" Ich erinnere mich und bejahe, während wir beinah über den Bordstein fallen. Es war doch mehr Alkohol in meinen Drinks, als gedacht. "Der war heiß.", kichert Emma. "Welches Fach hat er noch gleich unterrichtet?" Emma strengt ihren Kopf an, so gut es noch geht. "Biologie?" Daran kann ich mich nicht erinnern. In Wahrheit war es Physik. "Das hättest du wohl gerne." Wir lachen beide laut los, so laut, dass der Schall die ganze Gasse erfüllt. Ich lege meine Hand auf Emmas Mund, bevor wir uns langsam einkriegen. "Nicht so laut.", flüstere ich. Plötzlich durchbricht ein Lichtkegel die Nacht, Reifen quietschen noch viel lauter als die Töne, die wir von uns gegeben haben. Emma ist totenstill. In Sekunden realisiere ich, dass wir eine kleine Straße queren. Der Wagen, der die andere Ecke umschlittert hat, kommt direkt auf uns zu. Ich packe Emmas Jacke und ziehe sie ruckartig zurück auf den Gehweg. Ich stolpere über meine Beine – oder waren es ihre? - und lande mit dem Arm auf dem Sicherungskasten eines Wohnhauses. "Idiot!" Emma scheint es gutzugehen. "Amaris, alles okay?" Ich taste mich ab, während der Raser in der Nacht verschwindet.

Zurück in Emmas Wohnung verschwinde ich unter die Dusche. Ich habe aufgehört, mich ungewaschen in mein Bett zu legen. Außerdem werde ich unter dem prasselnden Wasser auch immer etwas nüchterner. Das Rauschen, das ich nach einem Clubbesuch im Ohr habe, verschwindet allmählich unter dem Wasserstrahl. Beim Einschäumen tut meine Schulter weh. Ich muss härter aufgeschlagen sein, als gedacht. Ich drehe das goldene Ventil zu, wickel ein Handtuch um meine jetzt so kurzen Haare. Im Spiegel erkenne ich eine oberflächliche Abschürfung, die die Haut an mehreren Stellen rot färbt. Eincremen schmerzt – das gibt bestimmt einen blauen Fleck. Bei dem Gedanken wird mir mulmig zumute. Ich versuche, das aufkeimende, panische Gefühl zu unterdrücken. Wie Mum sagte: *so etwas kann in der Rage passieren*. Ich ziehe ein weites T-Shirt an, nehme ein paar tiefe Atemzüge, die mir schwerfallen. Dann schleiche ins Wohnzimmer. Die Lichter sind gedämpft, die Luft ist warm und sauber. Hinter den drei brennenden Kerzen sitzt Emma auf der Couch, die auch als mein Bett dient. Normalerweise lässt sie sich an solchen Abenden gleich ins Bett bringen, doch heute hat sie zwei Tassen Tee gekocht, denen sie bestimmt einen kleinen Schuss Rum hinzugefügt hat. Mit dem Trinken wartet sie auf mich. "Dieser Typ hätte uns umbringen können, der hatte den Wagen kaum mehr unter Kontrolle." Emma macht neben sich Platz und drückt mir die heiße Tasse in die Hand. Zitronenkuchen dazu wäre perfekt, doch es gibt nur teure Pralinen. Ihre Schulter ist mein Kissen, während ich nippe und nasche und sie über die Häufigkeit von Verkehrsunfällen erzählt, und wie man sie hätte verhindern können. Wäre ich damals nicht erst so spät vom Einkauf zurückgekommen, hätte ich den Streit mit Miranda wohl auch verhindern können. Miranda wäre nicht in solch eine Rage geraten und der Abend wäre anders verlaufen. Vielleicht sogar die darauffolgenden Wochen. Vielleicht auch mein Leben. "Bestimmt war er auch noch betrunken. Man sollte in so einer Rage nicht fahren dürfen. Alles hätte passieren können." Emma schimpft weiter und hat noch kaum von ihrem Tee getrunken. "Emma?" Ich spüre, dass sie mich ansieht, auch wenn ich reglos auf den Couchtisch starre. "Hat Frederik dich mal angefasst?" Emma rührt sich. "Wie meinst du das? Klar, wir sind doch erwachsen." Doch dann richtet sie sich auf. "Oder meinst du, ob er mich mal geschlagen hat oder so?" Ich weiche ihrem Silberblick aus und bejahe. "Nein, niemals. Sowas hätte er nie getan. Auch, wenn er fehlerhaft ist: Frederik ist kein machtsüchtiger Mensch." "Muss man dafür machtsüchtig sein?" "Hm." Emma denkt nach. "Ich denke, wenn man jemanden mit Gewalt überzeugen muss, hat man in gewissem Maße wohl die Kontrolle über die andere Person verloren. Also ja." Ich trinke aus und stelle die Tasse hin. "Was ist passiert?" will Emma wissen. Ich weiß nicht, ob ich antworten will, tue es aber trotzdem. "Ach. Miranda." Dann schildere ich ihr zögerlich die Situation. Nüchtern und auf den Fakten beruhend, mit einer Art Scham in den Knochen. "Aber so etwas kann passieren. Das sagt auch meine Mum." Emma steht auf, um den Rum aus dem Schrank zu holen. "Deine Mum hat Unrecht. Das hätte sie auch über den Fahrer von heute nicht gesagt." Sie streckt mir die Flasche hin, auf deren Hals noch ihr Lippenstift klebt. "Nur dir sagt sie es, weil sie dich genauso zähmen will, wie Miranda es wollte." Dann dreht sie die Musik auf.

In dieser Nacht betrinken wir uns. Meine Stimmung hat sich von *aufgewühlt und beschämt* in *angespannt und wütend* gewandelt. Wütend auf meine Mum, die mich auf meine Kosten zur perfekten Tochter machen wollte. Wütend auf Miranda, weil sie schon früh erkannt haben muss, dass ich nicht die bin, die ich versucht habe, zu sein. "Ich muss dir auch was sagen." Emma schielt ganz leicht an mir vorbei, während sie näher rutscht und sich die Haare zurück streicht. Gespannt lehne ich mich zu ihr. "Damals, als das mit uns beiden war, da hatte ich keinen Freund." Das Geständnis irritiert mich. Ich könnte schwören, ich hätte es so in Erinnerung behalten. "Achso?" Emmas Kopf schwankt betrunken von links nach rechts. "Da gab es zwar diesen Typen, du weißt schon, der mit dem Piercing aus der anderen Klasse. Aber eigentlich hab ich mich aus dem Staub gemacht, weil ..." Es dauert nur einen Augenblick und Emma küsst mich. Unsere Lippen liegen aufeinander, unsere Zungen berühren sich überraschend rückhaltlos und der Geschmack von Rum unterstreicht unsere plötzlich einsetzende Zügellosigkeit. Durch den Alkohol in meinem Blut will ich sie ganz plötzlich und ich halte mich nicht zurück. Sie schwingt ihre Beine breit über mich und ich halte mich an ihren Hüften fest. "Ich war so in dich verknallt, Ama.", haucht sie in der kleinen Atempause. "Warum hast du nichts gesagt?" Einige Küsse vergehen. "Ich hatte solche Angst, dass es rauskommt." "Und wenn es jetzt rauskommt?" Ich schiebe meine Hände unter ihr Top. Sie stöhnt. Ihre Haare streifen mein Gesicht. Dann verharrt sie. "Ama?" "Ja?" Emmas Augen wirken glasig und leer. "Ich glaube, mir wird schlecht." "Okay, komm." Ich hebe sie von mir und begleite sie ins Bad, wo sie sich übergibt. "Seit du da bist, lasse ich mich volllaufen, Ama. Es macht mich verrückt."

❖

Am nächsten Tag wache ich mit Kopfschmerzen auf. Es ist fast Mittag und von Emma ist noch nichts zu hören. Nachdem ich sie ins Bett gebracht habe, ist sie sofort eingeschlafen. Zum Glück ist nichts weiter passiert. Ich schwinge die Füße auf den Boden und strecke mich. Aus dem Schrank hole ich vier Aspirin. Zwei nehme ich selbst, die anderen lasse ich neben einem Glas Wasser für Emma auf dem Küchentresen zurück. Leise koche ich Kaffee und setze mich auf den Hocker. Emma hatte also Gefühle für mich. So wie es scheint, hat sie die immer noch. Würde sie mit mir zusammen sein wollen? Wahrscheinlich. Wäre sie ein guter Zug? Bestimmt. Doch seit ich heute Morgen die Augen geöffnet habe, will ich ausziehen. Emmas Wohnung ist stilvoll, ihr Leben stabil. Ich bringe sie durcheinander, obwohl ich Teri und Yale noch nicht einmal erwähnt habe. Die Küche ist grau-weiß gefliest. Ich starre auf die Fugen, so wie ich es in meiner Wohnung in Neapel tagelang getan habe. Das ist nicht, was ich will. "Guten Morgen." murmelt Emma und schiebt sich träge aus dem Schlafzimmer. "Oh Mann, hab ich Kopfschmerzen." Sie gießt sich eine Tasse Kaffee ein. "Hier, trink." Ich schiebe ihr das Glas Wasser rüber. Emma bedankt sich. Dann sitzen wir nebeneinander am Tresen. "Wow, sag mal, wurden wir gestern beinah überfahren?" Sie hält sich den Kopf und lümmelt geschwächt über ihrem Kaffee. "Ja, scheint so." Ich halte mir bestätigend die Schulter. "Wie sind wir nach Hause gekommen? Ich kann mich echt an nichts mehr erinnern."

Meine Wohnung ist klein, simpel und praktikabel – aber sie ist meine. Ich lebe seit einigen Wochen nicht weit vom Hafen entfernt, zu Fuß erreiche ich die Arbeit in wenigen Minuten. Die Miete ist nicht ungewöhnlich hoch, doch das Weiterreisen wird sich noch ein wenig verzögern. Trotzdem bewerbe ich mich dauernd bei Unternehmen in Italien, Spanien, Frankreich und sogar Großbritannien. Noch habe ich keine Zusage, aber ich gebe die Hoffnung nicht auf. Eile ist nicht nötig, denn jetzt zur Touristensaison im Juni wird mein Job mich ausreichend über Wasser halten. Ich treffe mich regelmäßig mit Emma. Wir trinken Kaffee statt Schnaps. Seit ich bei ihr ausgezogen bin, habe ich nicht mehr getrunken und sie wirkt ruhiger. Auf ihr Geständnis und unseren Kuss habe ich sie nie angesprochen. Ich denke, sie erinnert sich wirklich nicht. Das ist gut so und alles bleibt dadurch beim Alten. Nur ihre tiefen Blicke weiß ich jetzt besser zu interpretieren. Ich denke, Emma muss sich erst selbst kennenlernen, bevor sie weitermachen kann. Das musste ich auch.

Kapitel 6

Revolution

April, Havanna, Kuba

Yale

"Yale, übernimmst du kurz? Ich geh' abräumen!" Die Sonne tunkt den Strand in heißes Weiß. Die leichte karibische Brise verschafft die einzige Abkühlung. Ich klemme den Lappen zwischen Gürtel und Hose und nehme die nächste Bestellung auf. Der Tourist bestellt zwei Cocktails, die ich schwungvoll für ihn zubereite. Das Leben hier ist schön. Marissa sammelt Glas für Glas von den Tischen und balanciert sie auf ihrem Tablett. Dabei sieht sie vollkommen schwerelos aus. Ihre welligen Haare tanzen matt über ihren bernsteinfarbenen Rücken. Das orange Oberteil betont die Wärme ihres Hauttons nur noch mehr. Marissa ist unnahbar und voller Tatendrang. Eine gefährliche Mischung. Obwohl sie mich neugierig macht, halte ich mein Interesse für unbeständig. Es ist bald Mai, ich bin in Havanna. Seit vier Wochen lebe ich in der Unterkunft ihrer Schwester Ramira. Zuvor reiste ich eine Woche lang mit einer Touristengruppe durch das Land, um ein paar Orte zu besuchen, die man eben einmal gesehen haben muss, wenn man nach Kuba kommt. Santa Claras Monument, das Tal der Zuckermühlen in Trinidad, Tabakherstellung in Viñales. Ich habe Marissa an meinem zweiten Tag in Havanna kennengelernt. Sie plant die Sightseeing-Trips für die Gäste, die wie ich in Ramiras Casa Particular verweilen. Sie stellt ihr Privathaus Reisenden zur Verfügung, die bei ihr leben und von ihr und Marissa versorgt werden. Alle von Marissas Sightseeing-Trips enden in ihrer Strandbar. Mit den Mitarbeitern habe ich mich sofort angefreundet. Seit einer Weile helfe ich regelmäßig aus. Ich gleiche damit den Ausfall eines Mitarbeiters aus. Josués Vater ist Oldtimer-Fahrer. Aufgrund einer Krankheit braucht er diesen Monat Josués Hilfe. Während der Arbeit am Strand höre ich die Klänge kubanischer Straßenmusik. Mit einer fantastischen Aussicht auf Palmen und das azurblaue Meer spüle ich die Gläser und mixe erfrischende Drinks. Die Rezepte kenne ich schon in- und auswendig. Die Arbeit geht mir leicht von der Hand, daher sind die Cocktails für den Touristen im Nu fertig gemischt. "Oh hey, schön dich zu sehen!" Ich schaue über meine Schulter. "Hey!" Mit Tüten beladen trabt Cami die hölzernen Treppen hinauf und schleppt die Einkäufe hinter die Bar. Auch sie arbeitet hier. Bevor ich mich weg vom Gast und zu ihr hin drehen kann, drückt sie mir einen dicken Schmatzer in den Nacken. "Gut, dass du da bist. Kingston löst dich gleich ab." Camilla stibitzt eine Ananasscheibe von meinem Drink und fängt an, den Kühlschrank mit frischem Obst zu füllen. Sie muss früh zum Markt gehen, um zu bekommen, was sie braucht. Cami erinnert mich an eine ungesättigte Version von Beca. Wo Beca Rot tragen würde, trägt Camilla Kupfertöne. Das Grün ihrer Hose gleicht beinah einem warmen Grau. Camis Schmuck besteht wie der von Beca großteils aus Naturmaterialien. Ihre Frisur ist ungekämmter, wilder und kürzer. Wenige, aber dunkle Sommersprossen zieren ihre Wangen. "Arbeitest du heute Abend auf der Party?" "Ja, darum liefere ich nur kurz das Obst ab. Ich hab noch was zu tun." "Bist du schon fertig mit Streichen?" Camilla seufzt und schüttelt den Kopf. "Es nimmt kein Ende. Mir ist sogar die Farbe ausgegangen." "Ich komme dann und helfe dir." "Du bist großartig, wir sehen uns, ich geb dir heute Abend einen aus!" So schnell, wie Camilla aufgetaucht ist, so rasch ist sie auch wieder weg. Marissa verpasst sie knapp, als sie mit Gläsern beladen den Schatten des Strohdachs erreicht. "War das Cami?" "Ja, sie kommt abends zurück." Ich nehme Marissa das Tablett ab und beginne, die Eisbecher zu spülen, während sie weiter die Gäste bedient. Tatsächlich erscheint Kingston wie angekündigt nur eine halbe Stunde später. Ich gehe mich in den Wellen abkühlen und trockne meine golden gewordene Haut in der Sonne, bevor ich mich auf den Weg zu Camilla mache.

❖

Cami renoviert ihre Wohnung. Die Wände sind so hoch, dass es doppelt so lange dauert, sie zu streichen, wie üblich. Sie hat noch einen einzigen Eimer weißer Farbe auftreiben können, den wir mit Wasser gestreckt haben, damit es reicht. Während sie den Pinsel schwingt, wippt ihre Zigarette im Mundwinkel. Ich stelle meinen Teil der weißen Farbe ab, öffne den Deckel und tauche den Pinsel zum ersten Mal ein. "Und so stellst du dir deinen Traumurlaub vor?" Cami schielt von der Leiter zu mir herab. Sie wirft mir einen Blick zu, als ich versuche, die Zierleisten nicht zu bemalen. "Ist doch schön! Die Sonne scheint, der Mojito schmeckt." Wir lachen und Camilla nickt mit angespanntem Gesicht und den Armen über dem Kopf. Das Bemalen der Decke ist anstrengend, sie lässt die Arme sinken und als sie sie zur Entspannung ausschüttelt, tropft die Farbe auf meine Schulter. Camillas Blick fliegt dem Tropfen hinterher und bleibt schließlich an mir hängen. Ich höre das Knistern, als sie an der Zigarette zieht. "Aber jetzt mal ehrlich." Cami steigt von der Leiter. Sie setzt sich zu mir auf den dunklen Holzboden und lehnt sich an ein Stück unbemalte Wand. "Du bist seit einem Monat hier und hast noch nichts Touristisches unternommen. Du arbeitest mehr, als du dich erholst." Ich muss schmunzeln. "Ich fühle mich eigentlich ganz erholt." "Und besonders, wenn Marissa Hilfe braucht, bist du zur Stelle. Denk nicht, es wäre mir nicht aufgefallen." Sie zwinkert und inspiziert die Decke. Ihre Andeutung macht mich verlegen. Ich schüttel den Kopf. "Das siehst du falsch." Camilla zieht die Braue hoch und drückt die Zigarette im Aschenbecher aus. Doch Cami hat recht. Wenn ich morgens hinunter zum Frühstück gehe und Marissa mir guten Morgen wünscht, genieße ich den Duft ihres Parfums einen Moment länger als gewöhnlich. Und sie bleibt einige Augenblicke länger an meinem Tisch, als sie müsste, um die Milch einzugießen. Wenn ich wieder hinauf in mein Zimmer gehe, um zu arbeiten, sieht sie mir eine Weile länger nach, als den anderen Gästen. Diesen Blick in meinem Nacken genieße ich, während ich ihm gleichzeitig aus dem Weg gehe. Ich bin ans andere Ende der Welt gereist, um zu versuchen, für mich zu sein, um herauszufinden, welche Sorte Eis ich am liebsten mag. Stattdessen lasse ich mich erneut von den Bedürfnissen derer ablenken, die mich umgeben. Es ist genau, wie Ama sagte. Ama hat es durchschaut. "Marissa ist süß, aber da ist nichts. Ehrlich." "Was ist es dann? Warum tust du das, du Heilige?" Cami löchert mich mit ihren Blicken und der Tabakrauch weht herüber. "Ich will mir die Auszeit schon verdienen. Komm, wir holen uns ein Eis." Mit viel Charme wimmle ich Camilla ab. Ich ziehe sie an den Händen hoch und sie folgt mir.

Die Nacht ist warm und ein süßer Geruch von alkoholischen Getränken, Meer und Tabak liegt in der Luft. Die Atmosphäre ist dunkel. So dunkel, dass man jeden einzelnen Stern deutlich erkennen kann. Die Lichter, die um die Strandbar gespannt sind, glitzern, während ich unterhalb der Terrasse mit Kingston tanze. Er legt eine kurze Arbeitspause ein, während Camilla und Ramira ihn hinter der Bar vertreten. Kingston hat eine rundum positive Ausstrahlung. Seine Haare sind so kurz geschoren wie meine, sein Körper ist genauso schlaksig, nur breiter. Immerzu lächelt er. Wir tanzen zu den Klängen einer hiesigen Band. Ramira und Marissa engagieren sie regelmäßig. Der Sänger spielt Gitarre und schwingt zum karibischen Sound der Trompeten und Trommeln. Ich drehe mich im Sand und fühle mich fröhlich und ausgelassen. Als das Lied ausklingt, applaudiert das Publikum. Die Masse treibt auseinander, löst sich auf, nur um sich zu Beginn des nächsten Liedes wieder neu vor der Bühne zu formieren. Der Sänger zählt an und bei Drei musiziert die Band los. Auch für Kingston war der Beginn des Songs das Zeichen, wieder zurück an die Arbeit zu gehen. Ich bleibe alleine zurück und tanze. Ich spüre den Sand unter meinen Füßen und muss an die Nacht zurückdenken, in der ich Tierra kennengelernt habe. Ich erinnere mich daran, wie sie getanzt hat, ohne Schuhe und mit dieser Leichtigkeit im Körper, als wäre sie selbst der erfrischende Luftzug, der mich zu ihr hingetragen hat. Ich denke an die Traurigkeit, die sie umgeben hat, und wie ich sie lindern wollte von der ersten Sekunde an. Manchmal frage ich mich, wo sie wohl gerade ist. Ob sie zurück nach Italien gegangen ist? Vielleicht ist sie wieder in ihrer Bäckerei. Alles Vermissen hilft nichts, denn ich weiß, dass sie zuerst überwinden muss, was war, bevor sie wieder in die Zukunft sehen kann. Ama ist in Finnland, dort ist es gerade mindestens zehn Grad kälter als in Havanna. Ich wünschte, ich könnte sie in diesem Moment zu mir holen, sie ein wenig wärmen. Das Meer rauscht, während ich mir eine salzige Träne verdrücke. Doch wenn ich eine Sache an meiner Trennung von Mai und Beca zu schätzen weiß, dann, dass sie mich *meinetwegen* haben gehen lassen. Das muss ich jetzt für Tierra und Ama tun. Ich muss sie gehen lassen, damit sie sich selbst finden können. Trotzdem fühle ich mich verloren. So verloren wie noch nie, obwohl die Stadt schön ist und die Menschen herzlich sind. Also blicke ich in die Sterne und gebe mich damit zufrieden, dass Ama und Tierra jetzt gerade irgendwo existieren, dass wir dieselbe Luft atmen im selben Universum. Ich weiß nicht so recht, was ich hier suche. Ich wollte bloß Frankreich verlassen, weil es zu einer Sackgasse geworden war. "Hey Yale!" Cami reißt mich aus den Gedanken. Sie legt einen Arm um meine Schulter und hält mir einen Drink hin. "Danke für deine Hilfe heute." Zusammen gehen wir an die Bar, hinter der Marissa Cocktails mischt und sich mit Gästen von Ramira unterhält. Wir stellen uns dazu und lauschen der Unterhaltung. Auf Empfehlung der Gastgeberin ist das Pärchen aus England heute Abend zur Party gekommen. "Sie wohnen auch bei uns in der Casa, nicht?", fragt der Mann. "Wir haben Sie beim Frühstück gesehen. Nicht wahr, Schatz?" Seine Frau hält mir ihr Glas hin, und wir stoßen an. Ich nicke und beteilige mich am Gespräch. "Woher kommen Sie? Was verschlägt sie nach Havanna?" Der Mann legt den Arm um seine Frau und antwortet: "Wir kommen aus Sheffield. Wir sind hier," "um unsere Flitterwochen zu verbringen." "Aber wir reisen morgen schon weiter." "Genau. Wir fahren weiter nach Soroa. Wir wollen den National Park sehen und" "von dort geht es weiter." "Nach Viñales." Das Pärchen ist amüsant. Sie beenden die

Sätze des jeweils anderen und nicken abwechselnd, um das Gesagte zu bestätigen. "Woher kommen Sie?" Das ist eine gute Frage. "Ich bin in Italien aufgewachsen." Das Pärchen sagt *ah* und nickt. Mir ist bewusst, dass ich nicht typisch italienisch wirke. "Sie sprechen sehr gut Englisch." "Meine Eltern stammen aus England." "Ah.", nickt der Mann. "Und nun leben Sie nicht mehr in Italien?", will die Frau wissen. "Leben Sie etwa hier?" Das schlussfolgert der Mann daraus, dass Camilla immer noch lässig ihren Arm um meine Schulter gelegt hat und eine freundschaftliche Verbindung ersichtlich ist. Ich bin mir unschlüssig, wie ich die Frage beantworten soll. "Nein, ich lebe nicht mehr in Italien. Ich reise schon eine Weile umher. Was gibt es Schönes zu sehen im Guira National Park?" Ich lebe schon so lange an keinem festen Ort mehr, ich weiß nicht, wo mein Zuhause ist. Ich müsste eine lange Erklärung abliefern und darauf habe ich keine Lust. Das Paar erzählt ohnehin gerne über die Rundreise, die es vor sich hat. Lieber noch, als Fragen zu stellen.

Meine Beine sind erschöpft, als ich den Schlüssel zur Casa im Türschloss drehe und in den dunklen Speisesaal trete. Ich betätige den Lichtschalter, doch wie es scheint, ist der Strom ausgefallen. Das passiert hier öfter. Der Speisesaal ist nichts anderes als ein umgebauter Flur mit farbenfrohen Wänden, der hinaus auf die Terrasse führt. Ramira hat ihn mit bunt zusammengewürfelten antiken Tischen ausgestattet. Kein Stuhl gleicht dem anderen. Dutzende Pflanzen hängen in

Eimern von der Galerie oder schmücken die Ecken. Die Leere des Raumes entspannt mich. Die hellen Vorhänge am Ende des Speisesaals bewegen sich sanft im Luftzug. Ramira muss vergessen haben, die Tür zu schließen. Gerade als ich hinübergehen will, fällt mir auf, dass in der Dunkelheit jemand an einem der Tische sitzt und auf die Terrasse hinaus blickt. Ich komme näher und erkenne Marissa. Ihre überschlagenen Beine wippen im Mondlicht, das durch die Tür fällt. Ich sage leise *hey* und sie bietet mir einen Stuhl an, als sie mich sieht. "Magst du auch ein Glas Wasser?" Mir fällt das Getränk in ihrer Hand auf und ich lehne ab, damit sie ihren Platz nicht verlassen und eine Flasche für mich verschwenden muss. Trotzdem steht sie auf und schenkt mir an der Küchenzeile ein Glas ein. Ich setzte mich. "Danke. Warum bist du noch wach?" "Ich wollte noch nicht schlafen gehen." Marissa dreht sich zu mir, ihre Augen sind erschöpft, doch auf ihren Lippen liegt ein sanftes Lächeln. "Bist du nicht müde? Heute muss ein anstrengender Abend für dich gewesen sein." Sie zuckt bloß mit den Schultern, die in diesem Licht besonders definiert aussehen. "Ich hab dich heute tanzen sehen. Hattest du eine gute Zeit?" "Ja, die Party war echt schön. Bestimmt hat es allen gefallen. Ihr habt einen tollen Job gemacht." Sie lächelt stolz und verlegen zugleich und wir trinken von unserem Wasser. Langsam schwindet auch meine Energie, ich lehne mich über den Tisch und stütze den Kopf in die Hand. Selbst nachts ist es sehr warm, doch ich gewöhne mich allmählich daran. "Weißt du,", Marissa flüstert und sieht wieder nach draußen, wo die Palmen sanft schwingen. "…eine Frau wie du ist mir noch nie begegnet." So wie sie es sagt, ist es ein Kompliment und ein Lächeln sammelt sich in meinem Mundwinkel. "Du hast ein schönes Lächeln." Marissas Blick ist wieder bei mir und ich beiße mir auf die Lippen, während ich ihren Augen verlegen ausweiche. Sie muss sich überwunden haben, das zu sagen. Dann steht sie auf und entschuldigt sich für den Flirtversuch. Ich wollte sie nicht mit Absicht ablehnen, also folge ich ihr unverzüglich zur Terrassentür. Sie schämt sich. "Du musst dich nicht entschuldigen." Ich berühre ihre Schulter. Das ist der erste Körperkontakt, den wir je hatten. Das Mondlicht streift ihre Wangen, der Luftzug bewegt ihr Haar. Marissa dreht sich mir langsam wieder zu und diesmal ist sie ganz nah. Nur eine Handbreit ist zwischen uns. "Es war dumm von mir." Sie fächert sich eine Haarsträhne schützend vors Gesicht und blickt zu unseren Füßen. Wir sind uns so nah, dass ich einen Hauch von Vanille wahrnehmen und ihre Körperwärme deutlich spüren kann. Ich könnte ihre Haare jetzt zurück hinter ihr Ohr streichen, damit sie sich wieder entspannt. Marissa würde ihre Wange in meine Hand legen, wir würden uns in die Augen sehen und dann könnte ich sie küssen. Bestimmt würden ihre Lippen so weich sein, wie sie aussehen. Wir könnten auf mein Zimmer gehen, niemand würde uns bemerken. Morgen früh könnte sie duschen, sich aus meinem Zimmer schleichen und noch vor Ramira in der Küche stehen, um sich um das Frühstück zu kümmern. Doch bei der Arbeit wäre sie unkonzentriert. Ihre Gedanken würden um mich kreisen. Um mich, die Touristin, die ihr Leben durcheinander gebracht hat. Wir hätten ein Verhältnis, so geheim, dass nur Cami es erahnen könnte. Unter Ramiras Dach würde ich mich nicht mehr wohlfühlen aufgrund dieses Skandals. In weniger als fünf Wochen muss ich ohnehin abreisen und sie würde zurückbleiben. Also bleibt meine Hand dort, wo sie ist. Wie die Zeit vergeht. "Hey, mir ist aufgefallen, dass ich schon fast einen ganzen Monat in Havanna bin. Ich habe noch nichts richtig Touristisches gemacht." Marissa lächelt, ihre Schultern sinken nach unten. "Kannst du mir vielleicht die Stadt zeigen?"

Die Stadt ist bunt, erhitzt und wie aus der Zeit gefallen. Josué fährt den gelben Oldtimer seines Vaters und wir sitzen auf der Rückbank. Normalerweise erzählt er den Touristen etwas über den Bau der Uferpromenade oder die berühmten Gebäude, während er sie über den Malecón fährt. Diesmal ist er aber mit Freunden unterwegs und wir unterhalten uns über seine Familie und das Auto. Josués Vater erholt sich von einer Krankheit und er übernimmt so lange den Job des Oldtimerfahrers. Das bringt der Familie mehr Geld ein als die Arbeit in Marissas Strandbar. Am späten Vormittag machen wir zwischen den Kolonialbauten der Altstadt halt. Die Stimmung ist gemütlich, aus den Gassen klingen die Instrumente und Gesänge der Straßenmusiker, Hektik ist an diesem schallgedämpften Ort ein Fremdwort. Wir steigen aus dem Wagen und Marissa führt uns in ein ganz bestimmtes Café. Wie sie findet, gibt es hier den köstlichsten gebrühten Kaffee der Stadt. Sie soll recht behalten. Nachdem wir uns weiter über Josués Auto unterhalten haben, sagt er: "Du scheinst dich mit Oldtimern auszukennen." "Ich hatte mal einen. In genau diesem Gelb sogar." Ich zeige hinüber zum Wagen. Marissa hat bisher kaum Wissen über mich oder mein Leben, sie legt ihren Kopf leicht nach rechts und will mehr erfahren. "Ich habe ihn von meiner Tante geerbt. Ich habe ihn verkauft." "Was hast du dir davon gekauft?" Ich überlege und lehne mich dabei zurück. Tatsächlich liegt das Geld immer noch mit dem Erbe auf dem dafür existierenden Bankkonto. Meine Reisen nach Frankreich und Kuba habe ich von meinem Gehalt finanziert. "Um ehrlich zu sein, noch nichts." "Warum nicht?" "Ich bin wohl wunschlos glücklich." Bereits beim Beenden des Satzes fühle ich ein Stechen im Herz, das mich an die Abwesenheit von Tierra und Ama erinnert. Josué lacht los. "Da bist du wohl die Einzige auf dieser Insel." Auch Marissa kann sich das Schmunzeln nicht verkneifen. "Was wünscht ihr euch?" "Shampoo!", antwortet Marissa schneller, als ich es erwartet habe. Sie kämmt sich mit den Fingern durch die welligen Haare. Ich fasse mir an den rasierten Kopf. "Aber das brauchst du nicht.", lächelt sie. Ich werde verlegen. So eine Kleinigkeit wie hochwertiges Shampoo ist für Marissa zeitweise ein Luxusgut. "Solange ich Benzin habe, ist alles okay." Darauf stoßen wir mit unseren Kaffeetassen an. Es wird allmählich heiß in der Mittagssonne. Wir bezahlen und machen uns los. Auf dem Weg zum Auto werden wir von einem Straßenhändler aufgehalten. Er spricht schneller, als ich ihn verstehen kann. Auf einem klapprigen, rostigen Fahrrad hat er ein Gestell montiert, um selbstgemachten Schmuck zu präsentieren. Marissa übernimmt den Dialog, um ihn höflich abzuwimmeln, doch ich unterbreche sie und kaufe kurzerhand zwei der bunten Armbänder. Eines für sie, eines für mich. Der Händler zieht glücklich und zufrieden von dannen. Marissa umarmt mich zum Dank. Kurz darauf fahren wir weiter.

Der kühle Fahrtwind macht die Mittagssonne erträglicher. Wir fahren wieder die gerade Strecke an der Küste entlang. Das azurblaue Meer liegt spiegelglatt vor uns. Keine Wolke trübt den Tag. Man weiß gar nicht, wo der Himmel endet und das Meer beginnt. Marissa fächert sich mit einer Stadtkarte die Luft ins Gesicht. "Gleich wird es kühler.", versichert sie mir und ich weiß nicht, was sie damit meint. Wir bewegen uns weg vom Zentrum, vom Schatten der Häuser und allmählich entfernen wir uns auch vom Meer. Die Straße wird schmaler und unebener. Meter für Meter werden die Bäume dichter, so dicht, bis die Straße beinahe völlig überschattet ist. Die Umgebung verwandelt sich nach und nach in eine grüne Oase. "Siehst du.", sagt Marissa. Sie muss mir die Verwunderung anmerken. "Das ist die grüne Lunge von Havanna." Nach kaum zehn Minuten, die wir unter dem dichtesten Blätterdach herfahren, machen wir an einem kleinen Rastplatz halt. Ich schließe die Autotür, während Josué sich eine Zigarre anzündet. Ganz in der Nähe ist Wasserrauschen zu hören und ich rieche satte grüne Bäume. Die Luft ist rein und frisch. Für einen Augenblick fühle ich mich wieder nach Frankreich versetzt, als ich in die glitzernden Baumkronen starre. Marissa nimmt meine Hand und löst mich aus dem Gedanken. Wir gehen ein Stück, in dem sie sich bei mir einhakt. Das hier ist kein Park, sondern ein Dschungel. Die Bäume sind so dicht umwuchert und von Pflanzen umschlungen, dass sich regelrechte Vorhänge aus Lianen bilden, die von den kräftigen hohen Stämmen hängen. Dann kreuzt ein Fluss unseren Weg. "Der Rio Almendares.", erklärt Marissa und blickt der Strömung hinterher. Wir gelangen ganz mühelos an sein Ufer, setzen uns auf die Steine und kühlen unsere Füße im Wasser. "Wow, fließendes Wasser habe ich vermisst." Marissa sieht mich fragend an. "Ich war die letzten Monate in Frankreich. Ich habe Weihnachten in einer Waldhütte verbracht. Der Fluss erinnert mich daran." "Warst du ganz allein?" Ich schüttel den Kopf. "Nein." Ich beobachte das Wasser und überlege, ob ich näher auf ihre Frage eingehen soll. "Ich war mit Freunden dort." Marissa nickt und wartet unaufdringlich auf mehr Informationen. "Mit meinen Freunden und mit zwei Frauen, die ich kennengelernt habe." Dass ihre Pupillen sich weiten, ist mir nicht entgangen, doch ich muss ihr Gesicht genauer betrachten, um ihre Gedanken deuten zu können. An meinem Gesicht erkennt sie, dass es nicht irgendwelche Frauen sind, von denen ich spreche. In ihrem Gesicht deute ich große Fragezeichen. "Zwei Frauen? Das klingt kompliziert." Marissa lehnt sich zurück und stützt sich auf den kühlen Steinen ab. Ich nehme dieselbe Haltung wie sie ein und richte das Gesicht gen Himmel. Marissa war bisher nur mit Männern zusammen, das spüre ich. Sie ist sich ganz unsicher mit den Gefühlen, die sie für mich hat, doch sie sind da und es erschreckt sie nicht. "So kompliziert ist das gar nicht." Marissa mustert mich ganz genau, ihre Blicke versuchen, tiefer in mich hineinzusehen, als ich es zulasse. "Und doch bist du jetzt allein in Kuba." Marissa streut zielgerichtet Salz in die Wunde. Ich wende meinen Blick ab. "Warst du mit einer von ihnen zusammen?" "Ja, wir hatten wohl eine Beziehung. Wir drei." "Oh wow, ich hatte keine Ahnung." Marissa versucht, das, was sie gehört hat, einzuordnen. Ich erzähle nicht zu viel, um sie nicht zu überfordern. Aber Marissa fragt nach, wie *so etwas* geht und ich überlege. "Ich glaube, Liebe ist kein begrenztes Gut." Ich denke noch etwas länger darüber nach, wie ich ihr erklären könnte, was in mir vorgeht. Dann nehme ich das Armband vom Straßenverkäufer von meinem Handgelenk und löse die Schnur. Einige der Holzperlen fallen dabei auf den Boden.

Marissa versucht, sie zu fangen, doch ich sage ihr, dass es noch mehr davon gibt, wo sie herkommen. "Die Lieben, die ich für verschiedene Menschen empfinde, sind nie gleich. Sie haben einen anderen Charakter, eine andere Farbe. So wie die bunten Perlen hier." Ich sortiere sie nach Farben und Marissa schaut mir auf die Finger. "Vielleicht habe ich zwei rote Perlen für Josué da drüben." Wir sehen zu ihm rüber, wie er sich am Auto abstützt, mit der Zigarre im Mund. "Und vier Lilafarbene für dich." Sie öffnet ihre Hand und ich lege die Perlen hinein. An der rosa Färbung ihrer Wangen zeigt sich, dass sie sich geschmeichelt fühlt. "Sechs orange für meine eine Freundin und vier blaue für die andere." "Zwei pinke für meine Schwester und drei gelbe für meinen Pa.", sagt Marissa. "Ja, genau." Ich zwinkere und lache breit, denn sie hat es verstanden. Zum ersten Mal sehen wir uns tief in die Augen, ihre Zuneigung ist entfacht.

Zwei Tage nach unserem Stadttrip finde ich mich in dem kleinen Supermarkt zwischen meiner Casa und Camillas Wohnung wieder. Heute sind die Regale besonders leer. Ich ergattere noch eine Packung Toastbrot, Kichererbsen und etwas Gemüse, um später Sandwiches für uns zuzubereiten. Das ganze Geld meiner Tante würde mir nichts nützen, denn mehr als das, was unter meinen Arm passt, gibt es hier nicht. Dann mache ich mich auf den Weg zu Camis Wohnung, um die letzten Zimmer zu streichen. Ich begrüße Camilla mit einer Umarmung, packe die Lebensmittel in den Kühlschrank und gehe an die Arbeit. Gestern haben wir Kommode, Bett und Schrank mit großen Folien verkleidet. Bis zum Abend werden wir endlich mit dem Streichen fertig sein. "Ich hab gehört, du hast etwas Touristisches gemacht." Cami zwinkert die Leiter herunter. Ich nicke und pinsel weiter, denn ich weiß, worauf sie hinaus will. Wenn Marissa und Cami eine Schicht zusammen arbeiten, erzählen sie sich alles. "Wie gefällt dir Havanna?" "Herrlich schön. Ein Touristenparadies. Bis auf die Stromausfälle." Ich antworte neckisch. "Du hast doch bestimmt keine Angst im Dunkeln." Ich schüttle den Kopf und verkneife mir ein Grinsen bei Camis herausfordernden Kommentaren. Was sie weiß, ist, dass ich heute Abend mit Marissa zum Abendessen verabredet bin. Sie hat einen großen Drang nach Austausch.

Obwohl ich unglaublich ausgelaugt bin und mir meine Schultern weh tun, schleppe ich mich erst unter die Dusche und dann zum Kleiderschrank. Mein Zimmer ist spärlich eingerichtet. Das macht mir nichts aus, denn ich halte mich selten hier auf. Nur für ein paar Stunden früh am Morgen ist das Internet stabil genug, um meinem Job am PC nachzugehen. Danach bin ich den Rest des Tages entweder in der Strandbar, beim Schwimmen und Sonnen oder ich renoviere Camillas Wohnung. Mit dem Bemalen sind wir fertig geworden, morgen schieben wir die Möbel wieder zurecht. Ich habe einen kleinen Balkon, auf dem gerade mal so eine Person Platz findet. Von hier aus sehe ich vor allem die

Fronten der Nachbarhäuser und einen schmalen Streifen Himmel, der sich langsam orange färbt. Seit meiner Zeit in Italien habe ich mich nicht mehr für einen Abend ordentlich zurechtgemacht. Ich schlüpfe in meine enge Jeans und ein lockeres Shirt und lege mir eine lange Halskette um. Ich schnappe meinen knittrigen Blazer aus dem Koffer unter dem Bett und mache mich auf den Weg.

Marissa hat ein privates Restaurant ausgesucht. Wir treffen uns vor der Tür des mächtigen Gebäudes. Unten lässt nur ein rostiges Schild erahnen, dass in den oberen Stöcken ein Restaurant zu finden sein soll. Marissa und ich kommen zeitgleich an. Ich zu Fuß, sie mit dem Taxi. Sie steigt aus dem quietschblauen Oldtimer und schwebt auf mich zu. Ihr langes, fließendes, schwarzes Kleid ist geziert mit roten Blütenapplikationen und hellblauen Akzenten, die irgendwie zu dem Wagen passen, mit dem sie angekommen ist. Marissa strahlt so warm wie die Abendsonne. Mit einem Kuss auf die Wange begrüßt sie mich. "Du siehst toll aus.", sage ich. Sie wird rot und wir gehen hintereinander hinein. Unser Tisch auf der Dachterrasse ist wunderschön. Matte Glühbirnen an Lichterketten überdachen die Tische, die schlicht mit weißen Tischdecken gedeckt sind. Noch können wir von unserem Platz aus das Kapitol sehen, doch bald wird es dunkel werden. Wir bestellen das köstlichste Essen, das ich seit langem gegessen habe und wir genießen unseren Wein in langsamen Zügen. Ich mag es sehr, mich mit Marissa zu unterhalten. Weil ich wenig über die Stadt, die Kultur und die Menschen weiß, fällt es ihr leicht, Themen zu finden. Sie erzählt von all dem, wie sie es den Touristen erzählen würde. Dabei zeigt sie über die Dächer. Nicht ein einziges Mal lässt sie Stille aufkommen. Ich denke, sie hat Angst vor einem Schweigen zwischen uns.

Das wäre der Moment, in dem ihr nichts anderes übrig bleibt, als mich anzusehen. Und mich anzusehen bringt sie ins Wanken. Dabei hat sie so viele Fragen, die nur nach der Stille beantwortet werden können. Durch unsere angenehmen Themen vergeht der Abend wie im Flug und bald sind drei Stunden vergangen. Wir sitzen vor unseren leeren Gläsern. Da ist die Stille für den Bruchteil einer Sekunde. Marissa blickt in die Nacht hinaus und schlägt vor, noch auf ein Konzert zu gehen. Wir können ein Taxi nehmen. Ich willige ein.

Auf der Bühne spielt eine Popband. Ich kenne sie nicht, aber es macht Spaß, wieder zu tanzen. Die Stimmung ist elektrisch, Marissa wirkt seelentief glücklich. So ausgelassen wie heute Nacht habe ich sie noch nie gesehen. Hier können wir nicht reden, doch die Texte sind eingängig, also singen wir stattdessen laut und schief. Nach zwei Zugaben und einem Halt beim Getränkeverkauf verlassen wir schließlich das Areal. Erst auf dem Rückweg nach Hause schweigen wir endlich, weil wir völlig außer Atem sind. Das alkoholische Getränk macht die Nacht viel zu warm. Die Minuten, die wir wortlos nebeneinander hergehen, geben ihr Zeit. Marissas Gedanken rauschen durch die Nacht. Sie nippt regelmäßig von der Flasche und starrt auf den Weg vor ihr. Die Straße ist menschenleer. In ihr sehe ich eine Frau, die ein Geheimnis erfahren hat, das sie niemandem anvertrauen kann, doch mir will sie es sagen und sie bereitet sich darauf vor. Aber auch die letzten Minuten des Weges verstreichen schweigend. Eine vertane Chance. Wir schließen die Tür hinter uns, schleichen durch den Speisesaal und die Wendeltreppe zu den Zimmern hinauf. Meine Tür kommt zuerst. Die Zimmer der Familie sind am anderen Ende des Flurs. "Okay, dann gute Nacht. Der Abend war sehr schön." Ich durchbreche die Stille flüsternd, doch Marissa schweigt weiter. Statt mir auch eine gute Nacht zu wünschen, tritt sie zwischen mich und mein Zimmer, als ich die Tür öffnen will. Ihr offensichtliches Verhalten und die plötzliche Nähe überrumpeln mich. Nervös sehe ich mich im Flur um, doch wir sind alleine. "Ich habe gehofft, du würdest mich heute Abend, …" Ihre Hände nehmen meine ganz sanft. Ich spüre ihre Fingerkuppen in meinen Handflächen. Sie presst die Lippen aufeinander und beobachtet meinen Mund. "Dich was?" "Mich vielleicht küssen." Ihr eindringlicher Augenkontakt sorgt dafür, dass mir heiß wird, doch ich zögere. Marissa greift nach meinem Arm und zieht ihn um ihre Taille. "Außer natürlich, du bist wunschlos glücklich." Diesmal denke ich nur an Marissas Mund und an ihre Hände auf meinen Armen. Der Kuss, der wie in Zeitlupe folgt, ist ungehemmt, ganz anders als erwartet. Wir schmelzen aneinander, als ich sie an die Tür presse und sie mich mit ihren glatten Armen umschlingt. Sie öffnet die Tür, wir schieben uns in mein Zimmer und sie ist es, die mich ins Bett bringt. Ihre Präsenz ist fordernd, sinnlich und überwältigend. Sie will mehr, als mich einfach nur küssen. Ich verkneife mir jeden Ton, der das, was wir hier tun, enthüllen könnte. Die einzigen Geräusche sind unser Atem und das Rascheln der Bettdecke. Nur an der Art, wie Marissa sich bewegt, erkenne ich ihre Unerfahrenheit mit Frauen. "Du hast das noch nie gemacht, stimmt's?" Marissa windet sich unter mir und wir sehen uns an. Noch bevor ich sie entkleide, will ich einen Dialog kreieren. Sie schüttelt lächelnd den Kopf und öffnet meinen Gürtel. "Überstürzt du hier auch nichts? Ich meine, willst du das wirklich?" Marissa unterbricht unsere Küsse für einen Moment. "Ich konnte den ganzen Abend an nichts anderes denken. Ich will das. Außer natürlich, du willst es nicht." Sie sieht mich direkt an und hofft, dass ich weitermache, doch ich fühle mich wie gelähmt.

"Ich weiß es nicht." Ich richte mich auf und sie lehnt sich überrumpelt an den Bettrahmen. "Warum bist du dann mit mir ausgegangen?" "Ich dachte, du möchtest erst über deine Gefühle sprechen." "Das habe ich doch getan, letztens, unten im Saal." Ich erinnere mich. "Ich habe darauf gewartet, dass du mir endlich sagst, was du willst. Doch du hast auch heute Nacht über deine Gefühle geschwiegen. Du hast keine Chance genutzt." Da wird mir alles klar. Ich dachte, Marissa hat damit gekämpft, ihre Bedürfnisse in Worte zu verpacken. Stattdessen hat sie den ganzen Abend darauf gewartet, dass ich es tue. "Nicht einmal Camilla hat etwas aus dir heraus gekriegt." "Marissa, es tut mir so Leid." Ich lege die Hand auf ihre Wange und schüttel matt den Kopf. "Okay. Dann sage ich dir, was ich will, okay?" Sie nimmt meine Hände und kommt ganz nah. "Ich will es heute Nacht mit dir ausprobieren. Du bist sicher für mich, denn dein Herz ist vergeben und ich will nichts versprechen. Wir können uns nicht weh tun dabei, stimmt's?" Ich nicke. Wie seltsam, dass sie plötzlich viel klarer ist, als ich. Ich habe sie unterschätzt. Jetzt mache ich mir keine Sorgen mehr um sie. "Yale, was willst du gerade?" Dann küsse ich sie und wir sinken zurück ins Bett.

"Ich fühle mich, als hätte ich mir mein altes Ich abgestreift. Jetzt kann ich nicht mehr in meine Haut zurück." Marissa haucht früh am Morgen ihre Gedanken an meine Brust, ich küsse ihren Scheitel. "Du bist noch dieselbe." Ich schmunzle in dem Wissen, dass ich mich auch einmal so gefühlt habe. Doch daran habe ich nur noch eine ferne Erinnerung. "Was soll ich jetzt nur tun?" Marissa murmelt leise vor sich hin und erwartet keine Antwort. "Ich dachte, ich lege mich für eine halbe Stunde in dein Bett und das war's mit der Erfahrung. Aber wer konnte das ahnen." Bestimmt verderbe ich die Stimmung, denn ich kichere viel zu laut. Marissa erschrickt, richtet sich auf und starrt mir ins Gesicht. "Eine halbe Stunde dachtest du?" Ein Moment Stille vergeht, bis auch sie lacht. Ich streichel ihren glatten Rücken. "Aber hey, wie spät ist es?" Marissa schlägt die Decke zurück, wirft sich über mich und greift nach dem Wecker. "Mist, wir haben das Frühstück verpasst." Dann wühlt sie ihr Kleid unter den Decken hervor und zieht es sich hastig über. "Ich muss zur Bar, meine Schicht fängt gleich an." Sie spült sich im Bad den Mund aus und steckt ihre verwuschelten Haare hoch. Dabei hat sie eine Leichtigkeit, als würde sie tanzen. Schon sieht sie gepflegt und ansehnlich aus. Ihr Mund landet im Chaos ihres Morgens ein letztes Mal auf meinem, bevor sie zur Tür hastet. Zuerst schielt Marissa durch einen kleinen Spalt in den Flur und geht erst, als absolut niemand in der Nähe ist.

Ich spaziere ein Stück durch die Stadt. Die Sonnenbrille verdeckt die Schatten, die sich unter meinen Augen gebildet haben. Es ist der erste Tag, an dem ich absolut nichts zu tun habe. Camillas Wohnung ist fertig renoviert, das Internet ist heute zu schlecht, um meinen Job zu machen. An der Bar gibt es nichts für mich zu tun. Also lasse ich mich von einer Tasse sehr starkem Kaffee mit Zucker wecken und laufe zum Strand, während ich die letzte Nacht Revue passieren lasse. Die ganze Zeit über dachte ich, Marissa wäre die, die Angst vor der Stille hätte. Doch jetzt ist mir klar geworden, dass ich es bin, die sich davor fürchtet. Ich bin es, die sich den Hilfegesuchen der Menschen und hingibt, die nicht damit aufhören kann, sich jeden Atemzug auch wirklich zu verdienen. Ich spaziere durch den Sand zu den hölzernen Schirmen hinüber. Nicht einmal der Strand ist heute besonders gut besucht. Ich lege mich auf einen der Liegestühle und lasse mich von der heißen Sonne fluten. Minuten vergehen, ich höre die Wellen und nur weit entfernt die Stimmen und Geräusche der Stadt. Mit trägem Blick verfolge ich die Segelboote, die in Küstennähe über das Wasser gleiten und das große Kreuzfahrtschiff, das sich entschleunigt über den Horizont schiebt. So wie sie fühle auch ich keinen Stillstand. Mir ist nicht wohl in dieser Bewegungslosigkeit, obwohl mein Körper erschöpft ist. Noch einmal gehe ich im Kopf durch Camis Wohnung, ob wir nicht doch eine Wand übersehen haben. Ich denke an den Schichtplan an der Bar, doch ich weiß, dass genug Personal eingesetzt ist. Ich atme tief ein und aus. Dann erinnere ich mich an die Stille, die ich mir gestern so sehr gewünscht habe. Also versuche ich, in Gedanken zu schweigen. "*So viele Fragen, die nur nach der Stille beantwortet werden können.*", sage ich mir und sinke in ein Vakuum, tauche etwas tiefer in mich selbst ein. Ich wünsche mich zurück auf die Dachterrasse mit Marissa. Unser Wein ist erst halb leer und sie fragt: "Warum arbeitest du so viel?" Anstatt zu zögern antworte ich klar: "Ich hab dir erzählt, dass ich einen Oldtimer geerbt habe. Aber das ist nicht alles. Ich habe Geld geerbt, und ich denke, dass ich es nicht verdient habe. Darum arbeite ich. Um mir wirklich und wahrhaftig zu verdienen, was ich habe." Marissa nickt langsam und aufmerksam, bevor sie von ihrem Glas trinkt. "Ich habe schon darüber nachgedacht, es euch zu geben. Für die Unterkunft deiner Schwester und die Bar. Für Shampoo." "Es gibt hier kein Shampoo, das ich mir damit kaufen könnte." Diesmal nicke ich und denke an die leeren Regale im Supermarkt. "Ich brauche nichts Materielles. Nur die Sonne und meine Freunde. Aber was brauchst du?" "Ich brauche Stille und Einsamkeit." Der imaginären Marissa scheint das mühelos einzuleuchten, mir nicht. "Ich bin so verloren, so orientierungslos. Ich habe tausend Möglichkeiten und doch könnte jede Entscheidung die Falsche sein." "Da sind so viele Antworten, die nach der Stille kommen." Sie antwortet ruhig. Die Marissa in meinen Gedanken verschwendet keine Worte an historische Kulturereignisse oder politische Persönlichkeiten. Ich sitze noch eine Weile an unserem Tisch, der so romantisch aussieht im Kerzenlicht, bevor ich die Lider aufschwinge und wieder am Strand zu mir komme.

Spät am Abend liege ich im Bett. Der Geschmack von Ramiras köstlichem Abendessen liegt mir immer noch im Mund. Die feinen Pinselstriche in der Wandfarbe werden zu meinem gewählten Fokus, doch der Stillstand wird mir schnell zu erdrückend. Mit einem wenig galanten Griff erreiche ich meinen PC, der am Schreibtisch steht. *"Ruhe finden"* tippe ich zuerst in das Suchfeld. *Meditation* und *Sport* tauchen als erste Vorschläge auf. Sofort kommen mir die langen Joggingrunden mit Ama und die Tage mit Tierra im Wald in den Sinn. Die Beiden geben mir Ruhe, das ist eine Wahrheit, die mir klar ist. Die Lösung meines Problems sind sie aber nicht. *"Raus aus der Passivität"* und *"aktiv Entscheidungen treffen"* sind Tipps, die mir nach ein wenig scrollen ins Auge fallen. Ich klappe den PC wieder zu und werfe mich aufs Bett. Diese Aufgabe scheint mir zu schwer. Ich weiß nicht, für welchen der Millionen Wege ich mich entscheiden soll. Was, wenn das Geld nicht verantwortungsbewusst eingesetzt ist? So liege ich da und prokrastiniere, bis es ganz leise an der Tür klopft. Marissa schleicht herein. "Ich hab so getan, als würde ich in mein Zimmer gehen. Ich bin den ganzen Flur entlang gelaufen und dann wieder zurückgeschlichen. Niemand hat etwas gemerkt." Ihr leichter Körper sinkt auf meinen und unser Kuss ist zart und erhitzt wie das Meer unter der kubanischen Mittagssonne. Ich bemerke die Flasche Rum in ihrer Hand. "Ich hab dir ein Geschenk mitgebracht, weil ich schon so unangemeldet zu Besuch komme." Doch die Flasche landet unbeachtet am Nachtkästchen. Marissas Küsse lenken mich ab von meiner eigentlichen Mission, herauszufinden, wie ich Stille und Einsamkeit finden kann. Ihre Hände sind das Gegenteil von still und einsam und ich weiß, es ist nicht richtig, mich so in sie zu flüchten. Ich greife ihre Handgelenke, bevor sie mich ausziehen kann und unterbreche damit die Stimmung. "Marissa, ich will dich etwas fragen." Sie verweilt auf mir liegend und hört zu. "Letztens im Café hab ich dich doch gefragt, was du dir wünschst. Gibt es wirklich nichts, bei all den Entbehrungen, die du hast?" "Bemitleidest du mich?" "Nein!", stelle ich schnell klar. "Absolut nicht, ganz im Gegenteil. Alle hier sind so freundlich und glücklich und das ist wirklich bewundernswert." Marissa nickt und drückt meine Hand. "Weißt du, eigentlich fehlt es mir an nichts. Was ich wirklich zum Leben brauche, habe ich. Ich habe meine Freunde und einen Job, der mir Spaß macht. Natürlich könnte vieles besser sein. Doch ich habe meine Schwester und ein Dach über dem Kopf." Ich nicke und betrachte ihr Profil, während sie spricht. Viele in ihrem Alter verlassen das Land, doch sie ist schlichtweg dankbar und genügsam. "Bitte sei nicht böse, aber ehrlich gesagt, bemitleide ich dich ein wenig. Seit unserem Gespräch im Park musste ich darüber nachdenken." Ihr Mund spannt sich an und ich bin wie erstarrt. Wie könnte sie *mich* bemitleiden? Mich, die die Möglichkeit hat, so viel zu reisen, von überall aus zu arbeiten, immer neue Menschen zu treffen? Mich, die mehr hat, als sie je verschwenden könnte. "Wie meinst du das?" Ich richte mich auf und unsere Blicke treffen sich in der Mitte. "Naja, deine Freundinnen sind so weit weg, du bist ganz allein." Mir bleibt der Mund einen Spalt offen, ich weiß nicht genau, was ich antworten soll. Etwas in meinem Herz hat kurz weh getan. Sie hält mich für allein, obwohl um mich herum immer das Leben tobt. "Klar, Reisen ist wundervoll,", fährt sie fort. "doch ich will mir nicht vorstellen, wie es ist, kein Zuhause zu haben. Du hattest zwar dein Auto. Aber wozu, wenn du damit nicht auch irgendwo hin zurückkehren kannst, stimmt's?" Marissa pausiert das Aussprechen ihrer Gedanken und blickt durch den spärlichen Raum. "Kein Wunder also, dass du es verkauft hast." Für einige Sekunden sagt keiner von uns einen Mucks. Sie denkt in Zeitraffer darüber nach, ob sie etwas Falsches gesagt hat. Ich spüre die Wahrheit, die im Raum liegt. "Gut, dass du Rum dabei hast."

Heute Nacht feiern wir eine stille Pyjamaparty. Die kubanische Musik kommt aus meinen Kopfhörern, damit uns niemand hört. Wir singen nicht, sondern flüstern und kichern unter meiner Decke. Marissa zeigt mir ihre Lieblingsbands und ich zeige ihr meine Lieblingsbücher auf dem Laptop. Auf Google Maps zoome ich an die Orte, an die ich mit Mai und Beca gereist bin. Mit dem Finger male ich unsere Route nach. Marissa speichert ihre liebsten Cocktailrezepte für mich auf meiner Festplatte. Dann durchsuchen wir das Netz nach unseren Traumhäusern mit großen Pools und schicken Vorgärten. Wir träumen uns kühn durch die Welt und unsere wildesten Fantasien. Wir haben Sex und schlafen zu einer Dokumentation über das Weltall ein. In meinem Traum fühle ich mich klein. Es tut gut, dass Marissa da ist.

Ein süßer Geruch von Alkohol weckt mich früh am Morgen. Die Flasche Rum am Nachtkästchen liegt waagerecht, der Flaschenhals endet dicht an meinem Gesicht. Ich drehe mich um und berühre die kalte Schale des PCs, der langsam vom Bett gleitet und mit einem Knall auf dem Boden aufschlägt. Ich schrecke hoch und sitze augenblicklich aufrecht im Bett. Meine Augen sind geschwollen und ich fühle mich verspannt. "Oh nein..." Ich greife nach dem Gerät und ziehe es wieder nach oben. Die Flusen, die jetzt über die Schale tanzen, wische ich weg. Der Power-Knopf bringt den PC jedoch nicht wieder zum Laufen. "Mist, Mist, Mist." Vielleicht ist bloß der Akku leer. Ich stecke das Kabel an und hoffe, dass die Stromversorgung heute stabil ist. Dann schlendere ich ins Bad. Marissa hat sich ganz früh morgens in der Dunkelheit zurück in ihr Zimmer geschlichen. Bestimmt ist sie bereits unten. Ich dusche, putze mir die Zähne und gehe müde zum Frühstück. Wie immer hole ich mir meine Brötchen am Buffet und Marissa geht ihre Runde mit dem Milchkännchen. Ihr Pokerface hat alle Achtung verdient. Sie lässt sich keine Sekunde lang anmerken, dass sie wieder einmal die Nacht mit mir verbracht hat. Auch nicht, als sie zu meinem Tisch kommt und mir einen guten Morgen wünscht. Ich hoffe, nicht auf Ramira zu treffen.

Für ein paar Stunden helfe ich heute wieder in der Bar. Um elf Uhr werde ich abgelöst. Marissa mischt Cocktails und Kingston scherzt mit einer Gruppe Touristen an einem der Tische draußen auf der Terrasse. Ich poliere die Gläser und schiele immer wieder zu Marissa hinüber. Als eine gerade Anzahl von Gläsern sauber ist, platziere ich sie auf ein Tablett und trage es zu ihr hinüber. "Gut geschlafen?" Ich zwinkere ihr frech zu. "So gut wie schon lange nicht mehr." Wir unterdrücken ein Grinsen, das uns auf geheime Art verbindet. "Ich glaube, ich habe von teuren europäischen Immobilien mit weiten Obstgärten geträumt.", erzählt sie. "Ich dachte, du bist zufrieden?" Mit einer Handbewegung deute ich über den ausufernden weißen Strand, die Palmen und die Wellen, die rauschen.

Der Weg zur Casa ist in der Mittagssonne viel zu lang. Die Luft ist schwül. Ich habe ein feuchtes Handtuch um meine Schultern gelegt, um mich abzukühlen. Als ich ins Haus trete, wird es sehr schnell angenehm kalt. Ich laufe in mein Zimmer, um wieder an die Arbeit zu gehen. Der Versuch, den PC zu starten, gelingt. Ich bin so erleichtert, dass eine Spannung aus mir weicht, von der ich nicht wusste, dass sie da war. Das Internet ist funktionsfähig. Ich kann an meinen Auswertungen weiterarbeiten, bis plötzlich ein Nachrichtenfenster aufploppt. Ich klicke auf das Brief-Symbol und eine E-Mail öffnet sich. *"Guten Tag, es freut uns, dass Sie unsere Immobilie 'Landhaus in der Provinz Malaga, zwei Stockwerke, 445 m² Gesamtfläche' besichtigen möchten. Lassen Sie uns telefonisch einen Termin vereinbaren. Juan García-Bonachera."* Gerade als ich die Mail ignorieren will, erkenne ich, dass sie eine direkte Antwort auf eine Anfrage ist, die von meiner Mailadresse gestellt wurde. Ich klicke auf den Link, der zu besagter Immobilie führt und sie existiert wirklich. Zurück in der Mail schaue ich mir die ursprüngliche Nachricht nochmal genauer an. Sie wurde heute Nacht um 03:24 Uhr gesendet. Plötzlich erinnere ich mich, was gestern Nacht passiert ist.

"Ich dachte, es war ein Scherz!" Ich flüstere so energisch, wie nur möglich. Marissa und ich treffen uns heimlich nach dem Abendessen auf der Terrasse hinter dem Haus. In einer der Ecken werden wir von niedrigen Palmen vor Blicken abgeschirmt. Marissa bedeckt ihre zusammengepressten Lippen mit ihren Fingerspitzen. Ihre Augen kullern unterwürfig. "Du hast ein Haus gekauft!" "Ich hab es nicht gekauft!", stellt sie klar. "Ich habe nur mal gefragt, ob man es kaufen könnte." Ich nehme einen tiefen Atemzug und schnaube aus, während ich im Halbkreis über die Steine laufe. Ich bin nicht wütend auf Marissa, aber ich fühle mich überrumpelt. Es ist, als hätte sie einen Anker gesetzt und mich ins kalte Wasser gestoßen. "Gestern hat dich der Gedanke gar nicht so unglücklich gemacht." Marissa hat recht. Gestern war alles ganz einfach, locker und nicht ernst. Gestern haben wir geträumt. Ich versuche, meinen Herzschlag zu zähmen. "Ja, gestern hatten wir auch Rum." "Ich kann auch jetzt Rum holen. Wir haben welchen in der Küche." Ich rolle mit den Augen und lehne mich mit verschränkten Armen an die Wand, um deutlich zu machen, dass das Gespräch noch nicht vorbei ist. "Wovor hast du Angst? Es ist doch nichts beschlossen. Du musst nicht mal antworten, wenn du es wirklich nicht möchtest." Marissa lehnt sich neben mich. Ich schaue hinauf zum Mond, dann zu ihr. "Ich glaube, ich bin erleichtert." Marissa lehnt sich neben mich. "Jetzt habe ich einen Ort, an den ich gehen kann. Ich kann nach Hause gehen. Vielleicht."

Es ist Samstag, der Erste Mai und es ist Tag der Revolution. Marissa outet sich, ich verlasse sie. Doch sie weiß noch nichts davon. In den letzten Tagen habe ich mit niemandem gesprochen. Manchmal muss ich mich zurückziehen, wenn all die Gefühle zu viel werden. Ich bin durch Havanna gelaufen, solange, bis die Stadt mir fremd geworden ist. Das erste Mal seit Jahren habe ich ein Ziel vor Augen: ein Haus in Spanien. Und zwar eines, in dem ich vielleicht sogar ankommen könnte. Ich habe alles durchgerechnet und die Finanzierung würde klappen. Es könnte meines sein, wenn alles gut geht. Dann bin ich nicht mehr nur Gast. Mir war nicht bewusst, wie sehr ich dieses Verlangen, anzukommen, in mir unterdrückt habe. Dabei war der Drang nach einem Zuhause bereits da, als ich damals aus dem Wohnwagen ausgezogen bin. Meiner Tante zu helfen, rechtfertigte meine Anwesenheit als Besucher in ihrem Haus. Und wären Tierra und Ama nicht aus Frankreich abgereist: ich hätte uns für immer an die Waldhütte binden wollen. Es ist Tag der Revolution, darum habe ich heute mit einem spanischen Immobilienmakler telefoniert und ein Zimmer in Marbella gebucht. Morgen früh reise ich ab und ich kann es kaum erwarten. Marissa will diesen besonderen Tag als Gelegenheit nutzen, ihren Freunden zu sagen, dass sie auch Frauen liebt. Das Frühstück ist vorbei. Ich warte auf sie zwischen den leeren Tischen, um sie zur Parade am Plaza De La Revolución zu begleiten. Als sie die Treppe herunterkommt, ist sie sichtlich angespannt. Wie einstudiert küsst Marissa mich das erste Mal außerhalb meines Zimmers. Diesen Kuss hat sie sich streng vorgenommen und nun hat sie ihn planmäßig ausgeführt. Ihr Herz klopft, ihre Hände sind feucht und warm. Um ihr den Druck aus dem Körper zu nehmen, streiche ich ihre Schultern und Arme fest mit meinen Händen aus. Dann küsse ich sie mit der Zärtlichkeit, mit der wir uns sonst nur im Geheimen küssen. "Besser?" Die Luft strömt rauschend aus ihren Lungen durch ihre Lippen. Ihre Augen fallen zu und verweilen für einige Sekunden in diesem Zustand. Marissa nickt. Dann hakt sie sich ein, ich ziehe meine Sonnenbrille über die Augen und wir machen uns auf den Weg.

Mitten auf der großen Straße schlendern wir unter der Mittagssonne zwischen Zehntausenden Menschen entlang. Während sich die Masse von fahnenschwingenden, bannertragenden, feiernden Arbeitern allmählich voranschiebt, singen wir die Parolen mit. Die ganze Freundesgruppe hat sich zusammengefunden, um gemeinsam bis zur Statue am Plaza De La Revolución zu laufen. Josué und Kingston verteilen kleine kubanische Flaggen. Marissa und Cami unterhalten sich fröhlich mit einer Gruppe Tänzer in ausfallenden traditionellen Kleidern, die sie zum Mittanzen animieren. Als die ersten Reden beginnen, finden wir uns zusammen auf einer der Plattformen des José Martí Denkmals zusammen. Marissa wirft mir aus der Ferne unsichere Blicke zu, denn jetzt ist auch der Moment ihrer großen Rede gekommen. Mit einem frechen Lächeln versuche ich, ihr Mut zu machen. Doch es reicht nicht. Marissa blickt über die Menschenmenge, in die sie sich jetzt am liebsten flüchten möchte. Keiner ihrer Freunde scheint ihre Anspannung zu bemerken, also gehe ich zu ihr hinüber und nehme ihre Hände, während sich unter uns die Massen bewegen. "Wovor hast du Angst?" Meine Stimme ist laut, doch die Umgebung ist lauter. "Davor, dass alles anders wird." "Das wird es auch. Aber es wird gut werden." Marissa sieht mir verloren in die Augen. Ich drücke ihre Hände noch etwas fester. "So fühlt sich eine Revolution eben an." Marissa scheint aus ihrer Starre aufzuwachen, so wie ich es heute auch getan habe. Sie schreitet zu den Dreien hinüber und räuspert sich. Sie unterbrechen ihr Gespräch und schenken ihr ihre Aufmerksamkeit. Ich bleibe hinter ihr, um ihr den Rücken zu stärken. "Hey Leute, ich habe euch etwas zu sagen." Sie blickt sich Hilfe suchend nach mir um und ich nicke ihr zu. "Hört mal, wir kennen uns jetzt ja schon eine ganze Weile, und…" Während Marissa versucht, ihre Worte sinnvoll hintereinander aufzufädeln, lese ich in den Gesichtern von Camilla, Josué und Kingston. Kingston weiß als einziger absolut nicht, dass gerade etwas Wichtiges passiert. Er schweift immer wieder kurz mit den Gedanken zur Rede ab, die hinter Marissa stattfindet. Camilla hingegen ist sofort klar, was Marissa auf dem Herzen liegt. Die freudige Erwartung steht ihr ins Gesicht geschrieben. Während Marissa über ihre Freundschaft spricht und langsam zum Punkt kommt, fügt Josué die Puzzleteile zusammen. Seine Pupillen flitzen zwischen Marissa und mir hin und her. Keiner von ihnen hat auch nur einen schlechten Gedanken, das spüre ich klar und deutlich. "...was ich sagen will ist, dass ich wohl auch auf Frauen stehe." Die Rede im Hintergrund endet und die Menschenmenge applaudiert und jubelt. Marissas Worte versinken im Raunen der Massen. "Wuhuu, du stehst auf Frauen!" Camilla wirft die Arme in die Luft und fällt Marissa springend um den Hals. "Sie steht auf Frauen!" Josué schlägt lachend die Hände über dem Kopf zusammen und beglückwünscht Marissa mit einem Tätscheln auf den Hinterkopf. "Was, sie steht auf Frauen?" Nur Kingston tritt etwas verwirrt auf der Stelle, während er das Gehörte langsam als wichtige Information einordnet. Dann lacht er über sich selbst. Während die Menschenmenge mit ihnen johlt, umarmt er die drei fest und herzlich.

Zur Feier des Ersten Mai gehen wir am Abend alle zusammen essen. Das klappt nur selten, denn irgendjemand muss immer hinter der Bar stehen oder die Gäste betreuen. Doch heute hat die Bar geschlossen. Cami hat einen Tisch in einem traditionellen Restaurant reserviert. Marissas Anspannung hat sich etwas gelegt. Die Gespräche kreisen um alltägliche Dinge und Geschehnisse. Das hilft ihr, sich zu entspannen. "Yale, was hast du als Nächstes vor?", fragt Cami aus dem Verlauf des Gespräches heraus. Der Zeitpunkt ist also gekommen. Alle sehen mich erwartungsvoll an. Besonders Marissa ist gespannt. Gerade freut sie sich noch über den Ablauf ihres Outings und den wundervollen Tag. Ich schaue nur ihr in die Augen und sage: "Darüber wollte ich heute mit euch sprechen. Ich werde Kuba verlassen. Schon morgen." Marissas Miene wird traurig. Dabei hat sie die Sache mit dem Haus angestoßen. Doch, dass es so schnell geht, hat sie nicht erwartet. Auch die anderen sind still, bevor die ersten Fragen über den Tisch huschen. "Morgen schon? Wohin gehst du?" "Ich habe da ein tolles Angebot in Spanien. Darum muss es so spontan sein." "Aber ich hab dich noch gar nicht bezahlt." Cami hält das Besteck in den Händen, ohne es zu bewegen. "Bezahl lieber Josué." "Nein, das kann ich nicht annehmen." protestiert er. Während darüber debattiert wird, bleibt Marissa stille Beobachterin. Der Abend verstreicht und sie fängt die Erinnerungen ein wie ein Traumfänger die Träume.

"Dann ist es also schon so weit." Wieder gehen wir nebeneinander her. Die Sterne sind heute besonders hell. Marissa wendet ihre Augen nur selten vom Himmel ab. "Ich weiß, es ist plötzlich." Marissa hebt beschwichtigend ihre Hand. "Es ist schon okay. Ich hatte zwar gehofft, es wird noch dauern, doch so fühlt sich eine Revolution wohl an." Der Mondschein fängt sich in den Wellen ihres Haares. Ich nehme auf dem letzten Stück des Weges ihre warme Hand und wir schweigen. Ein letztes Mal betreten wir Ramiras Casa, ein letztes Mal gehen wir zusammen die Treppen hinauf, still, aber diesmal ohne zu schleichen. Vor meinem Zimmer bleiben wir stehen, so wie immer. "Ich wollte mich bei dir bedanken, Yale. Dafür, dass du mich hier hingebracht hast." "Danke, dass du *mich* hier hingebracht hast." Ein letztes Mal streiche ich ihre Haare hinters Ohr und fühle die Weichheit ihrer Wange. Sie legt ihr Gesicht in meine Hand und küsst meine Fingerspitzen. Ich ziehe sie an mich heran. Wir küssen uns sanft und langsam. "Ich sollte nicht mehr mit hineinkommen. Es würde den Abschied nur schwerer machen." Ich nicke und dann gehen wir auf unsere Zimmer. So sehe ich sie zum letzten Mal.

Der Name Yale ist walisisch und bedeutet *fruchtbares Hochland*. Ich konnte nie etwas mit der Bedeutung meines Namens anfangen, bis jetzt. Auf dem Flug nach Spanien bin ich der Sonne so nah und blicke auf die weiten Landstriche hinab. Wohin auch immer ich gegangen bin, haben sich die Menschen in mir gesonnt. Ich habe Neues aus dem Boden geschaffen, auf dem sie gingen. Neue Gedanken, neue Pläne, neue Räume. Die Reisen im Camper habe ich möglich gemacht und damit unsere Beziehung. Das Haus meiner Tante habe ich wieder aufgebaut. Marissa ist durch die Erfahrung mit mir gewachsen. Ich habe Tierra aufgetaut und Ama wieder Leben eingehaucht. Alles um mich herum blüht auf wie Zitronen in der Sonne. Doch wohin auch immer ich ging, bin ich nie wirklich angekommen. Ein Camper verspricht keine Stabilität. Im Haus meiner Tante war ich Arbeitskraft und Gast, genauso wie in Havanna. Die Waldhütte in Frankreich gehörte mir nicht. Nur Tierra und Ama fühlten sich nach echter Heimat an. Wenn dieser Flug zu Ende ist, habe ich vielleicht endlich gefunden, was ich die ganze Zeit über begehrt habe: einen Ort zum Ankommen. Ein Zuhause.

❖

Erschöpft in Spanien angekommen, beziehe ich zur Mittagszeit ein kleines Apartment in Marbella. Der Flug von Havanna über Madrid hat über vierzehn Stunden gedauert. Genug Zeit, um intensiv die letzten Schritte zu recherchieren, wie man ein Haus in Spanien kauft. Die Recherche scheint energiezehrender zu sein, als die Sache selbst. In weniger als einer Stunde habe ich meine wenigen Besitztümer in der kleinen Unterkunft verstaut. Das Handgepäck setze ich neben der winzigen Küchenzeile ab. Meine zwei Koffer schiebe ich unter das schmale Bett. So unspektakulär mein Zimmer ist, so beeindruckend ist die Gegend. Ich mache mich trotz der Müdigkeit auf einen kleinen Spaziergang und genieße die bunten Farben der Häuserwände. Das satte Rot, das Dottergelb, die leuchtend blauen Dachgiebel. Voluminöse pinke Blüten, die in fast allen Gassen der Gegend von den Balkonen hängen, setzen intensive Kontraste. Die Luft ist voll vom Meer. Mancherorts riecht es herrlich nach reifen Orangen und Zitronen. Die warme Sonne gibt mir nach dem langen Flug wieder Energie. Ich laufe bis zur Kirche, deren Turm ich von meinem Zimmer aus sehen kann, und mache dort wieder kehrt. Heute steht noch die Besichtigung des Hauses an. Also dusche ich in aller Ruhe. Ich bin noch nicht ortskundig und das Haus liegt dreißig Minuten landeinwärts von Marbella. Darum rufe ich ein Taxi, um mich nicht zu verspäten. Mitsamt meinen Recherchen im Laptop steige ich ein und wir fahren los. Der Taxifahrer ist freundlich und erzählt mir etwas über die Gegend. Er fährt selten in dieses abgelegenere Areal, doch er kennt sich aus. Wir befahren eine Erhöhung, von der aus man das umliegende, hügelige Land betrachten kann. Weit und breit gibt es auf langen Strecken nur Staub und Steine. Dann wird die Landschaft von blassgrünen Landstreifen durchbrochen. In der Ferne ist das Meer zu sehen. Das Ende der Auffahrt zum Grundstück wird von einem rostigen Tor gekennzeichnet. Ein wild wachsender Orangenbaum lehnt sich von innen gegen die Ziegelmauer und biegt sie allmählich krumm. Einige Steine sind herausgebrochen. Jemand hat sie gestapelt. Dort steige ich aus. Das Taxi fährt weg. Bis man es nicht mehr hören kann, stehe ich da, blicke ihm hinterher. Wie still es dann hier plötzlich ist. Ich höre nur das Rauschen der Natur, die zirpenden Insekten. Ganz weit entfernt ist leiser Verkehr zu hören. Es könnte auch das Meer sein.

Der Makler ist hilfsbereit und kompetent, der Verkäufer wirkt freundlich. Das wunderschöne Haus gleicht fast einer kleinen Villa, doch es gibt einiges zu tun. Weißer Gips platzt an manchen Stellen von der Fassade. Efeu wuchert über das Dach einer krummen Garage. Die Fenster sind mit blasser gelber und blauer Farbe umrandet, die einen Neuanstrich verlangen. Ich erkenne eine Dachterrasse, die von Rundbögen umgeben ist und den großen Garten hinter dem Haus. Die Grünflächen wirken ungepflegt und verdorrt. Trotzdem tragen zwölf Zitronenbäume prächtige Früchte. "Das Haus braucht ein wenig Liebe.", stellt der Verkäufer fest. "Die Stadt unterstützt Sie natürlich dabei. Es wäre eine Schande, wenn es verkommt. Das Dorf ist klein, doch es gibt ein paar geschickte Handwerker." Drinnen wurde der Boden mit einem Besen gesäubert, der Spuren im Staub hinterlassen hat. Die Fenster zum Garten hinaus sind trüb und beschlagen. Ich kann die eigentliche Helligkeit des Wohnbereiches nur erahnen. Wir messen einige Abstände aus, prüfen alte Leitungen und Anschlüsse. Die Treppe ist mit blauen Keramikfliesen geschmückt. Oben gibt es mehrere leere Zimmer. Ich weiß noch nicht, wofür ich sie nutzen werde, doch es tut gut, sie als Option zu haben. Ich könnte mir ein Büro einrichten. Im Zimmer am Ende des Flurs ist genug Platz für ein Laufband. Die Dachterrasse liegt wie ein dritter Stock über dem nördlichen Winkel des Hauses. Dort setzen wir uns an einen kleinen, wackeligen Tisch. Der Boden ist nackt, ganz ohne Terrassendielen. Und er ist staubig. Aber wir überblicken bei einem Glas Wasser die weiten, sonnigen Hügel. Der Ausblick macht den Zustand des Hauses wieder gut. Dann besprechen wir die Details. Wenn alles gut geht, sind das die warmen Wände, in die ich mich endlich zurückziehen kann. Ich bin zu Hause.

Kapitel 7

Bruchlinien

April, Semide, Portugal

Teri

Ama wird gehen. Yale hält mich fest und ich halte sie, während Ama ihre Abreise bucht. Wie immer spürt Yale ganz intuitiv, welche feine Berührung, welche Intensität ihrer Umarmung gerade am besten tut. Sie muss mich sehr fest halten, denn ich kann kaum gerade stehen, jetzt, wo die wichtigsten Teile sich von mir lösen. Und ich weiß nicht, wie lange Yale mich so festhalten kann. Einer meiner Flügel ist zerrupft und gebrochen. Mit Yales Arm um meine Schulter schlurfe ich durch die Hütte. Der Himmel zieht zu. Und da ist noch etwas. Yale vermisst Ama jetzt genauso sehr wie ich. Das Haus ist still, unsere Gedanken sind woanders. Nur unsere Körper sind hier geblieben. Dicht aneinander gedrängt und verschmolzen. Und selbst ich habe das Gefühl, gehen zu müssen, bevor auch Yale es tut. Mein Bauchgefühl sagt mir, auf diese Art wird der Schmerz weniger schlimm. Yale versucht, die Gemütlichkeit des Ortes so gut es geht zu erhalten. Abends setzt sie Tee auf, morgens richtet sie mit uns gemeinsam das Frühstück an. Doch ich bin aus der Balance. Wenn ich durchs Haus gehe, hinke ich. Ama wird gehen. Und solange ich hier bin, wird Yale bleiben, um mich zu stützen. Darum sitze ich nachmittags vor Yales Computer. Ich will nicht zurück nach Italien, dort habe ich nichts mehr übrig und alles würde mich erinnern. Ich vermisse das Töpfern, also suche ich nach Kursen und Schulen. In einer Anzeige stoße ich auf einen einmonatigen Workshop in Portugal. Der Lehrer ist namhaft, also buche ich einen Platz, auch wenn alles in mir sich dagegen sträubt. Den zweiten Flügel breche ich mir selbst.

❖

In Portugal anzukommen fühlt sich an, wie ein Pflaster auf eine Wunde zu kleben, für die es eigentlich zu klein ist. Man drückt es auf die Haut, um die Verletzung nicht mehr zu sehen, sie weniger zu fühlen. Jetzt bin ich hier, wie in einem Film ohne Ton, noch schwindeliger als zuvor. Mit dem Shuttle gelange ich vom Flughafen zum Landhaus, in dem ich die nächsten Wochen verbringen werde. Im großen, gepflegten Garten steht das steinerne Gästehaus mit der überdachten Terrasse. Es ist fast ein kleines Hotel. Daneben befindet sich eine Sommerlaube mit Pool. Etwas abseits gelegen ist die Werkstatt. Ihr großes Wellblechdach blendet. Der Empfang ist freundlich. "Ihr Zimmer befindet sich im zweiten Stock. Nehmen Sie den Aufzug und dann links." Das Mädchen an der Anmeldung weist mich darauf hin, dass ich den Platz im Kurs dem Ausfall eines Anderen zu verdanken habe. Sie beglückwünscht mich. Ich nicke freundlich, doch ich fühle das Lächeln nicht. Mein Zimmer ist minimalistisch und stilvoll. Die Wände sind mit gekörnter, weißer Farbe gestrichen. Der Raum weist kaum Ecken auf, sogar die Türrahmen sind abgerundet. Ein wenig fühle ich mich hier drin wie in einer Tonvase. Viele Elemente aus heller Keramik, wie Spiegelrahmen und Vasen, finden sich im Zimmer. Es ist ausgestattet mit hellen, matten Holzmöbeln und einem Bücherregal. Die Textilien sind in Erdtönen gehalten. Im Kontrast zur Waldhütte fühlt der Raum sich hohl und steril an. Auf dem Bett liegt der Stundenplan. In der ersten Woche sind die Basiskenntnisse an der Reihe. Außer mir sind noch vierzehn andere Kursteilnehmer hier. Mit einem Blick aus dem Fenster sehe ich einige von ihnen im Garten sitzen. Die meisten sind noch distanziert, trauen sich nicht so recht in die Gruppe. Ich fühle mich auch nicht danach, zu ihnen hinunterzugehen, also dusche ich in aller Langsamkeit und lege mich alleine in das viel zu große leere Bett.

Der Nachthimmel ist klar und erste Sterne funkeln auf. Ich bin absichtlich spät in den Speisesaal gekommen. Ich sitze an einem Tisch, von dem aus ich durch die offene Terrassen-Front zum blau erleuchteten Pool hinausblicken kann. Bei Vorspeisen und Getränken begrüßt uns die Kursleitung mit einer kurzen Ansprache. Tomás erzählt uns kompakt von seinem Werdegang und erklärt das Programm der nächsten Wochen. Er trägt abgetragene Jeans und ein Hemd, das nagelneu aussieht. Dann stellt er Matilde vor, die mit ihm das Gästehaus betreibt und Edith, die auch einige Kurse gibt. "Ende des Monats erwarten wir noch einen besonderen Gast. Seid gespannt." Matilde gibt uns einen kurzen Überblick über das weitläufige Gelände mit dem hauseigenen Kräutergarten und dem Hasengehege. Dann informiert sie uns über die Kurs- und freien Öffnungszeiten der Werkstatt. Zwei der Gäste, die ich schon vom Zimmer aus gesehen habe, stellen noch ein paar Fragen über Freizeitaktivitäten. Nicht weit von hier kann man schwimmen und surfen gehen. Auch ein idyllisches Städtchen soll in der Nähe sein. Dann applaudieren alle und wir essen zu Abend.

Der erste Morgen beginnt mit theoretischem Unterricht. In der lichtdurchfluteten Werkstatt sind fünfzehn Drehscheiben in drei Reihen angeordnet, neben jeder von ihnen gibt es genug Arbeitsplatz. So muss ich mit niemandem sprechen. An den Wänden links und rechts befinden sich hohe Regale, die nur ein paar wenige unfertige Stücke beherbergen. Vor uns hängt eine Tafel, wie in der Schule. Tomás hält den ersten

Kurs. Was die Stimmung von einem echten Klassenzimmer unterscheidet, ist das weit geöffnete Tor hinter uns, das frische Luft und den Gesang der Vögel zu uns hereinlässt. Ich sitze ganz hinten. In der ersten Woche vertiefen wir unsere Grundkenntnisse. Über die Arten von Ton und für welche Stücke sie geeignet sind, sprechen wir heute. Ich bin froh, dass ich über die meisten Dinge schon Bescheid weiß. Die Trennung von Ama und Yale ist so frisch, dass scheinbar nichts weiter in mir Platz hat, als die Gedanken an sie. Wie voll diese Leere nur machen kann. Ich klammere mich an Tomás' Worte und versuche, sie so gut es geht aufzunehmen. Es fällt schwer. Er ist ein guter Lehrer und versucht, praktische Aspekte einfließen zu lassen, indem er von jeder Sorte Ton eine Probe herumgibt. Nach der vierten Schüssel, die ich von der Reihe vor mir annehme und zu meiner Tischnachbarin weitergebe, werden meine Hände schwer und mein Lächeln schwerer. Nur der kleinste Kontakt zu anderen erschöpft mich. Dann ist die erste Einheit vorbei. In der Mittagspause vermeide ich geschickt Gespräche mit den Kursteilnehmern. Nachmittags geht es endlich an die handwerkliche Arbeit. Tomás erklärt uns die Technik hinter der Töpferscheibe, ein moderneres Gerät als meines in Italien. Außerdem zeigt er uns weitere Apparate, Werkzeuge und Zubehör, das wir in der Werkstatt finden können. Dann wählen wir alle den Ton, der uns intuitiv zusagt und die Technik, mit der wir üblicherweise arbeiten. Er will sehen, woher wir kommen. Ich wähle eine feinschamottierte weiße Drehmasse und beginne damit, sie zu kneten, bevor ich die Töpferscheibe vorbereite. Dann konzentriere ich mich nur noch auf die sich drehende Platte, das Wasser auf meinen Fingern und die sanft rotierende Masse zwischen meinen Händen. Ich tue, als wäre sie der Mittelpunkt der Welt. Als würde nichts sonst existieren. Das

Geräusch des Motors summt dumpf und monoton. In Gedanken kreiere ich diesen hohlen, leeren Raum um mich herum. Dabei distanziere ich mich von den Geräuschen der Werkzeuge, dem Gemurmel der anderen und diesem brennenden Gefühl in meinem Bauch. Schon nach kurzer Zeit merke ich, dass ich nicht mehr in handwerklicher Höchstform bin. Ich habe Schwierigkeiten damit, den Ton zu zentrieren. Die Wand der Vase wird nicht ebenmäßig dick. "Versuche, deine Arme mehr so zu halten." Tomás tippt meinen Ellenbogen an, als er durch die Reihen geht. "Und den Rücken gerader. Du bist nicht ganz in Balance, darum wird es nicht gleichmäßig. Aber sieht gut aus, weiter so." Dann geht er zum nächsten Tisch.

Auch am folgenden Nachmittag will mir kein symmetrisches Werkstück gelingen. Das ist mir noch nie passiert. Ich drücke den Ton schnaubend zusammen und bringe ihn in seinen Urzustand: einen hellgrauen Klumpen Erde. Manche der anderen haben bereits kreative Skulpturen geformt, Schüsseln oder Fliesen angefertigt. Verbissen und enttäuscht wische ich meine Hände sauber und verlasse die Werkstatt zur vollen Stunde.

Am dritten Tag unterrichtet Tomás die Klasse gemeinsam mit Edith. Im theoretischen Teil dreht sich der Stoff um verschiedene Tonbearbeitungstechniken. Zuletzt schlurfen wir mit der ganzen Gruppe zur Hintertür der Werkstatt. Dort stehen die Brennöfen. Edith zeigt uns die Schutzkleidung zuerst, dann folgt eine technische Einschulung. Die zweiflügelige Hintertür steht offen. Das gibt den Blick auf zwei große Haufen von Tonscherben frei. Tausende zerbrochene Splitter türmen sich im Hinterhof auf. Sie stammen von gesprungenen oder misslungenen Tonarbeiten, die dort ihre letzte Ruhe gefunden haben. Bestimmt werden auch einige meiner Stücke dort landen, wenn ich weitermache, wie bisher. In der Gruppe sind es immer dieselben, die besonders viele Fragen stellen. Ich bleibe stumm und starre auf die Scherben, bis die Einheit zu Ende ist. Ich verschwende Zeit.

Tomás lobt mein erstes gebranntes Werkstück am Ende der ersten Woche. Ich habe eine matte bauchige Vase angefertigt, perfekt symmetrisch und farblich ebenmäßig. Auf dem Regal gibt es einen Platz nur für meine fertigen Kreationen. Dort stelle ich sie hin. Das Üben in den letzten Tagen hat sich gelohnt. Im Bücherregal in meinem Zimmer habe ich ein altes Nachschlagewerk gefunden. Ich sauge das zusätzliche Wissen in jeder freien Minute auf. Oft sitze ich bis zur letzten Minute in der Werkstatt, ganz aufs Drehen fokussiert. Der Ehrgeiz hat mich gepackt. Ich möchte besser werden. Während die anderen am Nachmittag bei Kaffee und Kuchen sitzen, verbringe ich die Stunde am Pool, lasse meine Beine ins Wasser baumeln und belese mich. Von dort aus höre ich die Gruppe auch tuscheln. *Die Stille* nennen sie mich. Was sollte ich ihnen auch erzählen, das sie verstehen würden? Die erste Woche ist trotzdem schnell vorbeigegangen und ich habe einen neuen Weg gefunden, mit der Situation umzugehen. Ich schmiede Pläne. Wenn der Kurs vorbei ist, rufe ich Ama an, und wir machen weiter, wo wir aufgehört haben. Nur, dass ich uns hoffentlich etwas Geld verdiene und wir uns zusammen Yales Hütte kaufen können. Vielleicht meldet sich eine der

Beiden auch zuerst. Bis der April zu Ende ist, hat Ama mit ihrer Familie bestimmt Frieden geschlossen und Yale weiß, wohin mit sich. Ich will mich weiterbilden, vielleicht kann ich zurück in Frankreich etwas Geld mit dem Töpfern machen. Ich kann mir Arbeit in einer Bäckerei suchen. Wir vergessen einfach, dass wir getrennt waren, wachen auf aus diesem Traum. Ich will es möglich machen.

Wenn ich morgens die Augen aufmache, sehe ich zuerst auf mein Telefon. Ich habe recherchiert, welche Zeitverschiebung zwischen uns liegt. Ama ist mir zwei Stunden voraus. Ich will ihr nicht zuerst schreiben. Sie braucht Zeit. Genauso wie Yale. Darum warte ich. Vor dem Frühstück habe ich mir angewöhnt, nach draußen in den großen Garten zu gehen. Im noch kühlen Gras führe ich meine Yogaroutine durch, die ich bis vor kurzem noch zusammen mit Mai geübt habe. Wenn ich den alten Tagesablauf beibehalte, bleibe ich näher bei den beiden. Dabei denke ich an die Zeit im Wald, an Yale, wie sie unser Üben oft durch das Fenster beobachtet hat, während sie in aller Ruhe an ihrem Tee nippte. Und an Ama, wie sie vom Laufen zurückkam und energievoll an uns vorbei ins Haus trabte. Ich merke, wie die Bewegung meinen Körper kräftiger macht und meine Balance stärkt. Wenn ich Ama und Yale das nächste Mal sehe, sollen sie sich an mir festhalten können. Ich darf nicht wanken.

"Hallo Tierra!" Tomás nähert sich meinem Plätzchen im Garten. Ich habe meine Yogaroutine abgeschlossen und liege mit meinem Buch im Gras. Heute ist der letzte Tag der zweiten Woche. "Hallo." Ich richte mich auf, Tomás hat zwei Tassen Kaffee mitgebracht. "Wir hatten noch gar keine Gelegenheit, uns richtig zu unterhalten." Er setzt sich zu mir und reicht mir eine Tasse. "Du hast deine Technik äußerst verbessert in den letzten beiden Wochen. Edith hat dich sehr gelobt." Dass es ihnen aufgefallen ist, schmeichelt mir. "Wie lange töpferst du schon?" "Seit meiner Jugend. Aber ich war wohl etwas aus der Übung." Tomás lächelt. "Du hast zwischenzeitlich aufgehört? Wie kam es dazu?" Ohne es zu wollen, stochert er und nippt gut gelaunt an seiner Tasse. "Ich war die letzten Monate unterwegs. In Frankreich. Dort konnte ich leider nicht töpfern." Aus dem Augenwinkel sehe ich, wie er nickt. "War Frankreich schön?" Ich nicke und lächle ein ehrliches Lächeln. "Warst du alleine unterwegs?" "Ja." "Mutig." Ich lüge wie aus der Pistole geschossen. Sofort spüre ich den Stein im Magen, der mich daran erinnert, dass ich gerade einen Betrug begangen habe. Doch ich will nichts erklären. Wie sollte ich? Immerhin habe ich keinen Mann, sondern eine Frau und nicht nur das: Es sind gleich zwei. Außerdem sind sie irgendwo auf der Welt verstreut. Wie sollte ich das erklären? Wären sie hier, wäre ich offen und ehrlich. Doch in Wahrheit habe ich nichts mehr, außer mich selbst. Was ich verloren habe, kann ich niemandem sagen.

Die schwarzen Wellen schlagen hoch. Ich befinde mich in einer kleinen Schale aus Ton. Ich glaube, ich rudere mit meinen Händen. Das Wasser ist kalt. In der Ferne treibt ein Boot. Es wird bald sinken und nur ich schaue zu. Ich paddel in seine Richtung, doch die Wellen tragen mich zurück. Ich muss es schaffen, ich muss es erreichen, um die Seeleute zu retten. Doch ich entferne mich immer weiter, die Strömung ist zu stark und ich bin so klein zwischen diesen riesigen Wellen. Gischt rieselt auf mein Gesicht, eine Welle bringt die Schale ins Wanken, die nächste schleudert sie herum. Ich kann das sinkende Boot nicht mehr sehen, Panik steigt in mir auf. Ich will weiter ins Meer hinaus, doch dann strande ich, die

Tonschale stülpt sich über mich und dann bin ich allein. Niemand sonst ist hier. Niemand hat gesehen, wie das Schiff gesunken ist. Von dem Unglück kann ich keiner Menschenseele erzählen. Niemand wird mir glauben.

Im Halbschlaf sind Gedanken oft klarer. Träume an Inéz haben mich seit Monaten nicht mehr heimgesucht. Jetzt, wo ich wieder allein bin, kehren sie zurück. Ich habe nie jemandem von meinen Gefühlen zu ihr erzählt. Außer Ama. Die Abgeschiedenheit muss mich an die Situation von damals erinnern. In den Tagen vor der Trauerfeier war alles so unfassbar still. Die Geräusche waren verebbt und die Farben blass geworden. Ich kann mich nur an Trockenheit erinnern, kein Wasser, keine Tränen. Nachdem sie sie in die Erde gelassen hatten, machte ich in hoher Geschwindigkeit weiter. Weiter, immer weiter weg von diesem heimlichen Verlust. Noch vor meinem fünfundzwanzigsten Geburtstag hatte ich mir eine Führungsposition in der Bäckerei erarbeitet. Trotzdem war ich sozial, ging feiern und tanzen, lernte Frauen kennen und habe jede Sekunde ausgekostet. So wie Inéz es nie konnte. Diese Ungerechtigkeit bringt einen Groll in mir zum Vorschein.

Die Kursteilnehmer haben ihre Tische im Speisesaal umgestellt und zusammengeschoben. Ich bin zum Außenseiter geworden. Sie murmeln nicht mehr, sondern sprechen direkt miteinander und lachen ausgelassen. Ich blicke während des Mittagessens immer noch in den Garten hinaus. Wenn ich doch einmal angesprochen werde, halte ich das Gespräch so kurz wie möglich. So etwas wie Flugangst kommt in mir auf, wenn ich mich in zu lange Konversationen verstricke. Ich darf die Themen nicht zu weit greifen lassen, um nichts über mich zu verraten, was die anderen nicht begreifen könnten und sie in Unmut bringt. Ich bin mein eigenes Geheimnis. Die Tonschalen fertige ich nicht nur zwischen meinen Fingern, sondern errichte sie über mir und um mich herum. Ich stehe als erstes von meinem Tisch auf, niemand scheint es zu bemerken. Dann gehe ich hinüber in die Werkstatt. Mittlerweile habe ich mehrere bauchige Vasen gebrannt. Die wenigsten sind wirklich gerade. Manche haben Schlenker und Dellen. Seit die Träume da sind, fällt mir die Balance wieder schwerer. Ich bin erneut enttäuscht von meiner Leistung. Also arbeite ich härter. Nur eine Weile kann ich alleine in aller Ruhe üben, bis andere sich dazugesellen und der Raum unruhiger wird.

Ohne es zu wollen, gehe ich während des Kurses fiktive Szenarien durch. Was wäre gewesen, hätte ich Inéz schon vor ihrer Reise meine Gefühle gestanden? Wäre sie geblieben? Wäre Ama geblieben, hätte ich sie fester gehalten? Hätte Yale nur den halben Verlust erlitten, hätte ich sie einander nicht vorgestellt? Wie schuldig macht mich das an unserer Situation? Ich drücke den sich drehenden Ton wie so oft zu einem Klumpen zusammen, die Luft entweicht aus ihm und ich fange schnaubend von vorne an. Die Atmosphäre in der Werkstatt ist zur Mittagszeit schwül. Die Hitze strapaziert mein Gemüt. Oft bin ich aus heiterem Himmel zornig auf die Welt, weil ich mit niemandem sprechen kann. Ich bin zornig auf die Gruppe, in die ich mich nie einfügen können werde. Ich bin zornig auf Tomás, dem ich letzte Woche nichts über

Yale und Ama erzählen konnte. Dabei sollte ich dankbar sein für seine Zeit und den Unterricht. Meine Gedanken bringen mich aus der Ruhe, ich bin nicht bei der Sache, nicht im Moment. Das sorgt dafür, dass meine Produktivität erneut nachlässt. Auf dem Regal sammeln sich die Werkstücke der anderen wie am Fließband. Ich hinke hinterher, bin nicht annähernd so effizient wie sie. Tomás hat recht: Ich bin aus der Balance. Wenn ich mich nur genügend anstrenge, geduldig und fleißig genug bin, bekomme ich Ama und Yale wieder zurück.

Das erste Mal ist das Wetter schlecht. Dicke, graue Wolken ziehen über den Himmel, der Wind ist kühl. Weil die Luft so dick ist, dass man das nahende Gewitter bis in die Knochen spüren kann, haben sich alle in ihre Zimmer oder den Speisesaal zurückgezogen, um zusammen Kaffee zu trinken. Der Wetterumschwung beschreibt meine Gefühlslage sehr gut. Der Vormittag war zu schwül für die aufgesetzte, heitere Stimmung. Ich fühle mich grau, traurig und geladen, mit einer schneidenden Grundspannung. Vielleicht ist es nur das aufziehende Gewitter, das macht, dass ich meine Finger nicht stillhalten kann. Ich laufe in meinem aufgeheizten Zimmer umher, schaue aus dem Fenster, in den Spiegel, an die Decke, an die Wand, aus dem Fenster. In der Werkstatt hat man vergessen, das Licht auszumachen. Die Blätter in den Bäumen zittern wie Mottenflügel. Es gab keine Anweisung, die besagt, dass die Werkstatt aufgrund des Sturms heute Nachmittag nicht genutzt werden darf. Die Entscheidung wurde von der Gruppe kollektiv und wortlos getroffen. Somit war die Woche vorab Freitagmittag beendet. Bevor der Regen einsetzt, würde ich es noch mühelos hinüberschaffen. Ich schlüpfe in meine Latzhose und schleiche hinunter, zur Terrassentür hinaus und über den Rasen. Der Wind drückt bereits kräftiger, als ich gedacht habe und ein paar Regentropfen verirren sich bis zum Boden. Ich muss kräftig an der Metalltür ziehen, bis der Unterdruck nachlässt und ich in die warme Werkstatt schlüpfen kann. Einer der Brennöfen rauscht leise vor sich hin. Die Neonröhren knacken und das Wellblechdach brummt. Wegen des Temperaturabfalles klingt der Raum dumpf und metallisch. Durch die Oberlichtblenden fällt immer weniger Licht, der Himmel wird dunkler. Ich besorge mir Ton und Werkzeug und werfe die Töpferplatte an.

Draußen tost der Sturm, der Regen hämmert gegen das Dach. Der Motor summt und der Ton lässt sich wie so oft nicht in eine symmetrische Form bringen. Seit Stunden versuche ich, mich auf jede Bewegung zu konzentrieren, nicht die Spannung zu verlieren. Doch die Masse schlenkert im letzten Moment immer wieder in die eine oder andere Richtung. *Ah!* Ein Schrei bricht aus mir hervor, ich schlage die Hände auf die Oberschenkel und der nasse Ton spritzt in alle Richtungen. Die fast fertige Vase fällt in sich zusammen und die Platte wird langsamer. Ich versuche, meine Wange sauber zu wischen, doch es gelingt nicht. Meine Hände zittern, ich kann meinen Atem kaum zügeln. All mein Üben scheint nichts zu bringen. Die Platte kommt zum Stehen. Mein Werkstück sieht so zerstört aus, wie ich. Was ist nur los mit mir? Die einfachsten Formen gelingen mir nicht mehr. An der Wand reiht sich eine stilechte Figur an die nächste, fein säuberlich sind glasierte Teller Reihe an Reihe aufgebahrt, deren Farben perfekt harmonieren. Trinkgefäße, die einander gleichen, trocknen auf einem weiteren Regalboden. Am hinteren Ende des Raums fallen meine Vasen aus dem Raster. Keine gleicht der anderen. Kaum eine ist makellos. Ich wische die Hände am noch sauberen Teil der Latzhose ab und hole eine Plastikkiste aus dem Schrank. Die Stücke müssen weg. Voller Zorn über mein Versagen packe ich eine Vase nach der anderen hinein. Ich trage sie hinaus zur Hintertür in den Sturm, um sie eine nach der anderen zu entsorgen. Der Wind türmt meine Haare auf und der Regen peitscht mir ins Gesicht. Getrocknete Tonspritzer auf meinen Armen verflüssigen sich wieder und hinterlassen graue Linien auf meiner Haut. Mit einem Klirren, das vom Donner untermalt wird, zerspringt die erste Vase auf dem Scherbenhaufen. Sie geht zu Bruch wie mein Herz, als Ama mich in Neapel verlassen hat. Sie hätte ehrlich sein müssen. Das Zerbrechen tut so gut, es befreit mich so sehr. Der Regen färbt die weißen Scherben dunkelgrau. Die nächste schlage ich härter auf den Boden. Der Tonstaub wird teigig. Ein animalischer Laut verlässt meine Kehle und die Keramik zersplittert. Alles, was von meinem Leben noch übrig ist, habe ich bei mir. Keine Bäckerei mehr, keine Yale. Ich habe alles zurückgelassen, nachdem ich sie getroffen hatte. Mir kommen die Tränen. Dann werfe ich die nächste Vase, lauter. Dann die nächste, bis mir schwindelig wird vor blanker Wut. Ich bin wütend auf Ama, auf Yale, auf die Welt, mit der ich nicht sprechen kann. Ich bin wütend auf mich und über meine Entscheidungen. Der Himmel ist schwarz, als würde es gleich Nacht werden. Die Blitze zucken über den Himmel und der Regen tropft aus meinen durchnässten Haaren. "Darf ich auch mal?" Die Frauenstimme irritiert mich, doch ich erschrecke nicht. Im Regen klingt ihr Schreien dumpf. Zwei faltige Hände greifen in den Korb, nehmen eine Vase und zerschmettern sie neben den anderen. Die Frau ist älter, ganz zierlich und die Haare trägt sie streng zusammengebunden. Im Sturm muss sie sehr laut brüllen, damit ich sie hören kann. "Hier, noch eine!" Sie drückt mir furchtlos eine weitere Vase in die Hände.

Ich folge ihrer Anweisung und mit einem Schrei zerstöre ich sie. "Warum machen wir das nochmal?", fragt sie laut, während sie nach einer weiteren greift und sie auf den Haufen wirft. "Sie sind nicht gut!" "Aha!" Das Klirren der Scherben durchbricht das Gewitter. Dann machen wir zusammen auch noch die letzten unbrauchbar. "Leer! Wir brauchen Nachschub!" Sie zeigt auf den Plastikkorb, während der Regen in Strömen über ihr Gesicht läuft. Ich nicke, sie hebt ihn auf. Ich folge ihr zurück in die Werkstatt. Noch nie zuvor habe ich die Frau gesehen. Sie ist bestimmt nicht in meinem Kurs. Bilde ich sie mir bloß ein? Eine Halluzination aus Einsamkeit? Aber sie ist viel zu präsent dafür. "Viele sind ja nicht mehr übrig." Die Tür lässt sich unglaublich schwer zuziehen, der Wind saust durch die Werkstatt. Die Frau zählt vom Sturm unbeeindruckt meine Stücke im Regal. Mit wippendem Zeigefinger steht sie davor. "Erkennt man sofort, dass sie von Ihnen sind." Sie nickt und stützt das nasse Kinn auf die Seite ihrer Hand. Meine Klamotten sind pitschnass. Ihre auch. Unter meinen durchnässten Schuhen bildet sich eine Pfütze. "Ja, sie sind alle asymmetrisch und windschief." bestätige ich und wringe mein Haar aus. "Gutes Stilmittel. Eigentlich gar nicht mal so übel." Sie nimmt eine Vase aus dem Regal und dreht sie in den Händen, betrachtet sie genau von allen Seiten. Ich unterdrücke ein spöttisches Lachen. "Gar nicht mal so übel...", flüstere ich kopfschüttelnd. "Sie sind wohl wirklich nicht zufrieden?" "Ganz und gar nicht. So schlechte Arbeit habe ich noch nie gemacht. Ich mache so viele Fehler, ich kann sie gar nicht ansehen." Ihr Blick richtet sich jetzt auf mich und sie sieht nickend ganz tief in mich hinein, beinah durch mich hindurch. In Wahrheit kann ich mich selbst nicht mehr ansehen, nach all den Fehlern, die ich begangen habe. "Aha." Ganz ruhig hebt und senkt sich ihr

Kopf. Aus ihren Haaren tropft immer noch der Regen. Die alte Frau weiß mehr, als sie spricht. "Hier, fangen Sie auf." Sie wirft mir unvorsichtig eine hellblau glasierte Vase herüber. An der Seite hat sie eine tiefe Delle. "Machen Sie sie kaputt. Aber mit dem Hammer. Bewahren Sie die Scherben auf und dann: ab nach drüben. Wir verpassen das Abendessen."

Ich habe mich heiß geduscht und mir neue, kuschelige Sachen angezogen. Der Regen hat kein bisschen nachgelassen. Der ganze Tag ist ohne Sonne vergangen und die Nacht beginnt ohne Mond. Hinter der Scheibe, die den Speisesaal von der Terrasse trennt, fallen die schweren Tropfen ins Gras. Drinnen ist es warm und die Luft riecht nach Essen. Drüben an Tomás' Tisch entdecke ich die ältere Frau. Sie könnte seine Mutter sein. Auch Edith und Matilde scheinen ihr ganz vertraut. Sie haben sich viel zu erzählen. In einer bestimmten Regelmäßigkeit blicken alle vier zeitgleich zu bestimmten Kursteilnehmern. Edith sagt dann so etwas wie "Das ist Christina. Ihre Ritztechnik ist sehr gut." Tomás fügt dann so etwas hinzu wie: "Mir gefallen ihre Lochmuster von letzter Woche." Die alte Frau nickt. Ich will sie nicht zu lange beobachten, sondern starre stattdessen auf meinen Teller. Ich will lieber nicht mitbekommen, was sie Tomás über unser Zusammentreffen erzählt. Über die Verrückte, die ihre Vasen im strömenden Regen kaputtgeschlagen hat.

Am Montagmorgen steht Cynthia an der Seite von Edith und Tomás vor der Klasse. Heute sieht sie zum ersten Mal aus, wie sie selbst. Ohne durchnässte Klamotten, sondern in ihrer persönlichen Garderobe. Cynthia trägt eine weite, beige Stoffhose. Dazu kombiniert sie ein weißes T-Shirt und eine bodenlange Jacke in Übergröße, die sie gerade auszieht und über ihren Arm hängt. Sie trägt keine Schuhe, das macht sie mir sympathisch. "Ich habe euch am ersten Tag von einem besonderen Gast erzählt." Tomás präsentiert Cynthia und sie tritt einen Schritt vor. Sie lächelt der Klasse zu. "Sie war – und ist immer noch – meine Lehrerin und gute Freundin. Diese Woche unterrichten wir euch zu dritt. Kommt auf uns zu und stellt uns Fragen. Das sind eure letzten Tage in Portugal, also nutzt die Zeit." Tomás, Edith und Cynthia wenden sich heute jedem Schüler besonders intensiv zu. Sie rotieren von Arbeitsplatz zu Arbeitsplatz. Für jeden einzelnen nehmen sie sich mindestens dreißig Minuten Zeit. Ich bin heute traurig. Die Hälfte meiner Arbeit liegt jetzt draußen vor der Tür. Zersplittert in all seine Teile. Ich hätte mich nicht so gehen lassen dürfen. Jetzt muss ich von vorn anfangen. "Hast du die Scherben noch?" Im Vorbeigehen tippt Cynthia auf meine Schulter. Ich nicke. Ich verlasse meinen Tisch, um die Kiste zu holen. Die Teile leere ich auf meinen Arbeitsplatz. Kurze Zeit später setzt Cynthia sich neben mich und reicht mir Werkzeug, dass ich noch niemanden habe benutzen sehen. Ein kleiner flauschiger Pinsel, sauber gefaltete dünne Baumwolltücher, ein Pipettierball. Mein Tisch sieht jetzt eher nach archäologischer Arbeit, als nach Töpfern aus. "Ich will dir zeigen, wie Kintsugi geht." Dann legt sie die Werkzeuge ordentlich hin. Sie muss meinen fragenden Blick bemerken. "*Kintsugi* heißt so viel wie *Flicken mit Gold*. Fang erst einmal damit an, alle Scherben von Staub zu befreien. Reinige sie sorgfältig. Alle Kanten müssen säuberlich geputzt sein. Ich komme später wieder." Sie tätschelt meine Schulter, da ist fast ein wenig Mitleid in ihrer Berührung. Denn es sind viele Scherben und noch mehr staubige Kanten.

Während der Pinsel Strich für Strich über die Scherben fegt, lege ich meine Konzentration allmählich ab. Die Aufgabe ist nicht annähernd so kräftezehrend wie die Vasenherstellung. Das Pinseln macht mich sogar müde. Ein Häufchen Staub sammelt sich neben den Baumwolltüchern. Anschließend sortiere ich die gesäuberten Teile nach Größe. Ich sortiere sie, wie die Teile meines Lebens. Der Teil, in dem ich meine Liebe zu Inéz entdeckte; der Splitter einer Sekunde, in dem sie starb. Die Zeit des Schweigens; die Bruchstücke von Liebe, die ich in den Betten der Frauen vergaß. Eine Scherbe von Ama. Ein Fragment meiner Karriere. Ein Splitter von Yale. Ein Stück des Vermissens. Ein zerbrechliches Bisschen Dreisamkeit in Frankreich; das Zersplittern von uns in alle Himmelsrichtungen.

"Wie ist es dir mit der Aufgabe ergangen?" Diesmal erschrecke ich, als Cynthia mich aus den Gedanken reißt. Sie legt ihre Hand auf mein Schulterblatt. Ich sehe mich um. Die meisten Schüler haben die Werkstatt bereits verlassen. Die Wenigen, die noch da sind, packen ihre Sachen zusammen. Nur ich habe damit noch nicht einmal angefangen. Fein säuberlich habe ich die Teile sortiert und den hellblauen Staub in einer Schale aufgefangen. "Sie sind sauber, denke ich. Ist das gründlich genug?" Ich hebe eine Scherbe hoch. "Das habe ich nicht gemeint." Cynthia lächelt sanft und reibt meinen Rücken an der Stelle, an der meine Flügel waren. So, als würde sie die Wunde spüren. "Ich bin so traurig." Ohne darüber nachzudenken, öffne ich mich ihr. Sie nickt, wirft sich ihre Jacke über und sagt: "Komm, wir gehen spazieren."

Das Grundstück ist viel größer, als ich bisher angenommen hatte. Hinter dem hügeligen Garten ist ein kleiner Streifen Wald. Weiter bin ich nie gekommen. Doch hinter den Bäumen befinden sich weitere Hügel und nach ihnen liegt ein kleiner, ruhiger Teich. Nach dem Regen der letzten Tage sind die Blätter und Gräser leuchtend grün. "Das Leben kann unglaublich fragil sein. Nein. Es *ist* fragil." sagt Cynthia, als ich ihr von allem erzählt habe, was in den letzten Monaten passiert ist. "Bestimmt lagen die Leben deiner Freundinnen genauso in Scherben, wie das deine." Ich nicke. "Ja, ich konnte es spüren. Ich wusste vor den anderen, dass es Zeit wird, Frankreich zu verlassen. Aber ich hätte es mit den richtigen Worten aufschieben können." "Aufschieben, ja. Aber verhindern können hättest du es nicht." Wir setzen uns ans Ufer und strecken die Beine aus. Die Sonne wärmt das Gras, das nach dem Regen besonders intensiv duftet. "Und wozu auch? Ihr habt eure Vase zerbrochen. So, wie du es gestern getan hast. Und wie hast du dich dabei gefühlt?" "Ich habe mich befreit gefühlt. Aber in Hinblick auf Ama und Yale tue ich das nicht." Hier an Cynthias Seite kommen all die Gefühle in mir hoch, die die ganze Zeit über in mir geschlummert haben. Die Trauer ist so plötzlich da, dass ich sie nicht mehr zurückhalten kann.

Der Unterricht hat erneut begonnen und ich sitze vor meinem Scherbenhaufen. "Lass uns über Ordnung sprechen." Cynthia schwingt sich auf den Stuhl vor mir, den sie dynamisch umgedreht hat. Sie fächert die Scherben vor mir auf, sodass ich alle Stücke sehen kann. "Das wird für die nächsten Stunden dein Puzzle sein. Versuche, die Teile so anzuordnen, wie du sie später zusammenfügen möchtest. Mach dir klar, was wohin gehört." Heute weiß ich, dass die eigentliche Aufgabe in mir selbst liegt, dass es nicht nur um die Vase geht, die in Stücken liegt. Cynthia will, dass ich Ordnung in meinem Herzen schaffe. Die meiste Unordnung habe ich zu Hause in Italien hinterlassen. Manchmal muss ich an Kiwi, meinen Kanarienvogel, denken. Ich vermisse die Wärme meiner Wohnung und die dichte, mehlige Luft der Backstube. Ich vermisse, was ich mir durch Inéz' Verlust aufgebaut habe. Doch ich erinnere mich auch an die erste Zeit in Frankreich. An den Befreiungsschlag aus den immer selben Abläufen. Daran, ein Stück weitergekommen zu sein. In die Arme derer gefallen zu sein, in die ich gehöre. Für eine kurze Zeit dachte ich, genau so würden wir zusammen gehören. Doch ich habe mich getäuscht, die Teile haben nicht gepasst. Wenn ich ehrlich zu mir bin, wusste ich, dass Ama und Yale ihr eigenes Puzzle zu lösen haben. So wie ich. Cynthia geht durch die Klasse, gibt allen Schülern kleine Ratschläge und nimmt Justierungen vor. Ihr Körper ist winzig, zierlich und strotzt vor Energie und Kreativität. Ich habe das Gefühl, sie weiß genau, wohin alles gehört. Doch wohin gehöre ich?

Spätabends sitze ich am Pool. Das Wasser schlägt sanfte Wellen, die um meine Knöchel schlenkern. Der Himmel ist schwarz und dicht bedeckt von Millionen glitzernden Punkten. Wenn ich in den Nachthimmel starre, fühle ich mich so unbedeutend und klein. Im Vergleich zur Entfernung des Mondes sind Yale und Ama ganz nah. Sollten wir wirklich Teil voneinander sein, macht uns die körperliche Entfernung nichts aus. Wenn jede von uns an ihrem eigenen Puzzle arbeitet, sollte uns das alle vollkommener machen. Ich wachse an ihrer Entwicklung, sie an meiner. Irgendwie. "Du bist in Gedanken." Neben mir gleiten zwei weitere Füße durch die Wasseroberfläche. Tomás setzt sich neben mich, ich mache ihm Platz. Ich blicke durchs Fenster, hinter dem die anderen sich ausgelassen im Speisesaal unterhalten. "Ja. Ich denke darüber nach, wo der richtige Platz für mich ist." Tomás folgt meinem Blick. "Cynthia hält viel von dir und deiner Arbeit. Wahrscheinlich genau deshalb, weil sie sich von der, der anderen abhebt. Sie ist ganz ohne Norm. Das macht es bestimmt schwer für dich, dich zugehörig zu fühlen." Ich nicke und folge den Wellen, die wir im Wasser erzeugen. "Dein Platz ist dort, wo du ihn dir nimmst. Dort, wo du dich ausbreiten kannst. Meiner Meinung nach."

"Gestern hast du dich ganz auf die Makel, die Ecken und Kanten konzentriert. Mit dem Sortieren bist du fertig. Schaue dir die Teile noch einmal an und überlege dir, welchen Kleber du benutzen willst, welchen Nutzen er für dich erfüllen muss." Cynthia hat einen ausgebleichten, zerschlissenen Schuhkarton mitgebracht. Sie nimmt den Deckel ab und stellt kleine Gläser mit verschiedenen zähen Flüssigkeiten auf den Tisch. Sie zeigt mir, welche Eigenschaften die Präparate haben, erklärt mir ihren Ursprung und wie sie sich am besten verarbeiten und mischen lassen. "Es hat doch etwas Gutes, nicht?" Cynthia mustert mich, während sie den Klebevorgang demonstriert. Ich habe meine Teile gefunden. Ich bin dankbar, dass sie existieren. "Sie kennengelernt haben zu dürfen." "Und jetzt hier zu sein. Zum Beispiel. Vielleicht." Cynthia zwinkert und hat diese mutige Ausstrahlung, die mich an mein früheres Ich erinnert. Das *Ich*, das Ama ins Gästehaus gefahren hat. Das *Ich*, das keine Sekunde vergeudet hat, sie kennenzulernen. Das *Ich*, das in Yales Wagen gestiegen ist. Das *Ich*, das alles zurückgelassen hat, um mit ihr nach Frankreich zu fliegen. Die unvergesslichste Zeit zu verbringen. Ama zu uns zu holen und alles möglich zu machen. Wann habe ich damit begonnen, meine Zeit zu vergeuden? "Zeit ist der Preis der Heilung.", erklärt Cynthia, als wir mit einem zahnstocherähnlichen Werkzeug – ganz vorsichtig und wie in Zeitlupe – dicken, dunklen Kleber auf einzelne Kanten auftragen. "Wenn du dir Zeit lässt, wird es besonders gut." Sie setzt mit Bedacht und Präzision zwei Teile zusammen. Sie passen perfekt. "Aber warte auch nicht so lange, bis der Kleber eingetrocknet ist. Das geht sehr schnell, siehst du." Sie tunkt den Pinsel an den fest gewordenen Rand der angerührten Klebemasse. "Timing ist alles. Am besten rührst du nach jeder Kante neuen Kleber an. Es ist mühselig, aber es wird sich lohnen." Wir schmunzeln und sie reicht mir das reparierte Stück, das jetzt von einer dunklen Linie zusammengehalten wird. "Danke." Die Aufgabe klingt nach viel Arbeit, doch es ist das erste Mal, dass ich Zuversicht schöpfe.

Ich nehme mir Zeit für jedes Stück, so wie Cynthia es mir geraten hat. Bruchlinie an Bruchlinie fügt sich ineinander. Bald schon ist der ganze Tag vergangen. Als ich auf die Uhr schaue, ist es Zeit fürs Abendessen, doch meine Vase ist noch nicht vollständig zusammengesetzt. Während sich die Werkstatt leert und sich alle auf den Weg hinüber machen, bleibe ich, um die letzten Scherben zu befestigen. Auch Cynthia ist geblieben. Sie scheint zu wissen, wie wichtig diese Arbeit für mich ist. Während sie die hinteren Lichter ausmacht, wird meine Vase wieder vollständig. Beinah. "Cynthia!", rufe ich und sie kommt zu mir. "Bist du fertig?" fragt sie. "Ja, aber…" Ich reiche ihr vorsichtig das zusammengeklebte Gefäß. "Sie hat Löcher. Ich bin sicher, ich habe keine der Scherben verloren." "Mal sehen." Cynthia dreht sie in ihren feinen

Händen und betrachtet sie von allen Seiten. Gleich unter dem Hals und direkt an der Wölbung der Mitte sind zwei kleine Aussparungen geblieben. "Habe ich sie falsch zusammengesetzt?" Cynthia schüttelt den Kopf. "Nein, sie sieht sehr gut aus. Doch man verliert immer etwas. Wo gehobelt wird, fallen Späne. Da wo die Löcher sind, war der Staub, den du am ersten Tag säuberlich entfernt hast." Dann gibt sie mir die Vase zurück. "Durch die Löcher kommt das Licht hinein."

Nachts kann ich nicht schlafen. Die Uhr zeigt nach Mitternacht. Doch ich muss pausenlos an Cynthias Worte denken. *Zeit ist der Preis der Heilung.* Das Problem ist: In vier Tagen ist meine Zeit hier um und dann weiß ich nicht, wohin ich gehen soll. Ich rolle aus dem Bett, mein Nachtkleid fällt um meine Knie und ich tapse barfuß zum Bücherregal. Irgendwo habe ich ein Notizbuch gesehen, ich krame es heraus, greife mir einen Stift und schleiche auf den Balkon. Dort mache ich es mir bequem. Ich bin zu tief in meinen Gefühlen, meiner Trauer. Ich muss ein für alle Mal Ordnung schaffen. Ich zeichne zwei Kreise. Einer ist für Yale. Dort schreibe ich alle Dinge nieder, die ich an ihr liebe. Ihre Feinfühligkeit, die Spontanität, die Offenheit. Der andere ist für Ama. Ich liebe ihre Visionen, ihr Durchhaltevermögen und ihre Ausstrahlung. Dann fertige ich zwei Listen an, mit Dingen, die ich mir für sie wünsche. Yale wünsche ich, dass sie findet, was ihr – und nur ihr – guttut. Ama wünsche ich, dass sie sich selbst lieben kann, egal was geschehen ist. Wenn der Preis dafür, dass sie ihre Ziele erreichen, unsere Trennung ist, will ich ihn ohne zu zögern zahlen. Ich male einen dritten Kreis. Dieser ist für mich. Ich habe uns zusammengeführt. Ich habe uns getrennt. Yale liebte an mir meine stabile Natur. Ama liebte an mir mein

Handeln nach Bauchgefühl. Beide würden wollen, dass ich die Trauer nicht mehr spüre und wieder meiner Leidenschaft nachgehen, mir etwas Neues aufbauen kann.

Gleich nach dem Frühstück fange ich Cynthia im Garten ab. Sie spaziert verträumt umher. "Guten Morgen. Können wir einen kleinen Spaziergang machen?" Cynthia scheint sich zu freuen, dass ich auf sie zugekommen bin und wir machen uns auf in Richtung Teich. "Ich habe darüber nachgedacht, was du gestern gesagt hast. Darüber, dass die Zeit der Preis der Heilung ist." Cynthia nickt. "Dabei ist mir aufgefallen, dass ich nicht weiß, wohin ich nächste Woche gehen soll, wenn alle abreisen. Hast du einen Tipp für mich? Wohin kann ich gehen? Ich möchte wieder mehr aus dem Töpfern machen." Cynthia antwortet schnell, als hätte sie die Antwort schon lange parat. "Du könntest mit mir kommen." Ich betrachte sie, wie sie im Gehen zuversichtlich auf den Weg vor sich blickt. "Ich brauche in meiner Werkstatt immer jemanden, der mit anpackt. Du hast das Talent, das ich dort gut brauchen kann."

"Wir arbeiten heute mit rotem Urushi. Das ist ein Unterlack für die finale Vergoldung deiner Risse. Heute darf es noch einmal weh tun. Aber komm erstmal mit." Ich nehme meine löchrige Vase, auf die ich trotzdem schon mächtig stolz bin. Cynthia bringt mich in den Garten. Dort hat Tomás einen Tisch für uns im Schatten der Bäume aufgestellt. "Wir brauchen frische Luft, wenn wir damit arbeiten. Außerdem kannst du dich hier draußen besser konzentrieren." Die Sonne hat die Oberfläche des Tisches aufgewärmt. Ein leichter, angenehmer Wind bringt die Blätter zum Rauschen. Aus der Tasche ihrer Jacke holt Cynthia eine kleine Tube, die mit einem Schriftzeichen versehen ist, das ich nicht lesen kann. "Dieser Lack ist besonders. Er trocknet nicht aus. Stattdessen wird er hart." Ich bin verwirrt. "Was ist der Unterschied?" "Wenn etwas trocknet, bedeutet das, dass verschiedene Stoffe aus dem Lack entweichen. Wie in der Wüste werden beim Trocknen durch Wärme und Trockenheit Flüssigkeiten entzogen. Doch mit Urushi ist es anders." Cynthia erklärt mir den Vorgang ganz genau. "Beim Aushärten hingegen werden wir die molekulare Struktur des Lacks verändern, indem wir genau die richtigen äußeren Bedingungen schaffen. Wir nehmen nichts weg, sondern fügen später Wärme und viel Feuchtigkeit hinzu. Man nennt das *Polymerisation*." "Wow, das klingt spannend." Ich drehe die Tube in meinen Händen. Ich wünschte, ich könnte meine äußeren Bedingungen auch so einfach verändern. Genau so, wie ich sie brauche. "Wenn du dich entscheidest, mit mir zu kommen, kann ich dir zeigen, wie man die Rohstoffe des Lacks erntet."

Die nächsten Stunden verbringe ich damit, das rote Urushi mit dem wohl feinsten Pinsel der Welt auf die Risse und Bruchkanten aufzutragen. Langsam ziehen sich die roten Linien wie Adern über große Teile der Vase. Sie erwacht langsam zum Leben. Ich finde es beängstigend. Die traurigen Scherben, die mir so vertraut geworden sind, verändern sich allmählich. Ich bin Teil einer Wiedergeburt. Ich denke ernsthaft darüber nach, mit Cynthia zu gehen. Vielleicht wird auch diese Reise eine Veränderung sein, die mich härter machen wird. Wenn ich an die letzten Wochen zurückdenke, habe ich Fortschritte gemacht. Ich habe mich so zerbrochen hier wiedergefunden, wie diese Vase es war. Doch dank Cynthia weiß ich: Meine gebrochenen Flügel können wieder heil werden.

Erst am späten Nachmittag kommt sie wieder zu mir in den Garten. Ich habe mir eine Decke umgelegt, es ist kühl geworden. Den Unterlack aufzutragen, war eine mit großem Aufwand verbundene Aufgabe. Ich musste mich auf jede Narbe konzentrieren, sie behutsam bedecken, ohne den umliegenden Bereich zu verunreinigen. Bei den vielen Rissen musste ich mir gut überlegen, welche Linie als Nächstes kommt, sodass mir meine eigenen Finger nicht im Weg standen. Manchmal stehe ich mir tatsächlich selbst im Weg. Ama und Yale könnten sich melden, wenn sie bereit wären, es noch einmal zu versuchen. Doch das haben sie nicht. Diese äußere Bedingung kann ich nicht ändern, ich kann die Sterne nicht verschieben. Ich kann die Chance, mit Cynthia zu gehen, nicht verstreichen lassen. Ich kann weiterleben. "Was willst du mit den Löchern tun?", fragt sie mich, als sie meine Arbeit begutachtet hat. "Was sind meine Optionen?" "Du kannst sie entweder vollständig verschließen. Was dann bleibt, sind zwei Läsionen in der Vase, wie auffällige Scherben. Du kannst sie dafür aber mit Wasser füllen, Blumen hineinstecken." "Oder?" "Oder, du umrandest sie mit dem Urushi. Das wird deiner Vase einen besonderen Charakter verleihen – immerhin wäre es eine Vase mit Löchern. Wofür du sie dann verwenden kannst, wird sich zeigen." "In Ordnung." "Wenn du dich entschieden hast, bring deine Vase hinüber in die Werkstatt. Ich warte." Cynthia geht und ich denke nach. Was tue ich mit den Löchern in meinem Herzen? Cynthia sagte, durch die Löcher fällt das Licht hinein. Doch was, wenn ich mein Herz unbrauchbar mache, indem ich die Löcher für immer da sein lasse? Was, wenn es dunkel wird, wenn ich Amas und Yales Platz für immer versiegle? Je länger ich die mit roten Linien überzogene Vase betrachte, umso mehr ähnelt sie einem echten, anatomischen Herz. Ama und Yale arbeiten bestimmt genauso hart an sich, wie ich an meiner Keramik. Sie arbeiten für ihre Individualität. Ich entscheide mich, die Löcher ehrenhaft in blutrotes Urushi zu rahmen. Die Leere, die sie hinterlassen haben, halte ich in Ehren.

Cynthia hat in der Werkstatt eine Plastikbox vorbereitet, die aussieht wie ein Terrarium. Darin befindet sich ein Schälchen mit Wasser, darüber eine schwache Wärmelampe. "Stell sie hinein, ganz vorsichtig. Bis morgen Nachmittag wird sie härten." Ich tue, was sie sagt und sie verschließt den Container. "Cynthia, ich habe nachgedacht." Sie lächelt neckisch. "Das habe ich mir bereits gedacht." "Ich würde dich gerne begleiten." "Und das habe ich gehofft."

In der Werkstatt sind wir heute zum letzten Mal. Dort zeigt Cynthia mir jetzt, wie man das feine Puder auf die Risse aufträgt. "24-karätiges Goldpuder.", erklärt sie, während sie das dünne Seidenpapier auffaltet, in dem sich der goldene Staub befindet. "Wenn die Vase fertig ist, wird das die wahrscheinlich wertloseste Komponente sein." Sie gibt mir einen fluffigen Pinsel. "Du tippst mit dem Pinsel den Goldstaub auf die Risse, wie die Asche einer Zigarette." Cynthia macht es mir vor, ich mache es nach. Und je länger ich mit der Arbeit verbringe, desto mehr rote Linien verschwinden unter einer dünnen, goldenen Staubschicht. Ich versiegele die Vergangenheit in Gold, bevor das fertige Gefäß zum Aushärten zurück in die Box kommt.

In meiner letzten Unterrichtseinheit fege ich den überschüssigen Goldstaub von der Vase. Tomás und Cynthia werfen einen stolzen und zufriedenen Blick über mein Werkstück. Sie beglückwünschen mich ehrlich und herzlich. Dann verstaue ich meine löchrige Vase in einer mit Papier ausgestopften Kiste, damit sie den Transport unbeschadet übersteht. Die anderen feilen noch an Kleinigkeiten, stellen weiter Fragen und lassen sich letzte Tipps geben. Ich will mich noch etwas mit meiner Yogaroutine beschäftigen, spazieren gehen und dann anfangen, meinen Koffer zu packen. Der Monat in Portugal war anstrengend, kräftezehrender als gedacht. Doch ich bin froh, diesen Schritt gegangen zu sein, mein Leben neu zusammengesetzt zu haben. Die Sonne strahlt golden wie am ersten Tag, doch es ist der Letzte. Diesmal fühle ich die Sonne stark und heiß auf meiner Haut.

Heute Abend gibt es ein kleines Fest zum Abschluss des Kurses. Die Küchenmitarbeiter bauen den Grill auf, schaffen Außenlampen heran und tragen die Tische nach draußen. Alle Kursteilnehmer haben ihre schönsten Kleidungsstücke angelegt. Unser Flug Richtung Süden geht morgen früh. Der Mond ist heute Nacht abwesend. Dafür glitzern die Sterne besonders intensiv. Über den gedeckten Tischen glühen warme Lämpchen, die verspielte Nachtfalter anziehen. Tomás hat eine Band eingeladen, die traditionelle Musik spielt. Cynthia sitzt an meinem Tisch. Der Kerzenschein flutet unsere Teller. Es ist das erste Mal, dass ich nicht alleine esse. "Bist du aufgeregt?" "Ein wenig. Aber ich freue mich auch." In Gedanken verabschiede ich mich von diesem Ort. Von den weitläufigen Grünflächen, dem einladenden Haus. Von Edith, Matilde und Tomás, ihrem Können und ihren Künsten. "Ich denke, es wird dir gefallen. Die Werkstatt ist groß, du kannst viele Dinge ausprobieren. Wir beliefern kleine Hotels in der Gegend mit handgemachtem Geschirr. Wir bekommen Aufträge von Portugal bis Frankreich. Es gibt eine Abteilung, die Vasen und Souvenirs herstellt. Und Menschen können ihre kaputte Keramik zur Reparatur zu uns bringen." Ich stelle mir vor, wie ich in Cynthias Werkstatt beschäftigt bin, wie damals in meiner Bäckerei. Wie es wohl duften wird, wie die Umgebung sich wohl anfühlt? "Und das Meer wirst du lieben. Warm und blau." "Das klingt fantastisch. Ich vermisse es, zu schwimmen. Du musst mir alles zeigen!" "Gleich wenn wir gelandet sind, lassen wir unsere Koffer abholen. Dann gehen wir an der Promenade spazieren. Du wirst den Palmengarten lieben, die Architektur. Ich lade dich in mein Lieblingsrestaurant ein." Cynthia ist so herzlich und freudig. Ich kann es kaum erwarten.

Kapitel 8

Perlschnureffekt

Costa del Sol, Spanien

Yale

31.07., 10:00 Uhr | Die hellgrauen Oberflächen der Straßen von Marbella vibrieren in der Sommerhitze. An diesem Samstag trage ich meine abgedunkelte Brille gegen die Helligkeit und einen Hut gegen die flirrende Sonne. Ich habe einen Termin mit einem Fliesenhersteller und bin erleichtert über die kühle Luft in seinem Laden. Die letzten zwölf Wochen waren mit harter Arbeit verbunden. Meine Hände sind praktisch immer staubig und meine Kleidung zerschlissen. Doch nun verwandelt sich mein Haus langsam in die Oase, die ich mir immer gewünscht habe. Zugegeben: Die Räume sind noch leer und die Wände kahl, doch die Renovierung nimmt Form an. Diese Woche wurden die Fußböden verlegt und die letzten Wände gestrichen. Die Küche und das Bad benötigen neue Keramik und über die Glühbirnen müssen dringend Lampenschirme gebaut werden. Der Architekt hat mir diesen traditionellen Fliesenhersteller aus der Gegend empfohlen, also lasse ich mich beraten. Ich präsentiere ihm die Pläne und Fotos der zu bestückenden Bereiche. Er schlägt mir viele Optionen vor. Die Auswahl ist so groß, dass ich mich kaum entscheiden kann. Also gebe ich mich fürs Erste mit einem Musterkatalog zufrieden. Dann spaziere ich zur Promenade. Die Luft scheint dort aufgrund der Meeresbrise weniger warm zu sein. Außerdem befindet sich hier ein toller Eisladen. Was meine liebste Eissorte ist, weiß ich immer noch nicht. Doch ich habe Zitrone für mich entdeckt. Vielleicht, weil es in der heißen Stadt so erfrischend ist. Vielleicht auch, weil mich der Geschmack an Tierra erinnert. Ich setze mich mit meinem Eisbecher auf einen der freien Tische des Eiscafés und blicke über das Strandgeländer zum Horizont. Obwohl ich so angekommen bin, wie noch nie zuvor, fühle ich mich manchmal doch noch nicht ganz erfüllt. In diesen Momenten vermisse ich Ama und Tierra, die Zeit, die wir hatten und all die Zeit, die wir nicht hatten. Dann tagträume ich von ihnen, bevor ich die Gedanken beiseite dränge. An der Treppe, die hinunter zum Strand führt, steht eine Frau mit kurzen, dunklen Locken. Sie fällt mir sofort auf. Von hinten könnte sie Ama sein. Der athletische Körperbau, das gemusterte Hemd, das sie trägt. Ich beobachte sie eine Weile aus der Ferne. Sie sieht sich um, blickt dabei immer wieder auf eine Karte. Ihr Blick schweift hinüber zum Hafen und wieder zurück. Bald wird sie weitergehen, denke ich, während ich die Fantasie an Ama zu sehr genieße. In der Tat faltet sie ihre Karte zusammen, dreht sich um und liest, bevor sie geht, den Schriftzug über der Eisdiele. Ich nehme meine Sonnenbrille ab und kneife die Augen zusammen, um ihr Gesicht zu sehen. Für einen Moment habe ich keinen Zweifel daran, dass sie es tatsächlich ist. Ama. In Fleisch und Blut. Die Augen, die Lippen. Sie ist es. Doch das kann nicht sein. Der Zufall wäre zu groß. Ama ist in Finnland und das ist nur eine Fata Morgana. Bevor ich reagieren kann, ist sie auch schon die Treppe zum Strand hinunter verschwunden. Mein Eis schmilzt.

Teri

31.07., 15:00 Uhr | Wie schnell die Zeit vergeht! Fast ist der August da. Cynthias Werkstatt in Malaga übertrifft alle meine Erwartungen. Ich bin hier, um zu lernen. Mein Kopf füllt sich jeden Tag mehr mit neuen Ideen. Cynthias zweistöckige Produktionsstätte ist in mehrere Abteilungen aufgesplittet. Jeder tut, was er am besten kann. Und jeder probiert, was er gerne erlernen möchte. Für die Herstellung von Geschirr sind Antonio und Cristina verantwortlich. Unterstützt werden sie von drei Angestellten. Laura leitet die Produktion von stilvollem Keramikschmuck und Dekorationsobjekten, die mitunter in den Souvenirläden Malagas angeboten werden. In der ersten Etage arbeitet ein älterer Herr mit seinem Sohn Juan an der Produktion von traditionellen Fliesen. Sie statten Bäder, Gärten, Höfe und Küchen damit aus. Nyoko arbeitet im Erdgeschoss und trägt die Handwerkskunst ihrer Mutter weiter. Ich arbeite mit ihr und Cynthia in der Reparaturwerkstatt. Wir bieten Goldreparatur an, so wie Cynthia sie mir in Portugal beigebracht hat. Nyoko unterstützt mich dabei, mein Handwerk zu perfektionieren und hier Fuß zu fassen. Wir spazieren in der Mittagspause unter riesigen Palmen und zwischen Orangenbäumen durch den Stadtpark bis zum Rathaus. Dann schlendern wir um den Brunnen mit den bunten Keramikfliesen und betrachten die Motive. Die Vögel gefallen mir besonders gut. An den Wochenenden besuchen wir zusammen die vielen Museen der Stadt oder gehen in das Theater im raueren Stadtteil Soho. Wir lieben es besonders, uns abends die Flamencoshows anzusehen. Die Stadt ist bunt und mein Leben nimmt langsam wieder Form an. Morgens trinke ich Kaffee am Fenster, von dem aus ich den Stadtteil überblicken kann. Palisanderbäume stehen in prächtiger, lilafarbener Blüte, als wäre es Frühling. Die goldenen Häuser der Gegend leuchten in farbintensivem Kontrast dazu. Pinke Rosenlorbeer-Sträucher wachsen neben Palmen an den Straßenecken und verströmen ihren betörenden Duft. Noch wohne ich in der kleinen Dachwohnung der Werkstatt. Sie ist gemütlich, ich kann mich nicht beklagen. Trotzdem freue ich mich auf meine eigenen Wände. Die Dachwohnung ist mehr ein Zimmer als eine echte Wohnung. Es gibt ein kleines Bad, eine winzige Küchenzeile im selben Raum wie die Couch und das Bett. Da ich nicht mehr besitze, als in meinen Koffer passt, ist der Platz völlig ausreichend. Die einzige Dekoration ist meine Vase aus Portugal. Manchmal bleibt meine Aufmerksamkeit an ihr haften. Die goldenen Linien glänzen in der Sonne. Obwohl die Leere bleibt, hatte Cynthia recht: durch die Löcher ist wirklich Licht in mein Leben gekommen.

Yale

31.07., 22:00 Uhr | Ich putze wahnhaft die neuen Küchenschränke im seichten Schein der Glühbirne. Im Dunkeln zittern die Äste der Zitrusbäume nervös vor der Terrassentür. Dann scheuere ich den neuen Fußboden. Das Radio summt kratzig. Mein Telefon liegt auf der Leiter neben den Kartons. Die Frau, die aussah wie Ama, geht mir einfach nicht aus dem Kopf. Dann beginne ich, die Folie von der neu gelieferten Couch zu entfernen. Ich will mich ablenken. Es gelingt nicht. Als ich die Farben für die Zimmer ausgesucht habe, habe ich einen bestimmten Ton von Blau gefunden. Intuitiv wurde eines der Zimmer im zweiten Stock damit gestrichen. Die Farbe hat mich an Ama erinnert. Manchmal frage ich mich, wie es sein würde, wenn sie hier wäre. Ob ihr das Zimmer gefallen würde. Was sie verändern würde und wie unser Tag verlaufen könnte. Und im gleichen Maße denke ich an Tierra. Vielleicht fantasiere ich nur. Die winzige Chance, dass die Frau tatsächlich Ama war, versetzt mich in Tatendrang. Ama hat nie angerufen. Ich auch nicht, aus Respekt vor ihrem Raum. Ich nehme all meinen Mut zusammen und greife nach meinem Telefon. Ich will mich nicht selbst enttäuschen, sollte sie nicht antworten oder in Finnland sein. Aber ich kann auch die winzige Chance nicht verstreichen lassen. Sollte nur die geringste Möglichkeit bestehen, uns wieder zusammenzubringen, werde ich es versuchen. Nach dieser seltsamen Begegnung mehr denn je. Ich öffne meinen Standort auf dem Telefon. Zögerlich drücke ich den *Senden*-Button in Amas Chat. Was sie wohl denken wird? Ob sie bereits mit allem abgeschlossen hat? Ich habe es offensichtlich nicht. Nur wenige Sekunden später kommt die Nachricht bei ihr an.

❖

01.08., 01:00 Uhr | Es ist mitten in der Nacht. Frisch geduscht liege ich in meinem Bett. Die Nachricht an Ama ist über eine Stunde her. Bestimmt habe ich mich geirrt. Natürlich habe ich mich geirrt. Dass die Frau Ama gewesen sein könnte, ist eine kindische Wunschvorstellung. Ich drehe und wende mich. Es ist warm und eine leichte Brise weht durchs Fenster. Sie fühlt sich angenehm an und hebt und senkt die Vorhänge. Eine Weile beobachte ich die Bewegungen. Regelmäßig überprüfe ich den Bildschirm, doch nichts passiert. Mein Herz rast. Ich kann nichts weiter tun und schließe die Augen.

Ama

31.07., 13:00 Uhr | Es ist so heiß. Und ich liebe es. Alles, was mir in Finnland gefehlt hat, habe ich hier an der Küste im Überfluss. Das warme Meer, dreihundertzwanzig sonnige Tage im Jahr. Vor fünf Wochen habe ich Finnland in Richtung Süden verlassen. Ich wurde für ein vierjähriges, finanziertes Forschungsprojekt angenommen. Die Arbeit ist aufregend und abwechslungsreich. Wir erforschen die ganzheitlichen

Zusammenhänge zwischen Überflutungen, Dürren, dem Boden und dem Meer. Ich befasse mich vor allem mit den Küsten, so wie ich es immer wollte. Das zweitgrößte Forschungsinstitut Finnlands arbeitet mit einer Universität in Barcelona zusammen. Ich habe mich in das südlichste Forschungsteam versetzen lassen. Von Almeria aus fahren wir regelmäßig mit dem Boot die Küsten bis nach Gibraltar hinunter und mit dem Truck die Landschaft wieder hinauf. Vor zwei Tagen haben wir vor Marbella angelegt. Nur zehn Prozent der Küsten hier sind stabil. Wir trafen uns mit hiesigen Kollegen, haben uns über den Rückgang der Strände und die vermehrten Unwetter unterhalten. Wir sammelten erste Daten und arbeiten jetzt an einer Bestandsaufnahme. Heute gehe ich alleine einige stark bebaute Küstenareale ab. Die Kollegen haben viel über das Konzept der Renaturalisierung gesprochen. Ich will mir selbst ein Bild machen. Das Thema fasziniert mich. Ich spaziere die Strände entlang, an die Promenade hinauf, mache hier und da Rast im feuchten Sand oder in einer Strandbar. Ständig mache ich mir Notizen in meinem Bebauungsplan. Die Gegend ist paradiesisch. Das Meer ist blau und der Sand warm von der Mittagssonne. Ich spaziere im Schatten von Palmen und genieße die Wellen. Meine Gedanken sind frei, ich trage keine Maske mehr. Meine Familie hinter mir zu lassen war nicht einfach, doch es war die beste Entscheidung, die ich treffen konnte. Selten telefoniere ich noch mit Jon. Dann erzählt er mir von zu Hause. Nach einer Weile waren Miranda und ich kein Thema mehr für meine Eltern. Alles geht seinen üblichen Lauf. Weil nichts mich mehr zurückhält, traue ich mir meine neue Arbeit zu. Ich bin völlig unabhängig. Mein Geld reicht, ich spare sogar jeden Monat etwas an. Manchmal schlafen mein Team und ich tagelang auf dem Boot. Ab und zu gönnen wir uns eine

Unterkunft. Alles ist am Ende wohl doch gut geworden. Der Ort, an dem Teri und Yale mich vermuten würden, bleibt jedoch Finnland. Jetzt bin ich so weit von dort entfernt. Ich habe mich von allem gelöst, was mir auferlegt wurde. Ich denke oft an Frankreich. An die heilende Umgebung, in die Teri mich gebracht hat. Ich denke, sie ist wieder nach Italien gegangen, um ihre Bäckerei zurückzubekommen. Ich hoffe, die Sonne fließt genauso über ihr Gesicht wie über meines. Wehmut überkommt mich. Manchmal, wenn ich eine Entscheidung treffen muss, gehe ich laufen. Heutzutage am Strand, anstatt im Wald. Dabei denke ich an Yale. Daran, welche Ratschläge sie für mich hätte. Wenn ich Heimweh habe, kommt mir Teri in den Sinn. Die Erinnerungen an sie sind die Heimat in mir.

Nachdem ich zurück an den Hafen gelangt bin, suche ich den richtigen Steg, die richtige Anlegestelle unter hunderten und steige schließlich auf unser Forschungsboot. Kapitän Hugo plant die nächsten Stopps genau. Er sitzt an der Reling und will nicht gestört werden. Manuel und Rafaela sind auch schon an Bord. Bei ihnen geht es ausgelassener zu. Ich helfe ihnen, das Deck aufzuräumen. Sechs Leute hinterlassen auf so engem Raum Chaos, wohin sie auch gehen. Um die anstrengende Arbeit zu meistern, gehört gute Laune unersetzlich dazu. Lola und Adrian sind auch Teil der Crew. Vermutlich sind sie noch in der Stadt unterwegs. "Da vorne liegt eine Speisekarte von dem Lokal gleich um die Ecke. Wir essen später zusammen auf dem Boot. Lola will Wein mitbringen." "Klingt gut!"

❖

31.07., 23:00 Uhr | *Cheers!* Wir stoßen auf die zurückliegende Woche an. An Deck wird es allmählich angenehm kühl. Das Boot schwankt gemächlich, der Rumpf brummt von Zeit zu Zeit und das Wasser erzeugt plätschernde Geräusche an der Außenschale. Der Hafen hinter unserem Rücken ist hell erleuchtet. Das Licht raubt den Sternen ihren Glanz. Die schneeweißen Fassaden werden golden angestrahlt. Partystimmung liegt in der Luft, denn es ist schließlich Samstag. An der Hafenpromenade vergnügen sich die wohlhabenden Touristen. Dennoch ist die Laune an Bord familiär und gelassen. Der spanische Wein schmeckt und das Essen tut gut nach diesem langen heißen Tag. Wir sprechen über die Beobachtungen, die wir gemacht haben, sammeln und teilen unsere Gedanken. Wir haben uns dazu entschieden, erst am Dienstag weiterzufahren. Morgen lassen wir es uns gut gehen. Die Pause haben wir uns verdient. "Am Montag wird es eine Sonnenfinsternis geben.", sagt der Kapitän. Wir müssen mit leichten Veränderungen der Gezeiten rechnen, also vertagen wir die Abreise um einen weiteren Tag. Niemand hat etwas dagegen, denn die Stadt ist herrlich. Als das Gespräch für kurze Zeit verebbt, verabschiede ich mich für einen Moment. In meiner Koje mache ich nur Halt, um zu schlafen oder auf mein Telefon zu schauen. Ich bekomme selten Nachrichten, die nichts mit meiner Arbeit zu tun haben, doch heute schon.

01.08., 01:00 Uhr | "Ich muss noch mal los.", tue ich kund, als ich meine Jacke unter den Arm klemme und an der weintrunkenen Runde vorbeilaufe. "Ama, wo willst du hin?" "Eine Freundin besuchen." Ich winke halbherzig, als ich vom Boot steige und schnurstracks den Steg verlasse. Die Crew blickt mir hinterher. Es ist mitten in der Nacht. Die Partymeile ist laut, die Lichter flackern und die Menschen drängen sich eng aneinander. Yales Nachricht bringt mich völlig durcheinander. Ich muss schleunigst ein Taxi finden. Als ich endlich ein freies erwische, zeige ich dem Fahrer Yales Standort. Er ist überrascht, dass ich so weit hinaus aus Marbella will. Die Fahrzeit beträgt fünfzig Minuten, sagt er mir. Ich willige ein. Die Fahrt, auf der ich versuche, meinen Herzschlag zu beruhigen, dauert eine gefühlte Ewigkeit. Tausend Gedanken rasen durch meinen Kopf. Gleichzeitig handle ich aus purer Intuition. Wie können wir beide nur zur gleichen Zeit am selben Ort sein? Und was macht sie da, wo sie gerade ist? Die Stadt liegt hinter uns. Die Straßen werden enger und die Landschaft hügelig. Außer dem Scheinwerferkegel des Taxis ist nirgendwo mehr eine Lichtquelle zu sehen. "Kennen Sie die Gegend?", frage ich den Fahrer auf halber Strecke. "Ja, es ist nicht viel los hier. Da, wo sie hin wollen, ist eine alte Finca. Gehörte mal zu einem kleinen Zitronenhain. Stand ewig leer, jetzt wohnt dort wieder jemand." Der Fahrer fährt, ich starre und nicke. "Noch zehn Minuten." Wir fahren einen Hügel hinauf. Auf der Schotterstraße schlenkert und rumpelt das Auto. Dann werden wir von einem rostigen Tor in einer schiefen Mauer aufgehalten. Ein krummer Orangenbaum wächst über die Ziegel hinweg. "Hier sind wir." Ich bedanke mich und bezahle, bevor ich aussteige. Der Fahrer wartet, bis ich das Tor ein Stück aufgeschoben und hindurch auf das Grundstück geschlüpft bin. Der Kies raschelt unter meinen Schuhen. Das Haus liegt groß und weiß in der Nacht. Hier draußen kann man plötzlich die Sterne sehen. Ich gehe zum Eingang, alles scheint verlassen. Trotzdem drücke ich die Klingel. Ob Yale gleich die Tür öffnen wird? Ich frage mich, ob Teri auch da ist. Die Vorstellung fühlt sich unrealistisch an und mir wird mir bange. Vielleicht wird auch jemand völlig Fremdes öffnen und verwirrt sein über die Störung mitten in der Nacht. Was mache ich dann hier draußen, eine Stunde entfernt von Marbella, ohne Taxi und Dach über dem Kopf? Irgendwo im Haus geht Licht an, jemand kommt die Treppe herunter. Dann öffnet sich die Tür.

Mit offenen Lippen steht sie vor mir und klammert sich an der Türklinke fest. Sie muss gerade aufgewacht und zur Tür gestürmt sein, denn ihre Augen sind groß und wach. Ich sehe jeden Herzschlag unter der dünnen Haut ihres Halses. Das übergroße weiße T-Shirt und die sonnengeküsste Haut lassen ihre Augen im Halbdunkeln glänzen. Yale sagt nichts. Sie weiß nicht, was sie sagen soll. Sie scheint von meiner Anwesenheit viel überraschter zu sein als ich von ihrer. Ihren Blick habe ich noch nie so überwältigt und mit Tränen gefüllt gesehen. Wie in meiner Erinnerung lässt das warme Licht des Flurs ihre scharfen Gesichtszüge noch klarer hervortreten. "Yale." Meine zittrige Stimme durchbricht die Stille. "Ama." Sie streckt mir die Hand hin. Ich greife nach ihr und sie zieht mich ins Haus. Ihre Hand ist warm. Der Flur riecht nach frischer Farbe und Staub. "Ich hab mich doch nicht getäuscht.", flüstert sie. Das Haus ist zu groß für Yale alleine. In den Sekunden, in denen ich versuche, meinen Blick von ihr zu lösen, sehe ich mich um. Jeden Moment erwarte ich, dass jemand die Treppen herabkommt. Doch nichts passiert. Ihre Finger gleiten meinen kühlen Arm hinauf, ich genieße jeden Millimeter. Die Härchen in meinem Nacken stellen sich auf, als die Tür hinter mir ins Schloss fällt. Yale ist zögerlich, hält sich zurück. Auch sie kennt meine Situation nicht. "Ich habe dich heute an der Promenade gesehen. Ich dachte schon, ich hab' nur geträumt." Yales Stimme versagt beinah. "Ich arbeite auf einem Forschungsschiff." Yale nickt mit staunendem Blick. "Ich hab' ein Haus gekauft." "Alleine?" "Jetzt nicht mehr." Dann zieht sie mich an sich ran. Wie schon immer fühlt sie sich ganz erhitzt an. Viel wärmer, als die Umgebung. Fast wärmer, als ich sie in Erinnerung habe. Unsere Arme gleiten wie von selbst um den Körper der anderen. Meine Stirn berührt ihre und ich kann ihren Atem fühlen, ihre nachlassende Körperspannung. Wir haben beide weiche Knie. Plötzlich ist sie wieder da. Mitten in meinem Leben. "Ich dachte, ich sehe dich vielleicht nie wieder." Sie streicht mir eine kurze Locke hinters Ohr, neigt ihren Kopf zur Seite. Dann küsse ich sie. Bittersüß sammelt sich die Sehnsucht zwischen unseren Lippen. Die Nacht ist mein Element.

Als sie mich mit nach oben nimmt, bin ich immer noch überrascht, dass sie alleine hier draußen ist. Doch darüber nachzudenken ist das Letzte, was ich jetzt will. Ich will unsere Distanz der letzten vier Monate wiedergutmachen. Ich will meine Haut an ihre pressen, ich will sie spüren, schmecken, riechen. Sie ist immer noch dieselbe und doch ganz anders. Meine Körpersprache liest sie wie ein Buch, doch sie zeigt jetzt auch ganz eigene klare Bedürfnisse. Sie öffnet meine Hose, ich schiebe ihr T-Shirt hoch. Wir sinken in ihr Bett, das frisch gewaschen ist und nach ihr riecht. Ihr Körper entspannt sich, weil sie mich hat, wo sie mich haben wollte. Die ganze Zeit über. Ich lasse sie ganz bei mir ankommen.

Yale

01.08., 09:00 Uhr | Die Sonne geht auf. Amas Rücken glänzt im warmen Licht des Morgengrauens wie Honig. Ich küsse ihn, Wirbel für Wirbel. Sie bewegt ihre Schultern und vergräbt ihr Gesicht tiefer ins Kissen. Ihre Haare sind kürzer geworden. Ich spüre, dass sie freier ist. Gelassener. Früher trug sie immer eine kleine Wolke voller Anstrengung und Scham mit sich herum. Die Ama, die jetzt bei mir liegt, wirkt stolz, mühelos und standhaft. Ihr neues Selbstvertrauen macht sie noch magnetischer als zuvor. Ich will wissen, was sie erlebt hat. "Guten Morgen.", hauche ich in ihr Ohr. "Guten Morgen.", flüstert sie mit einem Grinsen. "Gut geschlafen?" Ich lege meine Lippen in ihren Nacken. "Welcher Schlaf?" Ama dreht sich um, um mich neckisch zu küssen. Glückseligkeit durchströmt uns nach diesem späten Wiedersehen. Ein Drittel meines Glücks liegt in meinen Armen. Ich hoffe, sie bleibt. "Willst du mein Haus sehen?" Ama gähnt und reibt sich die Augen. Ich will keinen Moment verschwenden. "Es gibt auch Kaffee."

Ama

01.08., 10:00 Uhr | In einem T-Shirt von Yale sitze ich am Tresen. Die Küche ist erst halb fertig, die Fliesen fehlen noch. Im hohen Raum mit den hölzernen Dachbalken gibt es nur eine Couch. Sie muss neu sein. Folie und Pappe liegen herum. Die Lampen sind noch nicht montiert, nur eine nackte Glühbirne baumelt in der Mitte des Zimmers. Bisher kannte ich Yale als überaus genügsam, selbstlos und anspruchslos. Daran hat sich zwar nichts geändert, doch sie wirkt irgendwie aufgeblüht. Endlich hat sie diesen Raum für sich eingenommen. Jeden Millimeter dieses Hauses hat sie sich mehr als verdient. Yale erzählt mir von ihrer Zeit in Kuba. Erst zögerlich und dann ganz offen spricht sie über Marissa. Die meiste Zeit erzählt sie aber über die letzten drei Monate, die sie bereits in Spanien ist. Stolz zeigt sie mir ihr Haus, erzählt von den Renovierungsarbeiten und den vielen Wochen voller harter Arbeit, Papierkram und langen Nächten. Ich kann nicht glauben, dass sie diese ganze Arbeit alleine macht. Sie erzählt, dass es gut war, dass der Bürgermeister des nahegelegenen Dorfes so interessiert daran war, das alte Haus zu erhalten. Welche Arbeiten gemacht gehören, war von Anfang an klar. Es musste nur finanziert werden. Daran, wie begeistert Yale erzählt, merke ich sofort, dass sie hier ihre Heimat gefunden hat. Ich bin so stolz auf sie. Yale stellt Geschirr in den Schrank und rechtfertigt das Chaos. Doch nichts davon stört mich. Es ist das Ambiente eines Neuanfangs. Dann erzähle ich ihr von Finnland. Yale verurteilt meine Entscheidung, meine Familie zu verlassen, nicht. Sie sitzt da, hört zu und versteht. Ich spreche über die Arbeit, das Forschungsteam und wie es sich die letzten Wochen auf dem Boot lebt. Manchmal lächelt sie ihr freches Grinsen, schaut in meine Augen und zeigt mir damit, dass auch sie stolz auf mich ist. Wir reden stundenlang, spazieren dabei über das Grundstück. Yale zeigt mir alle Zimmer. Eines davon ist in einem dunklen Blau gestrichen. Yale sagt, die Farbe hätte sie an mich erinnert. Vieles in diesem Haus ist unvollkommen. Das Dach der Garage ist schief, die Fliesen im Bad und in der Küche fehlen, der steinerne Pool ist nicht gefüllt und von Schlingpflanzen überwuchert. Schließlich betreten wir den Balkon, von dem aus man über die weite, hügelige Landschaft blicken kann. "Ama, wollen wir über uns sprechen?" fragt sie schließlich. Und natürlich will ich das. "Jetzt, wo du plötzlich hier bist, weiß ich ganz genau, was ich mir wünsche." "Du hast wirklich Fortschritte gemacht.", stelle ich fest. "Was ist es, was du willst?" "Weißt du, ich habe hier gefunden, was ich die ganze Zeit gesucht habe: Platz für mich, viel Platz. Natur und diese Weite. Ein Zuhause. Ich war so müde vom Reisen." Sie stützt ihre Hände auf die Balkonbrüstung und blickt über das Grundstück, ganz in Gedanken. "Aber es ist nicht ganz vollständig ohne dich und Tierra." Ich trete neben sie und nehme dieselbe Haltung ein. Die Türen zum Garten stehen weit offen, die Gardinen wehen hinaus. Im Garten wiegen die voll behangenen Äste der Zitronenbäume im leichten Wind. Es war schon längst überfällig, die Früchte zu ernten. Ich fühle mich an die Zeit auf der Plantage in Italien erinnert. Der Baum draußen am Tor wird erdrückt von der Last seiner Orangen. Teri würde die saftigsten Kuchen aus ihnen backen. Ich frage mich, ob Yale dasselbe denkt. Die steinerne Brüstung erhitzt meine Hand. Die Strahlen der Sonne wärmen meine Wangen. Ich beobachte Yale für einen Moment. "Yale?" Sie blinzelt ins goldene Licht, was ihre warme Hautfarbe unterstreicht. Dann blickt sie mich hoffnungsvoll an. "Ja?" Ich deute über den Garten und nehme ihre Hand. "Die Zitronen sind reif." Yale nickt. "Wir sollten sie ernten und Tierra schreiben."

Teri

01.08., 14:00 Uhr | Jeder Tag ist neu und voller aufregender Erlebnisse. Egal, ob ich bei der Arbeit eine neue Technik erlerne oder abends einen der idyllischen Orte der Stadt besuche: Mein Leben hier erfüllt mich. Ich komme jeden Tag etwas mehr an. Heute ist Sonntag, die Werkstatt bleibt geschlossen und ich esse mit Juan und Nyoko zu Mittag. In einem der Strandlokale haben wir einen bequemen Sitzplatz ergattert. Die weißen Kissen blenden in der Mittagssonne. Schirme aus Palmblättern beschatten unsere Haut. Mit direkter Sicht aufs Meer lassen wir uns Zeit beim Essen, bestellen weitere Getränke und führen angeregte Gespräche. Als unsere Bäuche voll sind, breiten wir die Handtücher im Sand aus, um einen entspannten Nachmittag am Meer zu verbringen. Juan pustet einen Beachball auf, während ich Nyokos Rücken eincreme. Sie hat Spielkarten mitgebracht. Ich gewinne jede Runde. Als uns die Kühle des Schattens nicht mehr reicht, schwimmen wir im blauen Wasser, spielen in den Wellen und liegen dann wieder auf der faulen Haut. Ich grabe meine Finger in den Sand, bis es kühler wird. Das Wasser und der Strand laden meine Energie auf. Irgendwann läuft Juan los, holt uns Eiscreme und weitere Stunden vergehen wie im Flug.

Die Sonne nähert sich dem Horizont und taucht das Meer in pinke und orange Töne. Wir sitzen am Wasser und lassen uns die Knöchel umspülen. In diesen Momenten sucht mich die Schwermut am meisten heim. Die Frage, ob ich es doch irgendwie hätte möglich machen können, Ama und Yale bei mir zu behalten, ist dann ganz präsent. Cynthia hat mich aber gelehrt, dass ich ohne diese gescheiterte Beziehung nicht an den Ort gekommen wäre, an dem ich jetzt so glücklich bin. Das war mein Preis der Heilung. Als die Sonne ins Meer hinabtaucht, wird es schnell kühler. "Kommt, lasst uns losgehen. Wir gehen feiern." Nyoko springt auf die Beine, nimmt mich an den sandigen Händen und zieht mich hoch. Juan humpelt hinter uns her. Der Abend gehört uns.

Yale

01.08., 17:00 Uhr | Im Garten hangelt Ama sich unter den Ästen entlang. Sie will sich davon ablenken, dass Tierra nicht auf ihre Nachricht geantwortet hat. Das macht uns beide sichtbar angespannt. Eine überreife Zitrone nach der anderen landet in der Schale in ihren Händen. Während Ama die Zweige herabzieht, scheint sie einen Einfall zu haben. Plötzlich schaut sie zum Himmel. "Kapitän Hugo hat gesagt, dass es morgen eine Sonnenfinsternis geben wird." Bei einer Sonnenfinsternis stehen Erde, Mond und Sonne auf genau einer Linie. Ich habe auch schon davon gehört. "Seltsam, dass wir uns gerade jetzt wiedersehen." Ama füllt die Schale mit einer letzten reifen Zitrone und kommt zurück ins Haus. "Wir brauchen diese Brillen.", antworte ich, um uns von Tierras Abwesenheit abzulenken. "Komm, lass uns losfahren, um welche zu kaufen. Bestimmt gibt es sie an der Tankstelle im Dorf." Ama nickt. "Und was stellen wir mit den Zitronen an?"

01.08., 22:00 Uhr | Dieser Teig wird nicht gelingen. "Muss das so klebrig sein?", fragt Ama. Wir haben uns Küchentücher als Schürzen umgebunden. Ich rühre in der Schüssel. "Ich bin mir nicht sicher." Zumindest können wir lachen, auch wenn der Abend eine gewisse Bitterkeit mit sich bringt. Tierra ist in weite Ferne gerückt. Wie in der Hütte in Frankreich haben wir uns zusammengerottet und leiden einen stillen Verlust. Ama nimmt die Reibe und stellt groben Zitronenschalenabrieb her. Ich spüre Amas Trauer, doch ich fühle auch meine. Ich streiche regelmäßig sanft durch ihre Locken und berühre ihren Arm. Ihre Haut fühlt sich tröstlich an. Ich schalte leise Musik an, zu der wir tanzen, während der Kuchen im Ofen in seiner Form aufgeht.

❖

02.08., 01:00 Uhr | Ineinander geschlungen sinken wir allmählich in den Schlaf. Ama küsst meine Stirn, hält mich ganz fest. "Ich weiß, dass du sie vermisst.", flüstert sie. "Wir vermissen sie beide." "Wie hast du es ausgehalten? Die ganze Zeit über?", frage ich. "Indem ich dankbar war für das, was ihr mir über mich selbst beigebracht habt." Ich streiche Amas Kopf. Sie hat es so weit gebracht. "Ich habe mir vorgestellt, dass wir unter demselben Himmel sind." "Wow. Das klingt schön." Ich spüre, wie Amas Körper sich bei dem Gedanken entspannt. Dann sinken wir in unseren Schlaf.

Teri

02.08., 07:30 Uhr | Ich bin auf dem Weg hinunter in die Werkstatt. Ich nehme an meinem Tisch Platz und sortiere meine Gedanken. Nach dem gestrigen erlebnisreichen Tag am Strand und der durchtanzten Nacht, will ich mich heute wieder ganz auf die Arbeit fokussieren. Ich lege meine Werkzeuge bereit, bevor ich meine Schreibtischschublade öffne. Dort sortiere ich alle meine Aufträge. Auch mein Telefon liegt darin. Das grüne Lämpchen blinkt. Ich drücke den Knopf. Nachrichten erwarte ich fast ausschließlich von Nyoko.

Auf meinem Display erscheint stattdessen eine Nachricht von Ama. Meine Ohren füllen sich sofort mit Druck, ich tauche unter Wasser. Mein Puls steigt ins Unermessliche und ich kann das Pochen hören. "Guten Morgen, Teri. Gut geschlafen?" Cynthia betritt die Werkstatt. In meinem Herz bricht ein Loch auf. Vor Schreck fasse ich an meine Brust und mein Telefon scheppert zu Boden. Cynthia eilt herüber, um es aufzuheben. "Nichts passiert." Sie wischt den Staub ab und gibt es mir zurück. Ich starre sie bloß an. "Oder? Ist etwas passiert?" "Es ist Ama. Sie ist hier."

"Was willst du tun?", fragt Cynthia mich. Wir spazieren an der pompösen Kathedrale entlang. Die Straßen sind fast noch menschenleer. Wir nehmen in einem der Cafés im Schatten der Bäume Platz. Kurz vor acht hat es noch nicht geöffnet, doch Cynthia kennt den Wirt. Gleich in dem Laden nebenan verkauft sie ihre Vasen. Also bekommen wir als einzige Gäste so früh am Morgen Kaffee an den Tisch serviert. "Seit Monaten hatte ich keine Hoffnung mehr, dass wir uns wiedersehen könnten. Und jetzt weiß ich nicht, was ich fühle." "Deine Augen sagen etwas anderes." Cynthia tätschelt mütterlich meine Wange. "Du vermisst sie." "Ja, ich vermisse sie. Aber ich will keinen Schritt zurück machen." Cynthia nickt und versteht. Wir nippen an unseren Tassen, die Schirme sind noch nicht aufgespannt, Zitrusblätter schweben wie in Zeitlupe auf unseren Tisch. Minuten vergehen. "Besteht die Möglichkeit, dass ein Wiedersehen ein Schritt nach vorne sein könnte?" Wenn ich so darüber nachdenke, habe ich die ganze Zeit gehofft, dass Ama und Yale mit ihren Herausforderungen ein Stück vorangekommen sind. Ich denke, ich bin vorangekommen. Und ich habe mir immer gewünscht, dass unser persönlicher Fortschritt uns wieder näher zueinander bringen könnte. Dass der Moment des Wiedersehens jetzt ganz plötzlich da zu sein scheint, überrumpelt mich trotzdem. Ich weiß nicht, ob ich den Schritt tun soll. "Ich will nichts überstürzen. Es fühlt sich an wie die beklemmende Angst vor einem Sturm." "Das verstehe ich." Cynthia sieht durch das Blätterdach hindurch hinüber zur Kathedrale. Golden fließt die aufgehende Sonne durch die Gassen. Die Vögel erwachen aus ihrem Schlaf. "Weißt du, die Leute hier nennen diese Kathedrale auch *die Einarmige.* Das kommt, weil sie nur einen Turm hat. Der zweite Turm und die Fassade wurden nie zu Ende errichtet." Ich folge ihrem Blick, bevor sie sagt: "Schade eigentlich." An das Nicht-ganz-fühlen habe ich mich so gewöhnt, dass ich den Zustand schon als Teil von mir angenommen habe. "Es gibt einen Grund, warum du diese Löcher nicht verschlossen hast, nicht wahr? Vielleicht hast du jetzt ja die Möglichkeit, es zu vollenden. Wie auch immer es ausgeht."

02.08., 08:30 Uhr | Bevor ich losfahre, antworte ich Ama. *Lass uns zusammen die Sonnenfinsternis sehen. Ich bin auf dem Weg zu dir.* Auf den Straßen ist wenig los. Amas Aufenthaltsort liegt weit draußen an einem der weißen Dörfer zwischen Malaga und Marbella. Das Radio summt und wird regelmäßig von den Moderatoren unterbrochen. *An diesem herrlichen Tag bekommt die Provinz eine spektakuläre totale Sonnenfinsternis zu Gesicht. Um 09:41 Uhr geht's los!* Dann startet ein Countdown, der nach jedem Song, den der Sender spielt, mithilfe einer elektronischen Frauenstimme durchgegeben wird. Das Herunterzählen macht mich nervös.

Noch eine Stunde und zwölf Minuten bis zur Sonnenfinsternis. Ich sollte in vierzig Minuten da sein. Also halte ich an einer Tankstelle, um dem Radio zu entkommen. Ich kaufe eine Packung Sonnensichtbrillen. Zurück hinter dem Lenkrad wechsel ich den Sender und fahre weiter ins Land hinein. Die Gegend wird hügeliger. Mein Puls steigt mit der Hitze der aufgehenden Sonne. Der Wagen rumpelt über die schlechten Straßen in den Anhöhen der Landschaft. Regelmäßig versichere ich mich, dass ich noch auf der richtigen Straße bin.

Yale

02.08., 09:00 Uhr | "Du solltest öffnen." "Ich verstehe das nicht." "Wie man eine Tür öffnet?" Ich necke Ama. Die Stimmung ist erhitzt. Wir ziehen uns in Windeseile an, Ama verschwindet im Bad, ich putze gleich nach ihr die Zähne. Dann versuchen wir hektisch, das Chaos in der Küche zu beseitigen. Ama ist kurz davor, panisch zu werden. Ich verstehe diese Gefühle nur zu gut. Auch mein Herz schlägt mir bis zum Hals. "Ich weiß auch nicht, warum sie hier ist. Vielleicht hat sie einen Flug genommen? Aber wirklich, *du* solltest öffnen." Ama geht im Zimmer auf und ab, während sie versucht, ihr Hemd zu richten. Ich stoppe sie, indem ich die Hände auf ihre Schultern lege. "Sie würde den Schock ihres Lebens bekommen, wenn sie dich erwartet und ich öffne." Meine Brust platzt beinah vor Nervosität. Ama nickt mit geweiteten Augen.

Ama

02.08., 09:10 Uhr | Es klingelt und die Luft im Raum vereist. "Los, geh aufmachen." Yale ist genauso aufgeregt wie ich, doch sie kann es besser verbergen. Also gehe ich zur Tür, Yale bleibt hinter mir. Ich drücke die kalte Klinke, ziehe die Tür aus dem Schloss und da steht sie. Teri. Ihr weißes Haar schwebt schleierhaft in der Brise, die Sonne bringt ihre Silhouette zum Strahlen. Alles an ihr ist wie in meiner Erinnerung. In dem rot gemusterten Kleid mit den feinen Trägern und den Rüschen am Saum sieht sie märchenhaft aus. Wir sind nur wenige Zentimeter voneinander entfernt. Ihre Augen glänzen silbern, denn sie sind gefüllt mit Tränen. In der nächsten Sekunde fällt Teri mir um den Hals. Die Begierde nach ihrer Umarmung ist überwältigend. Ich hebe sie hoch, trete zurück ins Haus und genieße ihre Hände in meinem Nacken. Ihre Füße landen wieder am Boden, als ich sie sanft absetze. Ich streife ihr die Haare aus ihrem Gesicht, um sie ganz genau zu betrachten. Jede Pore, jede Sommersprosse, die ich mir gemerkt habe, ist noch an ihrem Platz. Sie ist es. Sie ist da. Dann küsse ich sie, Teri küsst mich. Die Nähe fühlt sich so natürlich an, so tief verbunden. Wir verschmelzen für einen Moment. In ihren Haaren rieche ich das Meer. "Hey.", flüstere ich und löse dabei meine Lippen kaum von ihren. Während ich spreche, schmecke ich ihre Süße. "Yale ist da." Sie reißt ihre Augen weit auf, löst ihren Blick zaghaft von mir und blickt in den Flur. Ich lasse sie nicht los. Erst, als Yale hervortritt, nehme ich ihre Hand, um mit Teri zu Yale hinüberzugehen. "Yale?", stottert sie. Die beiden nähern sich fast zaghaft an und fallen sich in ihre Arme, als Teri die Schwelle zum Wohnbereich übertritt. Sie beide so zu sehen, macht mich über alle Maßen glücklich.

Yale

02.08., 09:30 Uhr | Tierra liegt zwischen unseren Körpern. Ama schmiegt sich an ihren Rücken, während Tierra sich an mich drückt. Ich küsse jeden Zentimeter ihres Gesichts. Sie sind beide hier. Meine Welt wird plötzlich ganz. "Was machst du hier?", fragt Tierra. "Das ist mein Haus." Sie dreht sich zu Ama. "Ich mache hier bloß einen Zwischenstopp." "Aber warum bist *du* hier?", will ich von Tierra wissen. "Ich arbeite in Malaga." Ama sieht mich überrumpelt an. Glück ist keine Bezeichnung für das, was ich in Amas Gesicht sehe. "Können wir später über alles sprechen? Die Sonnenfinsternis beginnt gleich." Ama und ich sehen nach draußen. "Ja. Los." Ich nehme Tierras Hand und führe sie in den Garten. Ama greift nach den Sonnenschutzbrillen. Die Zitronenbäume werfen seltsame, mondförmige Schatten auf den Boden. So etwas habe ich noch nie gesehen. "Wie seltsam.", flüstert Tierra. "Wie schön.", antwortet Ama. Zwischen den Zitronenbäumen setzen wir uns ins Gras, ganz nah aneinander. Wir tauschen Blicke, Küsse und Berührungen aus und verharren ganz im Moment. Etwas, wozu nur Tierra uns so mühelos bringt. "Sagt mal, habt ihr versucht, zu backen?", fragt sie überraschend. Ama und ich sehen uns verlegen an. "Wie kommst du darauf?" "Vielleicht hat man es gerochen." Tierra fächert mit der Hand vor ihrer gerümpften Nase. "Wir hätten es wohl dir überlassen sollen." "Der Kuchen ist nicht so verbrannt, wie er riecht." Dann lachen wir alle. Wie wohltuend sich dieser Moment anfühlt. Dann geht es los. Mit jeder Sekunde, die vergeht, wird die Umgebung ein wenig dunkler. "In einer Stunde ist es Nacht und Tag zugleich.", prophezeit Ama. Tierra und ich nicken verständnisvoll und aufmerksam. "Was für ein Zufall, dass wir alle jetzt hier sind." findet Tierra und weiß nicht, dass wir vor wenigen Stunden genau dasselbe gesagt haben. "Nach diesen zwei Tagen glaube ich nicht mehr an Zufälle." Mit den Fingern kämme ich durch ihr langes Haar, um mir bewusst zu machen, dass sie wirklich hier ist. "Ich auch nicht." Ama lehnt sich an Tierras Schulter und wir betrachten den sich verdunkelnden Himmel.

Ama

02.08., 10:49 Uhr | Der Mond ist vierhundert Mal kleiner als die Sonne. Trotzdem schafft er es, sie vollständig zu verdecken. Nur, weil die Sonne vierhundert Mal weiter von der Erde entfernt ist und die Erde in genau dem richtigen Winkel steht, sitzen wir jetzt hier. Es ist, als hätte sich das Sonnensystem den perfekten Platz um uns gesucht. Als hätten wir uns zu genau der rechten Zeit hier eingefunden. Meine Reise war so lang wie die der Lichtperlen, die um den Ring der Sonne huschen. Doch jetzt bin ich mir sicher, dass das der richtige Platz für mich ist. Zwischen Yale und Tierra fühle ich mich zum ersten Mal völlig angenommen, so wie der Mond an diesem perfekten Tag zwischen Sonne und Erde seinen Platz findet. Ich kann mich ausbreiten oder ganz klein werden, habe meinen Wert und meine Grenzen kennengelernt. Mich in die Nacht zu flüchten, ist nicht mehr nötig. Vor allem aber habe ich zu mir selbst gefunden. Davor, dass ich mich wieder verlieren könnte, fürchte ich nicht mehr. Ich fürchte nichts mehr, weil alles stimmt.

Yale

02.08., 10:49 Uhr | Um mich sammelt sich das erste Mal das Leben, das ich mir wünsche. Je dunkler es wird, desto stiller wird die Natur. Nur der Horizont leuchtet in tiefem Rot. Jetzt, wo unsere Welten wieder zusammengekommen sind, höre ich meine Gedanken, Wünsche und Sehnsüchte klar und deutlich. Wir sind so individuell, dass auch unsere Beziehung völlig neu definiert werden muss. Was ich am besten kann, ist uns die Grundlage für unser Leben zu bieten, es wachsen zu lassen. Das will ich tun. Ama wird unseren Rhythmus vorgeben, so wie der Mond Ebbe und Flut herbeiruft. Doch ohne Tierra, die uns alle zusammengebracht und miteinander verwurzelt hat, gäbe es keinen Boden für uns. Als die Perlschnur den Mondschatten umkreist, rücken wir näher zusammen. Ich habe keine Angst. So fühlt sich ein Anfang an.

Teri

02.08., 10:49 Uhr | Die Atmosphäre scheint so unwirklich. Die sichelförmigen Lichter am Boden sind zu den flackernden, wellenartigen Schatten geworden, die man sonst nur am Grunde des seichten Meers sieht. Langsam wird es Tag und Nacht zugleich. Meer und Land zugleich. Mit jeder Minute, die vergeht, schiebt sich der Mond weiter vor die Sonne und wirft seinen Schatten über die Erde. Die Sonnenfinsternis erreicht ihren Höhepunkt. Die Sonne wirft ihre goldene, flüssig erscheinende Korona um die dunkle Mondscheibe. Wie Fontänen sprüht die Sonne ihre Flammen in die Atmosphäre. Eine Lichtperle nach der anderen wandert an ihrem glühenden Rand entlang, bis nur noch ein feiner Ring am Himmel zu sehen ist. Eine Reparatur mit Gold vollzieht sich am Firmament. Der Mond fügt sich schwarz in die Mitte der Sonne, wie ein fehlendes Puzzlestück. Dann kommt die völlige Dunkelheit. Nur von diesem Fleckchen Erde aus kann man das Naturwunder betrachten. Alles in mir sagt mir, dass ich an genau dem richtigen Ort angekommen bin. Genau zur rechten Zeit. Alle Teile fügen sich zusammen. Ich habe keine Angst mehr. Egal, wie es wird: Wir werden endlich wieder ganz.

Kapitel 9

Der Anfang

September, Spanien

Ama

Ich bin spät dran. Dabei sind wir heute Abend zum Essen verabredet. Unser Boot hat diesmal später in Marbella angelegt als geplant. Zwei Wochen lang braucht mein Forschungsteam, um einmal die gesamte Küste hinunter zu segeln. Pro Zwischenstopp sind rund zwei Tage eingeplant – je nachdem, wie hoch der Arbeitsaufwand vor Ort ist. Die Tage, die wir zwischen Malaga und Marbella verbringen, sind meine liebsten. Yale hat das blaue Zimmer für mich eingerichtet. Obwohl ich die Nacht lieber mit ihr und Teri verbringe, tut der Rückzugsort nach den beengten Umständen auf dem Boot unglaublich gut. Die Wände sind so blau gestrichen wie die neuen Azulejos in der Küche. Dort verbringe ich oft Zeit mit Yale, zeige ihr unsere Forschungsergebnisse und meine Berechnungen dazu. Sie korrigiert mich und wir tauschen uns aus. Teris Kollege hat die Fliesen im Haus speziell nach meinen Wünschen angefertigt. Die Leitung ihrer Werkstatt, Cynthia, führt uns von Zeit zu Zeit durch Malaga, zeigt uns die Museen und die farbenprächtige Stadt. Ich genieße jede Sekunde meiner Besuche bei Teri. Gleich nachdem wir in Marbella angelegt haben, nehme ich voller Vorfreude ein Taxi zu Yales Finca. Die Stunde Fahrt hinein ins Land lässt mein Herz jedes Mal vor Aufregung höher schlagen. Ehe ich mich versehen kann, bin ich da. Die krumme Steinmauer und das Tor vor dem Grundstück wurden mittlerweile auf Vordermann gebracht. Der Anblick heißt mich abermals willkommen. Die Orangen sind bereits geerntet. Meine Sohlen rascheln über den Schotter, die Haustür steht offen. Ich kann von Weitem den saftigen Zitronenkuchen riechen, der sich im Ofen befindet. "Willkommen zu Hause!" Yale kommt aus dem Garten, als ich das kühle, neu möblierte Wohnzimmer betrete. Ich war lange weg. Die große Reisetasche landet in der Ecke im Flur. Teri unterbricht das Backen und ich falle in ihre mehlbestäubten Arme. An jedem dieser Tage fühle ich mich aufgehoben wie noch nie zuvor.

Teri

Ich säubere meine Hände vom Mehlstaub. "Willkommen zu Hause!", ruft Yale aus dem Garten und ich drehe mich um. Ama kommt bereits durch den Flur und lässt ihre Tasche fallen. Als ich die Hände auf meine Schürze schnalzen lasse, ist sie schon bei mir, um mich in die Arme zu nehmen. Die Nebelschwaden legen sich in ihr dunkles Haar. Ihre Lippen schmecken nach erfrischendem Meersalz. Heute sind wir zum Essen verabredet. Yale drückt Ama voll Leidenschaft und ich hole den Kuchen aus dem Ofen, der einen herrlichen Duft versprüht. Ama entschuldigt sich für die Verspätung, doch sie kommt genau richtig. "Ich zeig' dir, was wir gebaut haben." Yale nimmt Ama mit hinaus in den Garten. Vor zwei Wochen hat Ama mich zum letzten Mal in Malaga besucht. Jedes Mal besichtigen wir ein anderes der vielen Museen. Wir trinken Kaffee, gehen schwimmen und lassen uns von Cynthia alte Ecken und Gassen zeigen. Die beiden verstehen sich prächtig. Cynthia ist fast wie eine Mutter für Ama geworden. Meine kleine Wohnung nahe dem Park fühlt sich noch ganz ungewohnt an. Ich bin dabei, ihr meine eigene Note zu verleihen. Auch, wenn Yale genug Platz für mich hätte, will ich an meiner Selbstständigkeit arbeiten. An den Wochenenden bin ich trotzdem häufig bei ihr. Vor allem, wenn Ama während ihrer Forschungsreisen zurück in der Gegend ist. Yale hat die Garage renovieren lassen und eine Töpferscheibe für mich gekauft. Ama hatte die Idee. Es war ein wundervolles

Geschenk. Da Yale nicht an einen Arbeitsort gebunden ist, besucht sie mich oft während der Woche in Malaga. Manchmal nur auf ein kurzes Mittagessen oder aber auch um abends auszugehen. Unsere Tage zu dritt sind die herrlichsten von allen und absolut unverzichtbar. Wir erzählen uns von allem, was in unseren Leben passiert ist und planen die Tage zusammen, genauso wie die, an denen wir uns nicht in der Nähe haben. Vollkommene Harmonie ist eingekehrt.

Yale

Die Luft hängt voller Geräusche. Sie ist gesättigt von ihnen. Tausend Laute rasen durch meine Ohren. Das Summen der Bienen, das Rauschen der Blätter, das Knacken der Äste. Die Zitronen verströmen in dieser Klangkulisse ihren intensiven Duft und versüßen mir die Arbeit. Im Garten gibt es noch einiges zu tun. Endlich ist die Töpferei in der Garage fertig geworden: Ein Geschenk für Tierra, sodass sie sich immer willkommen fühlt. Bald wird der Pool wieder instand gesetzt. Dafür entferne ich heute die wilden Gräser und Kletterpflanzen. Wenn die Sanierung abgeschlossen ist, werden wir hier draußen bestimmt die meiste Zeit verbringen. Tierra backt Kuchen, die Duftschwaden bahnen sich einen Weg in den Garten. Ich habe völlig die Zeit vergessen. Von der Einfahrt her höre ich ein Rascheln in den Kieselsteinen. Vorfreude steigt in mir auf, denn es könnte Ama sein. Ich gehe zurück zum Haus und da steht sie schon im Flur. Bepackt mit einer schweren Reisetasche, strahlt sie über das ganze Gesicht. Sie hatte Sehnsucht nach uns und freut sich, wieder hier zu sein. "Willkommen Zuhause!" Auch Tierra hat Ama gesehen, sie fallen sich in die Arme. Lockerer Mehlstaub von Tierras Schürze drückt sich auf Amas Hemd ab. Dann begrüße ich sie mit einer innigen Umarmung. Ich küsse ihre salzigen Lippen und will ihr gleich den Pool zeigen. Danach bereiten wir gemeinsam das Abendessen zu und pressen Saft aus den frisch geernteten Orangen. Nichts hat sich je vollkommener angefühlt. Das ist der Anfang.

Perlschnureffekt ist Elena Reitingers zweiter Roman. Sie wurde 1993 in Österreich geboren und lebt seit 2014 in Deutschland. Sie absolvierte eine Fotografenausbildung und arbeitet heute als Make-up Artist, Model und freischaffende Künstlerin.

Mit ihrem Verein *LGBTQ+Stammtisch e.V.* engagiert sich Elena für queere Menschen.

Foto: privat

Instagram
@elena.reii | @lgbtqstammtisch.pa

Spendenkonto
DE44 7409 0000 0005 6166 20 | BIC GENODEF1PA1 | VR-Bank Passau | LGBTQ+ Stammtisch e.V.

Alle Spenden kommen dem gemeinnützigen Zweck zugute.